I0692917

IN TOTEN WIE IN SCHLECHTEN ZEITEN

Ein weiterer John Pickett Krimi

und

KEIN GLÜCKLICHER FINDER

Eine John Pickett Kurzgeschichte

Sheri Cobb South

Übersetzt von Susanne Doering

John Pickett Krimiserie

IN MYLADYS SCHLAFZIMMER

ZU TODE GELANGWEILT

FAMILIENGRAB

TÖDLICHES DINER

EINE HEISSE ANGELEGENHEIT

IN TOTEN WIE IN SCHLECHTEN ZEITEN

Prolog

In dem wir eine Lady in Nöten sehen

Mai 1796
Somersetshire

S eine Lordschaft blieb in der Tür des Salons stehen und beobachtete mit kritischem Auge die schöne junge Frau, die auf einem gestreiften Satinsofa saß und winzige Änderungen am Teetablett und dem prächtigen Kuchenturm auf dem kleinen Tisch vornahm, der bequem an ihrem Ellbogen platziert war. Jeder andere Mann hätte sich vielleicht an der goldenen Schönheit der Lady erfreut, aber der Lord, der die zweite Tasse und den zweiten Teller bemerkte, runzelte die Stirn.

„Erwartest du Besuch zum Tee, Claudia?", fragte er und sein Tonfall warnte die Lady, diese Frage zu bejahen.

„Ja, mein Lieber. Möchtest du dich nicht uns anschließen?" Das Kosewort wurde ausgesprochen automatisch benutzt, denn jede Zuneigung, die sie je für seine Lordschaft empfunden haben mochte, hatte das Eheversprechen nicht lange überlebt.

„Das kommt darauf an. Wer, wenn ich fragen darf, beehrt uns denn mit der Annahme unserer Gastfreundschaft?"

Die Lady errötete leicht, antwortete aber mit klarer und fester Stimme. „Jamie Pennington soll morgen nach Oxford zurückkehren, also dachte ich ..."

„Verdammt sei dieser Jamie Pennington!", brach es aus seiner Lordschaft heraus. „Werden wir diesen jungen Hund nie endgültig von hinten sehen?"

„Ich kann die Bekanntschaft kaum einfach abbrechen, wenn Jamie und ich befreundet sind, seit wir beide noch am Gängelband hingen", protestierte sie in beschwichtigendem Ton.

„Ich habe nichts gegen deine Kinderfreundschaft, aber die derzeitige stört mich."

Das gemeißelte Gesicht seiner Lordschaft verdunkelte sich bedrohlich, und die Lady, die die Warnzeichen erkannte, beeilte sich, ihn zu beruhigen. „Denke daran, mein Lieber, dass Jamie die Pfarre in Norwood Green übernehmen wird, wenn sein Vater in den Ruhestand geht. Darf ich dann nicht einmal den Pfarrer einladen, ohne deine Eifersucht zu provozieren?"

„Eifersucht?", spottete seine Lordschaft. „Warum

zum Teufel sollte ich auf einen Jungen eifersüchtig sein, der noch nicht trocken hinter den Ohren ist? Aber eines sage ich dir, Claudia: Ich werde nicht untätig zuschauen, wie meine Ehefrau mir unter meinem eigenen Dach Hörner aufsetzt!"

Bei dieser ungerechtfertigten Beschuldigung überstieg das Temperament der Lady, das nach zwei Jahren der Ehe mit einem sehr erregbaren, zwei Jahrzehnte älteren Mann noch nicht vollends erstickt worden war, ihre Furcht und sie sprang auf. „Oh, wie kannst du es wagen?"

„Ich könnte dich dasselbe fragen, Madam! Glaubst du, ich hätte nicht bemerkt, wie du die Verliebtheit dieses jungen Mannes ermutigt hast im Namen einer Kinderfreundschaft, aus der er vor langer Zeit herausgewachsen wäre, wenn du nicht ständig die Flamme weiter angefacht hättest." Sein Blick wanderte von ihrem Gesicht zu ihrem Leib, der in Erwartung eines Erben für seine Lordschaft noch nicht angeschwollen war. „Und was ist mit meinem Sohn, Claudia? Muss ich erwarten, dass er rote Haare hat?"

Das war zu viel, um es zu ertragen, diese letzte Beleidigung nicht nur ihrer selbst, sondern eines Wesens, das völlig unschuldig war an der schmutzigen Beschuldigung, die gegen es erhoben wurde. Weiß bis zu den Lippen, hob sie die silberne Teekanne auf und schleuderte ihren dampfenden Inhalt über die makellose Hemdbrust seiner Lordschaft. Unter wütendem Gebrüll ließ er

7

Teetisch, Tassen und Kuchen mit einer Bewegung seines Armes herumfliegen. Im nächsten Moment war er über ihr und es regnete Schläge auf ihr Gesicht, ihren Kopf und ihre Schultern, während sie sich immer enger zusammenkauerte, um das Kind, das sie trug, zu schützen. Nachdem seine Lordschaft seine Frau zu einem zitternden Häufchen Elend auf dem Boden reduziert hatte, versetzte er ihren Rippen einen schnellen Tritt, drehte sich dann auf dem Absatz um, verließ das Haus und schlug die Tür hinter sich zu.

Claudia lag dort nach seinem Weggehen einige Zeit, leise schluchzend, während sie über die Anschuldigungen ihres Ehemannes nachdachte. Hatte sie Jamie tatsächlich ermutigt, ihr den Hof zu machen? Es war wahr, dass sie gewusst hatte, dass er sie liebte, sie schon geliebt hatte, seit er aus Eton zurückgekehrt war. Von einer Ehe zwischen ihnen war jedoch nie die Rede gewesen, denn mit achtzehn Jahren war er viel zu jung gewesen, um eine Frau zu ernähren, und sie, nicht ganz siebzehn, hatte zu viele Hoffnungen auf eine glänzende Saison in Bath gehabt, um eine frühe Ehe mit dem Sohn des Pfarrers in Betracht zu ziehen, wie aufrichtig ihre Zuneigung zu ihm auch sein mochte. Ja, sie konnte sehen, dass die Behauptungen ihres Mannes ein Körnchen Wahrheit enthalten könnten; dennoch beruhten ihre Handlungen nicht auf dem Versuch, ihren Ehemann zu hintergehen, sondern auf dem vergeblichen Bemühen, zu jenen glücklicheren, unschuldigeren Tagen zurückzukehren, als sie die Schönheit von Norwood Green gewesen war, bevor sie seine Lordschaft geheiratet hatte und ihr die Scheuklappen von den Augen gerissen wurden.

Die Standuhr in der Halle begann die Stunde zu läuten; Lady Buckleigh wischte sich mit dem Ärmel über die Augen und zuckte dabei vor Schmerz zusammen. Jamie würde jeden Moment eintreffen, und sie durfte sich nicht so von ihm sehen lassen. Sie muss die Treppe zu ihrem Zimmer hinaufsteigen und die Salontür hinter sich schließen, damit er nicht die Trümmer der Teesachen auf dem Boden sehen und seine eigenen Schlussfolgerungen ziehen würde. Obwohl sie sich noch nicht im Spiegel betrachtet hatte, war sie sicher, dass keine Kosmetik die von ihrem Ehemann hinterlassenen Spuren würden verdecken können; sie würde den Butler bitten müssen, sie zu verleugnen, sagen, dass sie sich nicht wohl fühlte. Es wäre nichts anderes als die Wahrheit; sie hoffte nur, sie würde es bis in die Sicherheit ihres eigenen Schlafzimmers schaffen, bevor sie sich über den ganzen Teppich erbrechen müsste.

Sie zog sich in eine sitzende Position hoch und verspürte einen so stechenden Schmerz in ihrer Seite, dass ihr vorübergehend der Atem ausging. Sie wappnete sich gegen die Qual, von der sie wusste, dass sie folgen würde, und zwang sich, auf Beinen zu stehen, die sie kaum tragen wollten. Die linke Hand gegen ihre Rippen gepresst, schaffte sie es bis zur nächsten Wand, und daran gelehnt legte sie mühsam den Weg bis zur Tür des Zimmers zurück. Auf die gleiche Weise umrundete sie das Foyer, bis sie den Fuß der Treppe erreichte, wobei ihr auffiel, dass die Diener allesamt verschwunden waren, wie es ihre Gewohnheit war, wenn der Herr und die Herrin sich stritten. Ihre gespaltene und blutige Lippe verzog sich zu einer zynischen Travestie eines Lächelns. Gott bewahre, dass sie aufgefordert werden könnten, sie gegen den Zorn seiner Lordschaft zu verteidigen.

Bis sie die Treppe erreichte, war ihre letzte Kraft erschöpft. Als sie die Wand losließ, um nach dem Geländer zu greifen, gaben ihre Beine nach und sie fiel auf die Knie. Sie zerrte die Röcke unter sich heraus und begann, langsam und mühevoll die Stufen auf allen vieren hinaufzukriechen. Nur zu bald ertönte ein Klopfen an der Tür.

„Jamie", murmelte sie. Sie sah auf und stellte fest, dass sie, obwohl es sich anfühlte, als wäre sie eine Ewigkeit nach oben gekrochen, nur auf halbem Weg zum nächsten Stockwerk war. In diesem Tempo würde sie nie rechtzeitig ihr Schlafzimmer erreichen. Wenn sie es bis zum Flur schaffte, könnte sie um die Ecke biegen, um außer Sichtweite zu kommen. Vielleicht würde sich der

Butler weigern, aus seinem Versteck zu kommen, und Jamie, wenn er keine Antwort auf sein Klopfen erhielte, würde gehen...

Das Klopfen ertönte erneut, diesmal eindringlicher, und Claudia zog sich noch eine Stufe weiter nach oben. Noch vier Stufen... noch drei...

Die Tür schwang zögernd auf und eine vertraute Stimme rief fröhlich: „Hallo? Ist jemand zu Hause? Claudia? *Claudia!*"

Ein rothaariger junger Mann von zweiundzwanzig Jahren durchquerte das Foyer mit drei Schritten und stieg dann die Treppe zwei Stufen auf einmal nehmend hinauf, bis er bei ihr ankam. Jamie Pennington ließ sich neben ihr auf ein Knie fallen und sah mit einem Blick ihre blutige Lippe und ihr schnell anschwellendes Auge.

„Claudia, was ist passiert?" verlangte er zu wissen, sein Gesicht wurde blass unter den Sommersprossen.

„Es ist nichts", beharrte sie schwach und wandte ihr Gesicht ab. „Seine Lordschaft – wir – wir haben uns gestritten ..."

„,Nichts'? Meine Eltern streiten sich hin und wieder, aber Papa hat Mama noch nie ein blaues Auge geschlagen!"

„Es ist sonst nicht so schlimm", protestierte sie schwach. „Ich habe es mir selbst zuzuschreiben. Ich habe ihn provoziert ..."

11

„Den Teufel hast du!" Er richtete sich auf und schaute sich rasch im Gang um. „Wo ist seine Lordschaft?"

„Ich – ich weiß nicht. Er ist hinausgestürmt, gleich nachdem er – nachdem …"

Sie verstummte, als Jamie wieder die Treppe hinablief. Statt das Haus jedoch so zu verlassen, wie er es betreten hatte, blieb er vor dem riesigen Kamin der Eingangshalle stehen, hob sich auf Zehenspitzen, um eines der beiden darüber kreuzweise aufgehängten Schwerter herunterzunehmen.

„Jamie, was machst du da?"

Er wirbelte herum, um sie anzusehen. „Glaubst du, ich habe es an all diesen Sonntagen nicht bemerkt, wenn du mit einem blauen Auge oder einer geschwollenen Lippe in die Kirche gekommen bist? Du kannst so viel Schminke darüber schmieren, wie du willst, Claudia, und über dein Ungeschick, über den Teppich gestolpert zu sein, Witze machen. Du kannst jeden anderen in Norwood Green zum Narren halten, aber nicht mich. Ich hätte den Bastard schon vor Jahren töten sollen."

„Nein, Jamie!" Sie hob flehend eine zitternde Hand. „Nein, das darfst du nicht!"

„Du willst ihn verteidigen?" Jamies Zorn ließ nach, ersetzt durch bitteren Neid, dass jemand, der so gar nicht verdiente, solche Loyalität bewirken sollte. „Du würdest um sein Leben bitten, nach dem, wie er dich geschlagen hat?"

„Nein", sagte sie und ihre Stimme wurde so leise, bis sie nur noch ein Flüstern war. „Aber wenn er dich töten würde, hätte ich niemanden mehr."

„Deine Eltern …"

Sie schüttelte den Kopf. „Ich kann es ihnen nicht sagen. Mama würde es nie verstehen." Ihre Unterlippe verzog sich, ihre Oberlippe war inzwischen so geschwollen, dass eine Bewegung unmöglich war. „Mama legt sehr viel Wert darauf, dass eine Frau ihre Pflichten als Ehefrau erfüllt."

Jamie traf eine Entscheidung, stieß einen Seufzer aus und hängte seine Waffe wieder über den Kaminsims. „Na gut. Hast du irgendwo einen Schal?"

„Im Salon", sagte sie und zeigte mit einer vagen Geste, die sie zusammenzucken ließ, in die Richtung. „Jamie, was hast du vor?"

„Ich bringe dich hier raus, bevor er dich umbringt!"

Er ignorierte ihren schwachen Protest und ging über den Flur zum Salon. Seine kupferfarbenen Augenbrauen hoben sich beim Anblick der Trümmer, die alles waren, was von der Mahlzeit übrig geblieben war, auf die er sich tagelang gefreut hatte. Er schnappte sich den großen Paisley-Schal, der über die Rückseite des Sofas drapiert war, und kehrte damit zur Treppe zurück. Er legte ihn wie eine Kapuze über ihren Kopf, um ihr armes, zerschlagenes

13

Gesicht besser vor neugierigen Augen zu schützen, und hob sie dann auf seine Arme.

„Tue ich dir weh?", fragte er, als er sie scharf einatmen hörte.

„Ja." Ihre Stimme war kaum ein Flüstern, aber sie klammerte sich mit aller Kraft, die sie aufbringen konnte, an seinen Rockaufschlag. „Aber bitte lass mich nicht los."

„Ich werde dich niemals loslassen, Claudia", sagte er und die Worte wogen ebenso schwer wie ein heiliges Gelübde.

1

In dem John Pickett sich auf eine neue Mission begibt

März 1809
London

Die Glocken von St. Mary le Strand weckten ihn.

Dies war an sich nicht ungewöhnlich, denn die Glocken der alten Kirche am Ende der Drury Lane hatten fast ein Jahrhundert lang die Stunde geschlagen und John Pickett in den letzten fünf Jahren jeden Morgen in die Bow Street gerufen.

Doch heute würde er nicht in die Bow Street gehen. Als ihm einfiel, was er stattdessen würde tun müssen, trieb es ihn aus der Wärme seines Betts und er trat barfuß auf den Flickenteppich, der den einzigen Schutz vor den kalten Holzdielen des Fußbodens bot. Er schürte die abgedeckte Glut des Feuers und setzte einen Kessel Wasser zum Kochen auf, dann stocherte er ungeduldig in dem

Frühstück, das seine Wirtin heraufgeschickt hatte und auf
das er keinen Appetit verspürte. Er schob die Porridge-
schüssel weg und begann seine morgendliche Wäsche,
ohne darauf zu warten, dass das Wasser ganz heiß wurde.
Nachdem er sich mit Wasser gewaschen hatte, das nur
unter Aufbietung aller Freundlichkeit als lauwarm
bezeichnet werden konnte, rasierte er sich sorgfältiger als
gewöhnlich. Aus dem an der Wand über der Schüssel
befestigten Spiegel schaute ihn ein ziemlich blasser junger
Mann von fast fünfundzwanzig Jahren an, dessen braune
Augen einen Ausdruck nervöser Vorfreude trugen, der
deutlich von reinem Schrecken getrübt wurde. Nachdem er
es geschafft hatte, seine dünnen Barthaare abzuschaben,
ohne sich versehentlich die Kehle durchzuschneiden, zog
er sich ein schneeweißes Hemd, Kniehosen, Strümpfe und
Schuhe an, bevor er mit zitternden Fingern seine gestärkte
Krawatte band. Er bürstete seine ziemlich wilden, braunen
Locken glatt und band sie mit einem schwarzen Samtband
im Nacken zusammen, bevor er die weiße Brokatweste
und den dunkelblauen, zweireihigen Rock anzog, die vom
Schneider am Tag zuvor herüber geschickt worden waren.

Er klopfte auf die innere Rocktasche (eigentlich
unnötig, da er genau wusste, was sie enthielt), dann packte
er sein Rasierzeug in den ramponierten Koffer, der offen
in einer Ecke stand. Er schloss ihn und zog die abgenutzten
Lederriemen fest, dann marschierte er die nächsten zehn

Minuten auf und ab, bis ein Klopfen an der Tür seinen Wanderungen ein Ende bereiteten.

„Guten Morgen, Mr. Pickett", sagte der grinsende Mann, der direkt vor der Tür stand, ein kräftiger Kerl, der die gestreifte Weste und den mit Schulterkragen versehenen Umhang eines städtischen Kutschers trug. „Wenn Ihr bereit seid, können wir uns auf den Weg machen."

„Guten Morgen – Jervis, nicht wahr?", sagte Pickett und versuchte, sich an den Namen des Mannes zu erinnern. Das Gefährt hatte ihm die Freundlichkeit seines Richters, Mr. Colquhoun, verschafft, der für viele der Vorbereitungen, einschließlich auch der Kleider an Picketts Leib, verantwortlich war. Und vielleicht war es auch gut so, dachte Pickett, denn sein heutiges Vorhaben lag völlig außerhalb seiner eigenen Erfahrung. „Ich bin bereit, also fahren wir."

Er bückte sich, um den Koffer aufzuheben, aber der Kutscher winkte ab. „Den nehme ich, ja?"

Pickett, dem die Vorstellung, dass Diener etwas für ihn tun sollten, wozu er selbst sehr gut imstande war, noch immer Unbehagen bereitete, nickte. Als Jervis die Tasche auf seine Schulter hob, warf Pickett einen langen Blick zurück auf die zwei Zimmer seiner Wohnung, in der er fünf Jahren zu Hause gewesen war, und folgte dann dem Kutscher aus dem Raum und die Treppe hinunter in die frische Märzluft. Einmal auf der Straße angekommen, griff er nach dem Wagenschlag, um sich dann ein wenig zu ärgern, als Jervis sich ziemlich vielsagend räusperte. Er erlaubte dem Kutscher, den Schlag zu öffnen, und stieg dann hinein.

Die Entfernung von seiner eigenen Unterkunft in der Drury Lane zu seinem Ziel in der Curzon Street betrug knapp zwei Meilen – weniger noch in Luftlinie –, aber es gab weitaus größere Unterschiede, als in linearen Dimensionen gemessen werden konnten. Als das unfeine Gedränge des Covent Garden Bezirks von den eleganten Geschäften Piccadillys und schließlich den gepflegten Wohnstraßen Mayfairs abgelöst wurden, stiegen in Pickett immer größere Zweifel an seiner Fähigkeit auf, das bevorstehende Unterfangen erfolgreich zu meistern. Bis der Wagen zum Stehen kam, hatte sich sein Befinden zu einem Zustand verschlechtert, der sich der Panik näherte. Zugegeben, Mr. Colquhoun schien zu glauben, dass seine Zukunft in der Bow Street vielversprechend wäre, aber zuvor war er Lehrling eines Kohlenhändlers und davor ein jugendlicher Taschendieb gewesen. In seiner Vergangenheit – und auch, was das anging, in seiner Gegenwart – gab es nichts, was ihn in irgendeiner Weise für das geeignet erscheinen ließ, was er vorhatte. Wer war er zu denken, dass er Erfolg haben könnte, wo andere, die über weit größere Vorzüge verfügten, als er, versagt hatten? Wer war er, dass er…

„Curzon Street, Nummer zweiundzwanzig", trompete Jervis, riss die Wagentür auf und beendete Picketts vernichtende Selbstbetrachtung.

Der Augenblick war gekommen. Pickett stieg aus, holte tief Luft, zupfte an seiner Weste und stieg die flache Treppe zur Haustür hinauf. Er wurde offensichtlich erwartet, denn kaum hatte er den Klopfer angehoben und fallen lassen, wurde die Haustür aufgerissen.

„Mr. Pickett, Sir!", rief der Butler aus und strahlte ihn an. „Kommt doch herein."

„Rogers."

Pickett erwiderte den Gruß des Butlers mit einem Nicken, behielt aber Hut und Handschuhe bei sich, denn er würde nicht lange bleiben. Er folgte Rogers einen kurzen schmalen Flur hindurch zu einem Salon im hinteren Teil des Hauses. Der Butler öffnete schwungvoll die Tür zu diesem Raum.

„Mr. Pickett, Mylady – ähm, Madam", verkündete er und blieb dann zurück, um Pickett den Eingang freizugeben.

Bei der Ankündigung des Butlers erhob sich eine Frau von ihrem Stuhl vor dem Feuer, eine schöne Dame mit goldblonden Haaren, die ein Kleid aus hellblauer Seide mit hoch angesetzter Taille und ein strahlendes Lächeln trug.

„John!", rief sie aus.

Bei ihrem Anblick lösten sich alle seine Bedenken in Luft auf. Er war der glücklichste Mann der Welt, und es war ein weiser Mann, der sein Glück nicht anzweifelte, obwohl er es nicht verdient hatte.

„Nun, Mylady?", fragte er und betrachtete sie mit einem fragenden Lächeln. „Seid Ihr bereit, mich zu heiraten?"

* * *

Tatsächlich waren sie bereits verheiratet, und zwar seit dem vergangenen Oktober, als eine zweckmäßige, aber unschuldige Maskerade als Ehemann und Ehefrau in Schottland dazu geführt hatte, dass sie sich nach den Gesetzen dieses Landes legal verheiratet fanden. Das Verfahren zur Annullierung dieser Ehe war bereits in vollem Gange, als Pickett im Dienst schwer verletzt worden war und Lady Fieldhurst die Aufgabe übernommen hatte, ihn zu pflegen. Das war vor zwei Wochen gewesen, und während er bewusstlos gelegen hatte, hatte die Lady beschlossen (wie sein Richter sagte), ihn zu behalten. In gewisser Weise fand Pickett, dass er seinem Angreifer zu Dank verpflichtet wäre. In der letzten Woche hatte er sich von seinen Wunden erholt, und wenn er ehrlich war, musste er zugeben, dass er nicht seine ganze Zeit im Bett mit Schlafen verbracht hatte. Die heutige Hochzeitszeremonie war nicht unbedingt notwendig, da ihre irreguläre Ehe absolut legitim war, sondern eine praktische Maßnahme, um zu verhindern, dass die adligen Schwiegereltern der Dame die Eheschließung anfechten und möglicherweise für ungültig erklären lassen könnten. Lady Fieldhurst – wie lange würde es dauern, fragte sich Pickett, bevor er an sie als Julia würden denken können – hatte ihr Liebesnest in der Drury Lane erst am vergangenen Nachmittag verlassen, als ihre Freundin Lady Dunnington an der Tür erschienen war und ihre Absicht verkündet hatte, Julia zurück in die Curzon Street zu schleppen, wo sie sich auf die Hochzeit vorbereiten und ihre Koffer für die Reise nach Somersetshire packen sollte, die unmittelbar nach der Zeremonie stattfinden würde. Als er versucht hatte, gegen diese selbstherrliche Entführung seiner Braut zu protestieren, hatte Lady Dunnington darauf bestanden, dass es für eine Braut überhaupt nicht richtig war, die Nacht vor der Hochzeit mit ihrem Ehemann zu verbringen – eine logische Verdrehung, die so kompliziert war, dass die Lady, bis er sie so weit verstanden hatte, um sich eine passende Antwort einfallen zu lassen, Julia bereits in ihrer Barouche entführt hatte.

Jetzt gab Lady Fieldhurst – nein, *Julia*, ermahnte er sich – ihrem Lakaien Anweisungen für die Anmietung einer Postkutsche, während der Butler ihr Portmanteau auf der Kutsche des Richters verstaute. Pickett sah zu, plötzlich unsicher und ein wenig verlegen, als er zum

ersten Mal in der Öffentlichkeit (und vollständig
bekleidet) mit der Dame stand, die sich erst sechsund-
dreißig Stunden zuvor in einem entzückenden Zustand der
Entkleidung in seinem Bett befunden hatte. Er war
erleichtert, hinter ihr in das Fahrzeug zu steigen und als
Jarvis dann den Schlag schloss, was die beiden in relativer
Vertrautheit zurückließ.

„Wie hast du letzte Nacht geschlafen, John?", fragte
Julia sittsam, als der Wagen sich in Bewegung setzte. „Ich
hoffe, deine Verletzung hat dich nicht übermäßig
geschmerzt?"

„Ich habe recht gut geschlafen", sagte er, obwohl er
in Wahrheit gezwungen gewesen war, sich mit Laudanum
zu betäuben, weniger, um den dumpfen Kopfschmerz zu
lindern, der ihn noch immer von Zeit zu Zeit plagte, als um
Hilfe beim Einschlafen in einem Bett zu finden, das
plötzlich viel zu leer schien. „Und du?"

„Mein lieber John, du scherzt doch! Zum ersten Mal
seit vierzehn Tagen hatte ich einen großen, gut beheizten
Raum und eine schöne dicke Matratze ganz für mich
allein." Sie schob ihre Hand in seinen angewinkelten Arm
und senkte ihre Stimme zu einem verschwörerischen
Flüstern. „Ich habe es gehasst."

Die Fahrt zu Mr. Colquhouns Wohnsitz dauerte nicht
lange und bald betraten sie das Haus des Richters, in dem
die Gäste bereits versammelt waren. Dies waren durch die

Umstände bedingt nur wenige, da Pickett keine Familie außer einem nichtsnutzigen Vater in Botany Bay hatte, und die einzigen Verwandten von Julia, die in London lebten, waren tatsächlich die Verwandten ihres verstorbenen Mannes und missbilligten diese Ehe vehement. Obwohl Lady Dunnington sich mit Julias Wahl nicht völlig einverstanden erklärt hatte, war sie doch da, um zusammen mit Lord Dunnington und natürlich Mr. Colquhoun, Picketts Richter, der zusammen mit seiner Frau das Hochzeitsfrühstück ausrichtete, ihrer Freundin zur Seite zu stehen. Der Pfarrer aus Julias Gemeinde, den Pickett während seinen Ermittlungen wegen der Ermordung Lord Fieldhursts kennengelernt hatte, sollte die Zeremonie abhalten und war direkt vor dem Brautpaar eingetroffen.

Was kann man über eine Hochzeit sagen, was noch nicht schon gesagt wurde? Sie war genau wie jede andere Hochzeit, mit den Schwüren zu lieben, zu ehren und zu gehorchen, und doch ganz einzigartig. Es gab einen unangenehmen Moment, in dem Pickett errötend über die Zeile stolperte, in der es heißt: „Mit meinem Körper verehre ich dich" (als hätte er sie nicht die ganze letzte Woche sehr fromm angebetet), aber abgesehen von Lady Dunnington, die hinter ihrer behandschuhten Hand ein Lächeln verbergen musste, ließ sich bezweifeln, dass jemand außer Braut und Bräutigam es bemerkte.

Als der Priester den Bräutigam anwies, den Ring an

ihren Finger zu stecken, versuchte Julia ihr Bestes, ihn durch Stirnrunzeln zum Schweigen zu bringen, entschlossen, Pickett die Verlegenheit zu ersparen, das Fehlen eines Eherings zu gestehen. Aber vielleicht war es besser, dass es ihr nicht gelang, den Blick des Geistlichen auf sich zu ziehen, denn zu ihrer großen Überraschung griff Pickett in die Innentasche seines Rocks und zog einen schmalen Goldreif heraus.

Und plötzlich war es vorbei. Die Gesellschaft begab sich zum Hochzeitsfrühstück in den Speisesaal, und inmitten des Durcheinanders der Glückwünsche zog Mr. Colquhoun Pickett beiseite und reichte ihm ein gefaltetes Papier, das sich beim Öffnen als Bankscheck erwies, der auf eine Summe ausgestellt war, die Picketts Augen fast aus dem Kopf quellen ließ.

„Ich – ich kann das nicht annehmen, Sir!", protestierte er.

„Und warum bitte nicht, zum Teufel?", wollte der Richter mit einem finsteren Blick wissen.

„Ihr habt doch schon so viel getan …"

„Lasst mich das ganz klarstellen. Dies ist kein persönliches Geschenk, sondern Euer Anteil an der von Prinzessin Olga Fjodorowna versprochenen Belohnung für diese kleine Angelegenheit im Drury Lane Theater."

„Dann haben alle Mitglieder der Bow Street Truppe Schecks in dieser Höhe erhalten?"

„Jeder hat etwas erhalten, aber Eurer ist eher größer als die der anderen."

„Aber warum sollte es so sein? Wenn Ihr Euch erinnert, war ich während des größten Teils der Ermittlungen bewusstlos."

„Oh, ich erinnere mich – besser als Ihr, wage ich zu behaupten! Ich erinnere mich, dass Ihr wegen Eures Anteils an den Ermittlungen fast umgebracht worden wäret, und wenn das nicht gewesen wäre, würden wir vielleicht noch heute versuchen, die Sache aufzuklären. Nehmt es, John. Ihr habt es weiß Gott verdient."

Pickett kämpfte mit sich selbst. Er mochte die Idee nicht, für Arbeit bezahlt zu werden, die er nicht wirklich erledigt hatte (und er glaubte nicht, dass es zählte, einen Schlag auf den Kopf zu bekommen, egal was Mr. Colquhoun Gegenteiliges sagen mochte), aber er konnte es nicht leugnen, dass er das Geld brauchte. Er hatte seiner Ehefrau widerstrebend erlaubt, für die Postkutsche zu bezahlen, die sie in Kürze nach Somersetshire bringen würde, und sich selbst gesagt, dass dies eine akzeptable Verwendung ihres Geldes sei, da der gesamte Zweck der Reise darin bestand, es ihr zu ermöglichen, ihn ihren Eltern vorzustellen, aber die Tatsache war, dass er keine Wahl hatte. Der Kauf ihres Eherings hatte seine mageren Ersparnisse stark dezimiert, und obwohl er diese Ausgabe sicherlich nicht bereute, war ihm für eine Hochzeitsreise wenig übriggeblieben.

„Ja, Sir", sagte er mit einem Seufzer und steckte den Scheck in die Innentasche seines Rocks, in der sich noch bis vor kurzem Mrs. Picketts Ring befunden hatte.

„Guter Mann", sagte Mr. Colquhoun und nickte zustimmend. „Jetzt erzählt mir von diesen Flitterwochen. Wie lange erwartet Ihr im West Country zu bleiben?"

„Zwei Tage für die Hinfahrt und zwei für die Rückfahrt – was das angeht, wie lange wir in Somersetshire bleiben werden, schätzte ich, hängt das von dem Empfang ab, den Sir Thaddeus und Lady Runyon uns bereiten werden." Er verzog das Gesicht. „Ich könnte innerhalb der Woche wieder in der Bow Street sein."

„Ich werde Eure Intelligenz nicht mit der Versicherung beleidigen, dass Eure Schwiegereltern von der Verbindung begeistert sein werden. Trotzdem bezweifle ich nicht, dass sie feststellen werden, dass Ihr bei näherer Bekanntschaft gewinnt. Aber nehmt Euch so viel Zeit, wie Ihr wollt. Ihr müsst Euch nicht beeilen, um zur Bow Street zurückzukehren."

„Oh doch. Schließlich", fügte er mit einem ziemlich albernen Lächeln hinzu, „habe ich eine Frau zu versorgen."

Mr. Colquhoun räusperte sich. „Schaut, John, ich weiß, dass Ihr beide nicht viel Zeit hattet, um über die Zukunft zu sprechen, aber ich denke, Ihr solltet Eure Frau fragen …"

„Verzeihung, Sir", murmelte der Butler diskret und tippte Pickett auf die Schulter, „aber die Postkutsche steht vor der Tür."

„Danke", sagte Pickett und war dem Mann dankbar, dass er den Takt besaß, ihn – und nicht seine Frau, die die Miete bezahlt hatte – über die Ankunft des Fahrzeugs zu informieren. Als er sich wieder dem Richter zuwandte, sagte er: „Nun, ich denke, ich sollte am besten Mrs. Pickett holen, und wir werden uns auf den Weg machen. Was alles betrifft, was Ihr getan habt, Sir, ich kann Euch nicht genug danken …"

„Vergesst das jetzt", widersprach Mr. Colquhoun und wehrte Picketts halbherzige Dankesbezeugungen ab. „Werdet nur glücklich, das wird mir Dank genug sein."

Ein Ausbruch weiblichen Gelächters zog Picketts Aufmerksamkeit zur anderen Ecke des Raumes, wo Julia in unbeschwerter Unterhaltung mit Lady Dunnington und Mrs. Colquhoun stand. „Glücklich, Sir? Wie kann ein Mann, der von einer solchen Frau geliebt wird, etwas anderes sein?"

„Wie, in der Tat?", brummte der Richter ein paar Minuten später, als er und seine Frau mit den anderen Gästen auf der Vordertreppe standen und mit ihren Taschentüchern winkten, als die gelbe Postkutsche davonrollte.

„Wie bitte, mein Lieber?", fragte Mrs. Colquhoun, eine rundliche, gutmütige Frau, die, nachdem sie vier Kinder großgezogen und drei weitere begraben hatte, die tiefe, väterliche Zuneigung ihres Mannes für den jungen Mann, den er ein Jahrzehnt zuvor vor einem Leben als Verbrecher gerettet hatte, fraglos hinnahm.

„Ich dachte nur an unser frisch verheiratetes Paar", sagte er mit einem Seufzer. „Ich hoffe, sie werden glücklich sein."

Mit „sie" meinte der Richter natürlich „er", und Mrs. Colquhoun kannte ihren Ehemann gut genug, um die Bedenken zu verstehen, die er nicht äußerte. „Warum sollte er nicht?", erwiderte sie. „Man muss sie nur zusammen sehen, um die Tiefe ihrer Zuneigung zueinander zu erkennen."

„Ja, aber ich habe gerade erst entdeckt, dass Mr. Pickett erwartet, seine Braut mit seinem Einkommen zu unterhalten."

„Und das sollte er ja auch! Was ist daran falsch?"

„Während er bewusstlos lag, habe ich von der Dame selbst erfahren, dass ihr Wittum nicht mit ihrer Wiederverheiratung enden wird. In der Tat, wenn sie so leben will, wie sie es gewohnt ist, wird sie ihn unterhalten, nicht umgekehrt."

„Oh", sagte Mrs. Colquhoun, ziemlich entmutigt von dieser Offenbarung. „Aber das musst du missverstanden haben, meine Lieber. Wenn sie, wie du sagtest, während der vergangenen Woche wie Mann und Frau zusammengelebt haben, müssen sie inzwischen darüber gesprochen haben."

Er drehte sich um und sah sie etwas streng an, aber unter seinen buschigen weißen Augenbrauen funkelten seine blauen Augen leicht. „Meine liebe Janet, ist es wirklich so lange her, dass wir frisch verheiratet waren? Was auch immer sie in der letzten Woche getan haben mögen, ich kann dir versichern, dass das *Sprechen* keinen Vorrang hatte."

* * *

Als die Postkutsche nach Westen rasselte, streckte Julia ihre linke Hand aus, um das einfache goldene Band an ihrem dritten Finger besser zu bewundern.

„Das hättest du nicht tun müssen, John."

„Doch, sehr wohl." Es würde viele, viele Dinge geben, die ihr erster Ehemann ihr gegeben hatte, mit denen er niemals mithalten konnte, aber er hatte nicht die Absicht, eine Niederlage zuzugeben, bevor die Tinte auf der Heiratsurkunde auch nur trocken war. „Glaube es mir."

Julia, die eine sehr gute Vorstellung von der Richtung hatte, in die seine Gedanken gingen, warf ihm einen scharfen Blick zu und sagte: „Du musst dich nicht mit Fieldhurst vergleichen, John. Es wäre nicht fair." Sie verflocht ihre Fingern mit seinen und drückte seine Hand.

„Der arme Fieldhurst hätte keine Chance."

Er lächelte darüber, wie sie es beabsichtigt hatte, also drängte sie weiter. „Aber wie hast du es angestellt?"

Er zuckte mit den Schultern. „Ich hatte ein wenig Geld von dieser Sache mit Sir Reginald Montague zurückgelegt."

„Nein, ich meine, wie hast du es *angestellt*? Du hast die Wohnung nie verlassen!"

„Ach, das. Mr. Colquhoun hat in meinem Auftrag gehandelt." Er schmunzelte sie an. „Es war eine nette Abwechslung."

„Ich mag deinen Richter wirklich."

„Er schätzt dich auch sehr."

Es war ein weiterer unerwarteter Vorteil seiner Verletzung, die Entdeckung, dass die beiden Menschen, die er am meisten auf der Welt liebte und die sich zuvor mit Misstrauen (wenn nicht geradezu Feindseligkeit) betrachtet hatten, sich offenbar während seiner Bewusstlosigkeit über seinem leblosen Körper gefunden hatten.

Sie unterbrachen ihre Reise für die Nacht in einem Postgasthof in Reading, was nicht so romantisch war, wie es bei einem frisch verheirateten Paar zu erwarten gewesen wäre; sechs Stunden holpernder Fahrt in einer schlecht gefederten Kutsche hatten dazu geführt, dass Picketts halb geheilte Verletzung sich aufs Unangenehmste bemerkbar machte. Julia wartete nur lange genug, bis er beim Wirt ein

Zimmer besorgt hatte, bevor sie ihn in diesen Raum begleitete, ihm Laudanum verabreichte und ihn ins Bett steckte.

Sie machten sich im ersten Tageslicht wieder auf den Weg, und obwohl Pickett nach drei Stunden Qualen zu ertragen hatte, widersetzte er sich ihren Bemühungen, ihm erneut seine Medizin zu verabreichen, solange wie möglich, entschlossen, wach und wachsam zu sein, wenn er vor dem Squire und dessen Gattin seine Verbeugung machte. Julia setzte sich schließlich durch, indem sie anbot, bis zum Ende des Sitzes zu rutschen und ihn seinen Kopf auf ihren Schoß legen zu lassen. Es war recht eng, sein Hinterteil lag gegen die Außenwand der Kutsche gedrückt und seine langen Beine waren auf den gegenüberliegenden Sitz ausgestreckt, aber er mochte die Wärme ihrer Schenkel unter seiner Wange und in dem rhythmischen Streicheln ihrer Finger auf seinem Haar lag etwas wunderbar Beruhigendes …

So kam es, dass Julia, als die Postkutsche von der Straße in die lange Auffahrt nach Runyon Hall einbog, ihren Mann an der Schulter rütteln musste, um ihn aufzuwecken.

„John? Wach auf, Liebling, wir sind fast da."

„Was?" Pickett setzte sich auf, richtete hektisch seine Krawatte und fuhr mit den Fingern durch seine unordentlichen Locken. „Du hättest mich vor einer Stunde wecken sollen!"

„Unsinn! Du brauchtest die Ruhe", beharrte Julia.

Und so kam es, dass Pickett kurze Zeit später leicht errötet und vom Schlaf zerzaust aus der Postkutsche stieg. Als er Julia beim Aussteigen half, bemerkte er außerdem auf ihren Röcken einen kleinen feuchten Fleck, von dem er sehr befürchtete, es wäre sein eigener Speichel.

„Der Squire wird mich umbringen", murmelte er in sich hinein.

„Wie bitte?"

Er schüttelte den Kopf. „Nicht so wichtig."

Sie segelte mit der Leichtigkeit langer Vertrautheit die Vordertreppe hinauf, hob dann den eisernen Türklopfer und ließ ihn fallen.

„Guten Abend, Miss Julia", sagte der Butler, der öffnete und seine Augen beim Anblick der kürzlich verwitweten Tochter des Hauses weit aufriss, die mit einem großen jungen Mann im Schlepptau ankam.

„Guten Abend, Parks", antwortete sie. „Ich gehe davon aus, dass Mama und Papa meinen Brief erhalten haben?"

„In der Tat." Der Butler neigte den Kopf. „Mylady, Eure Mutter, hat angewiesen, dass das Dinner bis zu Eurer Ankunft warten sollte."

„Ausgezeichnet! Sind sie dann im Salon? Wir werden sofort zu ihnen gehen. Ihr müsst uns nicht anmelden."

Da er sie auf keinen Fall hätte ankündigen können, ohne zuvor über die Bezeichnung ihres Begleiters informiert worden zu sein, verneigte sich Parks lediglich zustimmend. Julia nahm Picketts Arm und lenkte ihn durch den Flur, um in der Tür eines gemütlichen Salons stehenzubleiben, der sowohl bequem als auch elegant eingerichtet war. Ein Sofa und zwei dick gepolsterte Ohrensessel waren um einen Adam-Kamin angeordnet, über dem eine von der Hand ausgeführtes Landschaftsgemälde eines begabten Amateurs hing.

„Mama! Papa!"

Beim Klang ihrer Stimme warf der Squire (den Pickett nach ihrem kurzen Treffen in London fast ein Jahr zuvor erkannte) seine Sportzeitschrift beiseite und stand auf, um sein geliebtes Kind willkommen zu heißen. Sein fröhlicher Gruß erstarb jedoch auf seinen Lippen, als er bemerkte, dass sie nicht allein war. Im Sessel neben seinem legte eine gebrechliche, zierliche Frau ihre Stickarbeit weg und betrachtete ihre Tochter mit einem Ausdruck verwirrten Unglaubens, der genau den ihres Mannes widerspiegelte.

Julia holte tief Luft. „Mama, Papa, ich möchte euch Mr. John Pickett vorstellen" – ihre Finger, die in der Beuge von Picketts Ellbogen lagen, glitten über seinen Unterarm, um sich fest an seine Hand zu klammern – „meinen Ehemann."

2

In dem John Pickett keinen großen Eindruck macht

Ein Moment fassungsloser Stille begrüßte diese Aussage. Pickett, der sich als Gegenstand zweier bohrender und keineswegs bewundernder Blicke wiederfand, zischte seiner Liebsten von der Seite zu:

„Du hast es ihnen nicht gesagt?"

„Ich dachte, es wäre besser, es persönlich zu machen", murmelte Julia.

„Aber du hast einen Brief geschrieben …"

„Ich sagte ihnen, dass ich eine Überraschung mitbringen würde", erklärte sie halb hoffnungsvoll und halb entschuldigend.

Pickett seufzte. „Ich nehme an, so kann man es auch ausdrücken."

Lady Runyon, deren kühle Gelassenheit nur wenige Umstände lange Zeit erschüttern konnten, fand endlich die Sprache wieder. „Nun, Julia, das ist sehr plötzlich", sagte sie mit einer Stimme, die nur leicht zitterte, als sie den Raum durchquerte, um ihre Tochter auf die Wange zu küssen.

Sie bot ihrem neuen Schwiegersohn die Hand und Pickett, der richtig vermutete, dass jeder Versuch, diese an seine Lippen zu ziehen, entweder als zu schmeichlerisch oder als unverschämt betrachtet werden könnte, begnügte sich damit, ihre Finger so zu drücken, wie er es als das richtige Maß an achtungsvollem Respekt empfand.

„Verdammt, ich weiß, wer Ihr seid!", rief Sir Thaddeus aus, der bis zu diesem Punkt darüber nachgedacht hatte, wo er diesen ihm vage vertraut erscheinenden jungen Mann vorher gesehen haben könnte. „Ihr seid der Kerl aus der Bow Street!"

„Ja, Sir", sagte Pickett mit einer Verbeugung. Er hätte seine Freude darüber zum Ausdruck gebracht, Sir Thaddeus unter glücklicheren Umständen zu begegnen, aber seine Zunge wurde durch die Erkenntnis gezügelt, dass Sir Thaddeus die unstandesgemäße Ehe seiner Tochter wahrscheinlich nicht so bezeichnen würde.

Was auch immer die Eltern seiner Braut als Reaktion auf die Entdeckung des Squires hätten sagen können, wurde durch die Ankunft von Parks mit der Ankündigung, dass das Dinner serviert wäre, verhindert.

„Oh, aber wir sind nicht richtig angezogen", protestierte Julia und blickte auf ihr elegantes Reisekostüm hinunter, dessen Röcke jetzt unschön zerknittert waren. „Vielleicht nur ein Tablett in unserem Zimmer …"

„Ich glaube, wir können auf das Umkleiden zum Abendessen verzichten, da ihr gerade erst angekommen seid", sagte Lady Runyon mit der Miene eines Monarchen, der eine unverdiente Ausnahme gewährte. „Mr. Pickett, wenn Ihr die Güte hättet, mir Euren Arm zu reichen?"

Das tat er, wenn auch nicht, ohne Julia einen Blick zuzuwerfen, in dem nahezu blankes Entsetzen stand. Julia akzeptierte die Begleitung ihres Vaters und sie folgten, als Lady Runyon an Picketts Arm zum Esszimmer voranschritt. Während der ersten paar Minuten, als Lakaien Speisen anboten und Weingläser füllten, beschränkte sich das Gespräch auf Plattitüden über auf das Wetter und den Zustand der Straßen. Nachdem sich die letzten Bediensteten zurückgezogen hatten, wandte sich Lady Runyon ihrer Tochter zu.

„Nun wirst du uns vielleicht erklären, Julia, wie diese ‚Ehe'" – sie schauderte fast, als sie das Wort aussprach – „zustande kam."

Und das tat Julia, angefangen bei ihrer ersten Begegnung an Lord Fieldhursts Leiche bis hin zu ihrer weiteren Bekanntschaft in Yorkshire, ihrem schicksalhaften Aufenthalt in Schottland und schließlich dem Besuch des Drury Lane Theaters, der Picketts Leben beinahe ein Ende bereitet hätte. Über einen Schritt auf ihrem Weg zum Traualtar schwieg sie jedoch entschlossen. Sie sagte nichts von der Nacht in Picketts Wohnung, als sie das Annullierungsverfahren, in das bereits so viel Mühe gesteckt worden war, abrupt aufgegeben hatten. Diese Nacht gehörte ihnen und ihnen allein, ein Erlebnis, das viel zu kostbar war, um es dem Urteil ihrer Eltern auszusetzen.

„Aber genug über John und mich", sagte sie schließlich und sah endlich eine Gelegenheit, das Thema zu wechseln. „Ihr müsst mir alle Neuigkeiten von Norwood Green erzählen! Wie geht es Mr. und Mrs. Pennington? Hören sie jemals von Jamie?"

„Dem Pfarrer und seiner Frau geht es gut. Was James betrifft, ist merkwürdig, dass du fragst, denn er ist erst kürzlich vom Kontinent zurückgekehrt. Es scheint, dass er Greenwillows von seiner Tante Layton geerbt hat und gekommen ist, um es zu besichtigen und sich mit einem Agenten zu treffen, um es auf den Markt zu bringen. Es ist ein recht hübsches Anwesen, also sollte er in der Lage sein, einen guten Preis dafür zu bekommen."

„Er hat also nicht vor, endgültig zurückzukehren?", fragte Julia mit gerunzelter Stirn.

Lady Runyon zuckte mit den schmalen Schultern. „Ich fürchte, er hat mich nicht ins Vertrauen gezogen. Du kannst ihn selbst fragen, denn wir sind zum Diner in Brantley Grange eingeladen und ich bin sicher, dass er anwesend sein wird. Oh, liebe Güte, ich muss Mrs. Brantley wohl wissen lassen, dass du nicht allein bist, damit sie auf einen zusätzlichen Gast eingestellt ist."

„Ich – ich möchte niemandem Unannehmlichkeiten bereiten …", begann Pickett.

„Wenn Mrs. Brantley feststellt, dass sie ihre Gastfreundschaft nicht auf Mr. Pickett ausdehnen kann, dann fürchte ich, muss ich mich entschuldigen", sagte Julia mit stählerner Stimme.

Lady Runyon runzelte die Stirn. „Ich sehe keinen Grund, warum sie das nicht tun sollte, Julia. Ich hoffe, du hast nicht vor, bei jeder mutmaßlichen Kränkung in die Luft zu gehen. Ich muss dich jedoch warnen, mache dich auf einen Schock gefasst, Liebes. Lord Buckleigh hat wieder geheiratet."

Nachdem jetzt glücklicherweise nicht mehr aller Augen auf ihn gerichtet waren, stellte Pickett fest, dass seine Gedanken zu wandern begannen, denn es gab kaum etwas Ermüdenderes, als zuzuhören, wie andere Leute über eine Gruppe von Leuten Erinnerungen austauschen, die einem selbst unbekannt waren. Doch bei der Andeutung, dass es einen Rivalen um die Zuneigung seiner Frau geben könnte, war seine Aufmerksamkeit wieder vollends geweckt.

„Lord Buckleigh, wieder verheiratet?" wiederholte Julia und wurde ziemlich blass. „Wann ist das denn passiert, Mama?"

„Vor einigen Monaten – Oktober, glaube ich. Sie sind erst kürzlich von ihrer Hochzeitsreise zurückgekehrt."

„Du hast es in keinem deiner Briefe erwähnt."

„Du hattest genug eigenen Kummer, mit dem du fertigwerden musstest – dachte ich jedenfalls", fügte Lady Runyon düster hinzu mit einem Blick auf Pickett.

„Wie ist sie, Mama? Hast du sie kennengelernt?"

„Ich habe sie letzten Sonntag in der Kirche gesehen – eine sehr junge Frau, und ich nehme an, recht hübsch, wenn man diesen Typ mag. Aber wir sind einander noch nicht vorgestellt worden. Wie gesagt, Lord und Lady Buckleigh haben sich gerade erst in Buckleigh Hall niedergelassen."

Julia zuckte beim Klang des Titels der Dame zusammen, und Pickett befürchtete das Schlimmste. Als sie seinen betroffenen Gesichtsausdruck bemerkte, erklärte sie hastig: „Lord Buckleigh war mit meiner Schwester verheiratet."

Pickett hatte bis zu diesem Moment nicht gewusst, dass sie eine Schwester hatte, aber Lady Runyon wollte die offensichtlich nicht weiter über die Angelegenheit sprechen. Sie legte ihre Serviette neben ihren Teller und erhob sich vom Tisch. „Wenn du mit mir kommen willst, Julia, dann überlassen wir die Männer ihrem Portwein."

Etwas im Gesichtsausdruck der Lady gab Pickett zu

verstehen, dass Julia ihr *tête-à-tête* mit ihrer Mutter nicht mehr genießen würde als er seine eigene Unterhaltung mit ihrem Vater. Sie wechselten einen Blick gegenseitigen Mitgefühls, und Julia folgte ihrer Mutter aus dem Raum.

* * *

Als die Damen den Speisesaal verließen, schlüpfte der Butler herein und holte zwei Gläser und eine Karaffe rubinroter Flüssigkeit von der Anrichte, um sie an Sir Thaddeus' Ellbogen zu platzieren, bevor er sich leise wieder entfernte. Allein mit seinem neuen Schwiegersohn füllte der Squire beide Gläser und schob eines über den Tisch zu Pickett.

„Jetzt, wo die Frauen weg sind, will ich ohne weiteres drum Herumreden die Wahrheit hören", sagte Sir Thaddeus brüsk. „Wie viel wollt Ihr?"

„W–wie bitte, Sir?"

„Wie ist Euer Preis?", fragte Sir Thaddeus zur Erklärung. „Wie viel braucht es, um Euch davon zu überzeugen, nach London zurückzukehren und keine weiteren Ansprüche auf die Zuneigung meiner Tochter zu erheben?"

Pickett konnte ihn nur entsetzt anstarren. „Ich habe keinen Preis, Sir, aber wenn ich überredet werden könnte, das zu tun, was Ihr vorschlagt, könnt Ihr sicher sein, dass er höher wäre, als Ihr oder ein anderer Mann anbieten könntet."

„Ihr – Ihr Schurke!", rief Sir Thaddeus aus und lief vor Wut fast dunkelrot an.

„Sir Thaddeus, ich fürchte, Ihr unterliegt einem Missverständnis. Eure Tochter und ich sind verheiratet – zweimal verheiratet, in der Tat, einmal in Schottland und einmal in England. Und die Ehe wurde vollzogen", fügte er zur Betonung hinzu, wobei er sich zwang, nicht rot zu werden. „Wenn ich sie verließe, wie Ihr vorschlagt, würdet Ihr sie damit zu einem Leben in Einsamkeit verdammen, denn es gäbe keine Auflösung, um keinen Preis."

„Missverständnis, was? Oh nein, Sörr, ich verstehe vollkommen!" Der Squire stellte sein Glas mit solcher Wucht ab, dass die Flüssigkeit über den Rand schwappte und einen blutroten Fleck auf dem makellosen Weiß der leinenen Tischdecke hinterließ. „Was ihre Einsamkeit betrifft, bin ich mir nicht sicher, ob ich es nicht lieber sehen würde, wenn sie mit einem Gentleman im Ehebruch lebt, der ihr ebenbürtig ist, als legal mit einem Kerl verheiratet zu sein, der ihre Dankbarkeit und ihre Großzügigkeit ausnutzt, um sie zu einer Beziehung zu zwingen, von der jeder Dummkopf sehen muss, dass sie ihrer nicht würdig ist!"

„Es gab keinen Zwang, Sir. Es war eine gemeinsame Entscheidung. Was die Frage betrifft, ob es eine passende Partie ist, kann ich Euch versichern, dass sich niemand meiner Unwürdigkeit mehr bewusst ist als ich selbst. Doch während es eine große Anzahl von Männern geben mag, die die Hand Eurer Tochter eher verdienen, bin ich sicher, dass keiner von ihnen sie mehr lieben könnte, als ich es tue."

Sir Thaddeus musterte ihn für einen langen Moment und seufzte dann tief. „Ich kann nicht leugnen, dass Ihr während dieser Angelegenheit mit Lord Fieldhurst unentbehrlich für sie wart", räumte er widerwillig ein.

„Wenn das wahr ist, dann, weil ich sie schon damals liebte und es mir eine Ehre war, ihr einen Dienst zu erweisen. Glaubt mir, Sir, die Vorstellung, dass ich von meinen Bemühungen zu ihren Gunsten profitieren könnte, ist mir nie in den Sinn gekommen."

„‚Profitieren?' Eine interessante Wortwahl, Mr. Pickett", blaffte Sir Thaddeus und sah seinen Schwiegersohn finster an. „Ich muss Euch sagen, dass ich nicht viel von einem Mann halte, der es zufrieden ist, vom Geld seiner Ehefrau zu leben."

„Nein, Sir, ich auch nicht", sagte Pickett erleichtert, zumindest einen Punkt zu finden, auf den sie sich einigen konnten. „Ich habe fünfundzwanzig Schilling pro Woche, um meine Frau zu versorgen. Ich habe bisher die Hälfte davon an meinen Vater geschickt in – an meinen Vater, doch ich beabsichtige, ihm zu schreiben, dass ich das nicht länger tun kann, da ich jetzt geheiratet habe."

„Ist Euer Vater also im Ruhestand?"

Pickett nickte. „Sozusagen." Er nahm an, dass eine Verhaftung wegen geringfügigen Diebstahls und eine Deportation nach Botany Bay eine Art Ruhestand darstellten. „Ich weiß, dass mein Einkommen nach den Maßstäben, an die Eure Tochter gewöhnt ist, nicht viel ist, aber es gibt auch gelegentliche Entschädigungen für verurteilte Kriminelle sowie private Kommissionen, und ich beabsichtige, alles zu tun, um in meinem Beruf voranzukommen. Mein Richter scheint der Auffassung zu sein, dass meine Aussichten gut sind."

„Ihr scheint Euch ja alles gut zurechtgelegt zu haben", spottete der Squire. „Bei fünfundzwanzig Shilling pro Woche vermute ich, dass Julias vierhundert Pfund pro Jahr für Euch kaum ins Gewicht fallen."

Pickett runzelte verwirrt die Stirn. „Verzeihung, Sir, aber – welche vierhundert Pfund?"

„Ihr Wittum beträgt vierhundert Pfund im Jahr."

„Aber das muss doch sicher mit ihrer Wiederverheiratung hinfällig geworden sein", stellte Pickett mit wachsendem Unbehagen fest.

„Ja, normalerweise wäre es so. Aber bei den Verhandlungen über den Ehevertrag mit Fieldhurst bestand ich darauf, dass sie im Falle des vorzeitigen Ablebens seiner Lordschaft in der Lage sein sollte, ohne Verlust wieder zu heiraten. Ich weiß nicht, was ich dachte – ich nehme an, es schien damals eine gute Idee zu sein, angesichts des Altersunterschieds –, aber Ihr könnte sicher sein, dass ich nicht daran gedacht hatte, sie in die Lage zu versetzen, sich an jemanden wie Euch wegzuwerfen!"

Pickett hörte diese wenig schmeichelhafte Rede kaum, so beunruhigt war er über die Enthüllung, dass er eine Frau mit eigenen Einkünften geheiratet hatte. „Sir Thaddeus – würdet Ihr – würdet Ihr mich entschuldigen?" Er hatte keine Ahnung, ob ein so plötzlicher Aufbruch aus dem Speisesaal sich gehörte, aber es spielte auch keine Rolle; er wollte mit seiner Frau sprechen, und zwar so schnell wie möglich.

„Wie, jetzt schon? Nun, wenn Ihr fertig seid" – der stirnrunzelnde Blick des Squire musterte Picketts unberührtes Weinglas – „können wir zu den Damen gehen."

Die beiden Männer erhoben sich vom Tisch, aber als sie sich der Tür näherten, hielt Sir Thaddeus Pickett mit einer Hand auf dessen Arm zurück. Als er sprach, klang sein Tonfall ganz verändert.

„Noch eines, Mr. Pickett", sagte er mit fast schüchterner Stimme. „Als wir uns in London begegnet sind, habt Ihr Kenntnis von – von gewissen Aktivitäten erlangt. Ich wäre Euch sehr dankbar, wenn Ihr nichts davon Julia gegenüber erwähnen würdet."

Pickett musste nicht um eine Erklärung bitten; er erinnerte sich gut an sein Verhör von Julias Vater in den

44

Tagen nach dem Mord an Lord Fieldhurst, als er entdeckte, dass Sir Thaddeus, der angeblich zur Unterstützung seiner Tochter nach London geeilt war, tatsächlich bereits zu dem Zweck in der Stadt gewesen war, um sich gegen Geld jene weiblichen Aufmerksamkeiten zu beschaffen, die ihm die unsichere Gesundheit seiner Ehefrau in den letzten Jahren versagt hatte.

„Ich mag nicht die Erziehung eines Gentlemans genossen haben, Sir, aber mir ist der Unterschied zwischen Tatsachen, die ich bei Ausübung meiner Pflicht entdecke und passenden Themen für eine Unterhaltung im Salon durchaus bekannt. Was das angeht, dass ich Eurer Tochter gegenüber so etwas auch nur im Vertrauen erwähnen könnte, muss ich sagen, wenn Ihr mich für fähig haltet, ihr Dinge zu enthüllen, die ihr nur Schmerz bereiten könnten, nun, dann kann ich Eure Abneigung, sie mit mir verheiratet zu sehen, verstehen."

Der Squire sah leicht beschämt aus, aber in seine Verlegenheit mischte sich Erleichterung. „Dann ist ja alles in Ordnung", sagte er und führte seinen Schwiegersohn in den Salon, wo die Damen warteten.

* * *

Als Lady Runyon den Salon erreichte, ließ sie sich mit einem Seufzer ihrer Bombasineröcke auf das Sofa sinken und sah mit vorwurfsvollen Augen zu ihrer Tochter auf. „Und nun bist du wieder verheiratet – noch dazu mit einem Bow Street Läufer! – wo der arme Fieldhurst noch nicht kalt im Grab ist", tadelte sie sanft. „Wirklich, Julia, was hast du dir dabei gedacht?"

Julia nahm am anderen Ende des Sofas Platz. „Ich dachte, dass ich Mr. Pickett liebe und den Rest meines Lebens mit ihm verbringen möchte", sagte sie und hob trotzig ihr Kinn.

Lady Runyon seufzte. „Oh, er ist ein gut aussehender Junge, da muss ich dir zustimmen."

„Er ist viel mehr als ein ‚gut aussehender Junge', Mama! Wie kannst du so etwas sagen, nachdem du gehört hast, wie er mir mehr als einmal das Leben gerettet hat? Und ich habe dir nicht einmal das Ganze erzählt, um es ihm zu ersparen, rot zu werden, aber er hat uns beide vor dem Feuer in der Drury Lane gerettet, indem er ein Seil aus den Vorhängen geflochten und aus einer Loge im dritten Rang heruntergeklettert ist, während er mich auf dem Rücken trug."

Lady Runyon schien von dieser Enthüllung etwas verblüfft zu sein, erholte sich jedoch schnell. „Ich bin sicher, niemand stellt die Tapferkeit des jungen Mannes infrage. Trotzdem kann ich nicht anders, als zu denken, dass der arme Fieldhurst niemals zugelassen hätte, dass du in eine so gefährliche Situation geraten würdest."

Julia zupfte an ihren Röcken, eine nervöse Geste, die ihre wachsende Erregung verriet. „Nein, denn es wäre

Frederick nie in den Sinn gekommen, dass ich Erkenntnisse hätte, von denen er profitieren könnte – das war Mr. Picketts ganze Absicht bei seiner Einladung, ihn überhaupt ins Theater zu begleiten."

Lady Runyon verdrehte ihre Augen zum Himmel. „Als Nächstes wirst du mir sagen wollen, dass dieser Mr. Pickett dich wegen deines Verstandes liebt."

„Ja, so ist es!", fauchte Julia, deren Geduldsfaden langsam völlig zerschlissen war. „Wegen meines Verstandes, meines Gesichts und meines Charakters, und…"

„Und deiner vierhundert Pfund pro Jahr?", fragte ihre Mutter mit trügerischer Süße. „Was hält er davon?"

Diese einfache Frage hatte die Wirkung, Julia den Wind aus den Segeln zu nehmen. „Ich – ich bin nicht sicher, dass er überhaupt davon weiß", gestand sie und erinnerte sich an die Besprechung mit dem Anwalt ihres Mannes, in der Lord Fieldhursts Testament verlesen worden war. Natürlich, John – Mr. Pickett, wie sie damals an ihn gedacht hatte, war für einen Teil dieser Zusammenkunft anwesend gewesen, aber sie war sich nicht sicher, ob er von den Bedingungen ihres Wittums gehört hätte, noch sich daran erinnern könnte, selbst wenn dem so war.

„Und dir ist es nie in den Sinn gekommen, dich das zu fragen? Wirklich, Julia, wie konntest du so dumm sein?"

„Bitte, sprich nicht mit mir, als wäre ich ein Kind, Mama! Denke daran, dass ich sechs Jahre verheiratet war. Ich bin wirklich alt genug, um zu wissen, was ich will!"

„Was du *willst*?", wiederholte Lady Runyon spöttisch. „Eine schöne Welt wäre das, wenn junge Mädchen heiraten würden, wen sie wollten!"

„‚Junge Mädchen'? Mama, ich bin siebenundzwanzig Jahre alt!"

„Tatsächlich?", fragte Lady Runyon leicht überrascht. „Ich schätze, du wirkst jünger, wenn du einen so kindischen Wutanfall hast."

Julia schloss die Augen und atmete tief durch. „Ich bitte um Verzeihung, Mama."

„Aber wie ich gerade sagen wollte, kannst du nicht nur an das denken, was du willst, Julia. Du hast eine Verantwortung dafür, mit Bedacht zu heiraten."

„Habe ich, tatsächlich? Wem gegenüber, bitte?"

„Musst du da fragen? Jedes Kind, das in einer Ehe wie deiner geboren wird, muss mit Sicherheit unter dem minderen Status seines Vaters leiden …"

„Es werden keine Kinder geben, Mama", sagte Julia mit leiser Stimme. „In sechs Jahren mit Frederick hat es nie das geringste Anzeichen dafür gegeben, dass ich – dass ich ein Kind empfangen könnte."

„Sehr gut, dann denke nicht an Kinder. Denke

stattdessen an deine Erziehung, deine Familie, an das, was deinem Namen gebührt …"

„Willst du mir sagen, dass ich an *dich* denken soll, Mama, dass es meine Pflicht ist, dass *dir* meine Wahl eines Ehemannes gefallen muss? Das habe ich schon einmal getan, als ich Frederick geheiratet habe. Ist das nicht genug?"

„Julia, meine Liebe, du verletzt mich zutiefst!", rief Lady Runyon und drückte eine arthritische Hand an ihr Herz. „Als Nächstes wirst du sagen, ich hätte dich zur Ehe mit Lord Fieldhurst gezwungen!"

Julia seufzte. „Nein, denn ich war von seinem Titel so geblendet, wie nur ein neunzehnjähriges Mädchen es sein kann. Aber ich habe für meine Fehler bezahlt – teuer dafür bezahlt! – und ich hoffe, es diesmal besser zu machen. Ich wusste, dass du mit John nicht einverstanden sein würdest, jedenfalls nicht, bevor du ihn nicht besser kennenlernst, aber ich hatte gehofft, du würdest wenigstens versuchen, dich für mich zu freuen."

Lady Runyon zog ein spitzengerändertes Taschentuch aus dem Ärmel und tupfte sich die Augen. „Mein liebes Kind, ich möchte so sehr, dass du glücklich bist! Du bist alles, was mir auf der Welt geblieben ist."

„Ich weiß, Mama", sagte Julia sanft und tätschelte die Hand ihrer Mutter. „Ich vermisse sie auch. Aber Claudia ist seit mehr als einem Dutzend Jahren fort, und ich muss mein eigenes Leben führen, denn ich kann ihr Leben nicht leben. Niemand kann das."

„Ich bin normalerweise keine solche Heulsuse", bemerkte Lady Runyon, faltete ihr Taschentuch auseinander und faltete es wieder zusammen, um eine trockene Oberfläche freizulegen. „Manchmal vergehen ganze Tage, ohne dass ich an die arme Claudia denke. Ich nehme an, es liegt daran, dass Lord Buckleigh eine neue Braut nach Hause gebracht hat, dass es mich alles wieder so tief fühlen lässt. Das, zusammen mit Major Penningtons Rückkehr."

„Oh, ist Jamie jetzt Major?", fragte Julia, eifrig darauf bedacht, die Gedanken ihrer Mutter in eine erfreulichere Richtung zu lenken. „Er muss in der Armee recht erfolgreich sein."

Lady Runyon schnüffelte verächtlich in ihr Taschentuch. „Er hat sicherlich Erfolg gehabt, aber ich kann nicht so tun, als würde ich ihn mögen. Ich werde immer glauben, dass er mehr über Claudias Verschwinden wusste, als er je verriet. Warum sonst, sag, hätte er Oxford so überstürzt verlassen sollen, um wegzurennen und zur Armee zu gehen? Und das weniger als vierundzwanzig Stunden, nachdem sie zuletzt gesehen wurde!"

„Mama, du kannst nicht behaupten, dass Jamie – dass er ihr etwas antun würde! Wie, er betete sie an! Wäre Lord Buckleigh nicht gewesen, hätte er sie vielleicht geheiratet."

„Aber wer soll sagen, dass Liebe sich nicht in Hass verwandeln kann, wenn sie zurückgewiesen wird?"

„Wenn Jamie eine solche Neigung gehabt hätte – was ich nicht glaube, bei Weitem nicht! –, hätte er sicherlich nicht bis zwei Jahre nach der Hochzeit gewartet, um so zu reagieren."

„Ja, Liebes, aber …"

Bevor Lady Runyon ihre Gegenargumentation äußern konnte, öffnete sich die Tür und Sir Thaddeus betrat den Raum, gefolgt von seinem neuen Schwiegersohn. Picketts Gesichtsausdruck war so benommen und empört, dass Julia sich fragte, was genau ihr Vater zu ihm gesagt hatte. Seine Augen trafen ihre in einer stillen Bitte, und sie hielt es für höchste Zeit, dass er vor ihrer weniger als freundlichen Familie gerettet wurde. Zum Glück hatte sie die perfekte Ausrede parat.

„John, schmerzt dich dein Kopf? Vielleicht solltest du heute früh zu Bett gehen. Mama, Papa, würdet ihr uns bitte entschuldigen? Wir haben Reading heute Morgen sehr früh verlassen, und Mr. Picketts Kopfverletzung wurde durch den schlechten Zustand der Straßen verschlimmert."

„Ich hatte keinen Grund anzunehmen, dass du nicht allein kommst, Julia, also hatte ich kein zweites Schlafzimmer vorbereiten lassen", klagte Lady Runyon. „Ich habe dich in deinem alten Zimmer untergebracht, aber wenn Ihr warten könnt, Mr. Pickett, werde ich die Haushälterin ein anderes vorbereiten lassen."

„Danke, Mama, aber wir kommen sehr gut mit einem zurecht", sagte Julia und zog ihren dankbaren Ehemann aus dem Salon und die Treppe hinauf.

Kaum hatten sie das Schlafzimmer im zweiten Stock erreicht und die Tür geschlossen, drehte sich Julia um und vergrub ihr Gesicht an seiner Brust. „Halt mich fest, John."

Pickett ließ sich nicht zweimal bitten, legte seine Arme um sie, während seine eigenen Sorgen vorläufig vergessen waren. „War es so schlimm?"

„Schlimmer." Sie stieß einen tiefen Seufzer aus. „Ich weiß, ich hätte ihnen schreiben und es erklären sollen, aber ich wollte Mama keine Gelegenheit geben, ihre Argumente vorzubereiten. Der Himmel weiß, dass sie ohne Vorwarnung schlimm genug war."

Pickett mochte manchen Fehler haben, aber dumm war er nicht und wusste daher, dass er vorsichtig sein musste. Im Gegensatz zu den Fieldhursts, von denen er wusste, dass sie eine gewisse Befriedigung dabei verspürte, sich ihnen zu widersetzen, waren der Squire und seine Frau ihr eigenes Fleisch und Blut. Er wollte nicht die Ursache für einen Riss zwischen seiner Frau und ihren Eltern sein; tatsächlich war er sich überhaupt nicht sicher, ob sie sich nicht gezwungen fühlen würde, zu ihrer Verteidigung zu eilen, wenn er etwas gegen sie sagte. Und so sagte er überhaupt nichts, sondern führte sie zu dem Ohrensessel vor dem Feuer (das bereits zur Vorbereitung ihrer – eher *Julias* – Ankunft angezündet worden war), setzte sich und zog sie auf seine Knie, woraufhin sie sich an ihn lehnte und ihren Kopf auf seine Schulter legte.

„Papa behandelt mich, als wäre ich noch neun Jahre alt, und das ist schon schlimm genug", beklagte sie sich, während er ihre Hand nahm und nacheinander jede Fingerspitze küsste, „aber bei Mama *benehme* ich mich so, als wäre ich noch neun Jahre alt, was unendlich schlimmer ist, und – John! Du hörst nicht zu!"

„Doch. Ich habe jedes Wort gehört. Du sagtest, deine Mutter brächte dich dazu, dich so zu benehmen, als wärest du noch immer neun Jahre alt." Er schaute stirnrunzelnd auf die Hand hinunter, die er noch immer hielt. „Jetzt hast du mich die Stelle verlieren lassen. Ich werde ganz von vorn anfangen müssen", sagte er, und das tat er auch.

„Sie *bringt* mich eigentlich nicht dazu, denn es ist mein eigener Fehler. Es ist nur so, dass Mama – dass Mama – dass sie – oh, *verflixt,* Mama!", rief sie aus und zog ihre Hand aus seiner zurück und seinen Kopf an sich, damit seine Küsse auf ihren Lippen landen konnten, wo sie hingehörten.

Erst einige Zeit später, nachdem die Kerzen gelöscht waren und sie aneinander gekuschelt in dem Bett lagen, in dem sie als Mädchen geschlafen hatte, erinnerte Pickett sich an die Frage, die er ihr hatte stellen wollen.

„Mylady", murmelte er in ihre Haare, „ist es wahr, dass du ein Einkommen von vierhundert Pfund pro Jahr hast?"

„Mm-hm", murmelte sie, kaum noch wach.

Er drehte eine ihrer goldenen Locken um seinen Finger und dachte lange über ihre Antwort nach, bevor er eine weitere Frage stellte. „Hättest du mich auch geheiratet, wenn ..."

Sie bewegte sich in seinen Armen und machte ein kleines schnüffelndes Geräusch, das ihn erkennen ließ, dass sie bereits schlief. Und vielleicht, dachte er, war es auch gut so. Vielleicht war es besser, keine Fragen zu stellen, deren Antworten ihm vielleicht nicht gefallen würden.

* * *

Pickett schlief in dieser Nacht nicht tief und fest, was zum großen Teil auf seine Entschlossenheit zurückzuführen war, sich von dem Laudanum zu entwöhnen, das seit der Nacht seiner Verletzung sein ständiger Begleiter gewesen war. Hätte er vor dem Schlafengehen eine weitere Dosis eingenommen, wie Julia ihn gedrängt hatte, hätte er das Geräusch wahrscheinlich überhaupt nicht gehört. Aber nachdem er endlich ohne Betäubungsmittel weggeschlummert war, wurde er plötzlich durch ein leises Klicken geweckt. Seine Augen flogen auf, aber als ein

Instinkt ihn warnte, still liegen zu bleiben, machte er keine Bewegung außer einer winzigen Drehung seines Kopfes, um sicherzustellen, dass seine Frau noch schlief. Sein Blick wanderte über den unbekannten Raum auf der Suche nach der Quelle des Geräuschs, aber selbst als er sich ohne Überzeugung sagte, dass er es geträumt haben musste, wiederholte sich das Geräusch und die Tür begann sich ganz langsam zu öffnen.

Als das Hämmern in seinem Herzen nachließ, nahm sein Zorn zu. Er war bereit, seinen Schwiegereltern sehr viele Zugeständnisse zu machen; in der Tat, da er wusste, dass er niemandes idealer Kandidat für die Hand einer Tochter war, fehlte ihm nicht ein gewisses Maß an Mitgefühl für sie. Dennoch waren bestimmte Dinge heilig oder sollten es sein, und die Privatsphäre des Ehebetts war eines davon.

Er entschied sich, warf die Decke zurück und zog seinen Arm sanft unter dem Kopf seiner Frau hervor. Er glitt aus dem Bett und schlich langsam durch den unbekannten Raum, wobei er besonders darauf achtete, nicht mit seinem Schienbein im Dunkeln gegen die Möbel zu stoßen. Als er die Tür erreichte, ergriff er den Knauf und warf die Tür weit auf – nur, um in einen leeren Korridor zu starren. Er trat aus dem Raum und sah den Gang in beide Richtungen auf und ab, sah aber nichts, nicht einmal das schwache Leuchten einer in der Ferne verschwindenden Kerze. Er sog prüfend die Luft ein, bemerkte jedoch keinen scharfen Geruch eines kürzlich ausgelöschten Lichts.

Ein Traum, entschied er, zweifellos das Ergebnis eines schlechten Gewissens. Sicherlich konnte es nicht richtig sein, seine ehelichen Rechte unter dem Dach der missbilligenden Eltern seiner Frau auszuüben. Er dachte an den Mann, den Lady Runyon beim Abendessen erwähnt hatte, den Lord, der unter anderen Umständen sein Schwager gewesen wäre und der gerade von seiner Hochzeitsreise zurückgekehrt war; er hoffte, dass die Flitterwochen seiner Lordschaft befriedigender gewesen waren, als seine eigenen zu werden versprachen.

Mit einem Seufzer tapste er wieder durch den Raum zurück und schlüpfte unter die Decke.

3

Das von einem Mädchen und einem Geist handelt

Mai 1796
Somersetshire

Jamie ging mit Claudia auf den Armen die Treppe hinunter und durch das Foyer, trat dann die Haustür auf und trug seine kostbare Last um das nördliche Ende des Hauses zu den Ställen dahinter.

„Higgins!", brüllte er nach dem Stallmeister. „Higgins! Wo bist du?"

Ein schlaksiger junger Mann, der fast in Jamies Alter war, kam aus dem hintersten Stall. Seine Augen quollen heraus beim Anblick seiner Herrin in den Armen des Pfarrerssohns, dessen Pferd er gerade abgesattelt hatte.

„Tom! Wo ist Higgins?" Jamie kam der Gedanke, dass die Abwesenheit des Stallmeisters eine gute Sache sein könnte; der Stallbursche Tom, der weniger Verantwortung und wesentlich geringeren Lohn hatte, könnte sich weniger verpflichtet fühlen, den Vorfall seiner Lordschaft zu melden, insbesondere, wenn Jamie dafür sorgte, dass es sich für ihn lohnte, den Mund zu halten. „Egal, spielt keine Rolle. Sattel mein Pferd und auch die Stute Myladys."

Claudia gab einen leisen Laut des Protestes von sich. „Jamie, nein – ich kann nicht –"

„Ist schon gut, Claudia", sagte er beruhigend. „Ich erwarte nicht, dass du reitest."

Er wandte sich wieder dem Stallburschen zu, der ihn immer noch mit offenem Mund anstarrte. „Du kannst den Zügel der Stute an meinen Sattel binden. Los, Mann, steh' nicht einfach da herum!"

Der Stallbursche tippte sich zustimmend an die Stirn und machte sich dann an seine Arbeit.

Als Tom fertig war, stellte Jamie Claudia auf ihre Füße und umfasste ihre Taille mit seinen Händen. „Es tut mir leid, aber das wird wehtun."

Sie schenkte ihm ein tapferes kleines Lächeln. „Macht mir nichts aus."

Er hob sie auf sein eigenes Pferd, bemerkte, wie sie scharf den Atem einsog und schwang sich dann hinter ihr in den Sattel.

„Und jetzt", sagte er und griff in die Tasche, um eine Handvoll Münzen herauszuholen und sie dem Stallburschen zuzuwerfen, „schlage ich vor, dass du alles vergisst, was du heute hier gesehen hast."

„Ich erinnere mich an nichts, Sir", antwortete Tom sofort und bückte sich, um einen silbernen Schilling aufzuheben, der ihm durch die Finger gerutscht war.

„Guter Mann!", sagte Jamie und spornte sein Ross an.

Er schlug nicht den Weg durch die von Bäumen gesäumte Auffahrt ein, die auf die Hauptstraße führte, denn er wagte es nicht, das Risiko einzugehen, jemandem zu begegnen, der seiner Lordschaft ihre Flucht melden könnte. Stattdessen wählte er einen weniger benutzten Weg, der an ihrem heimischen Wald vorbeiführte, bevor er die Wiese überquerte, auf der eine Schafherde weidete, die menschliches Leid nicht kümmerte.

Als der Abstand zwischen ihnen und dem prächtigen palatinischen Herrenhaus seiner Lordschaft zunahm, begann Claudia sich an Jamies Schulter zu entspannen. Als sie endlich den Kamm hinunterritten, der das Haus vor ihren Blicken verbarg, schaute sie nicht einmal zurück.

* * *

März 1809
Somersetshire

„Ich denke, ich werde John heute das Haus und die Gärten zeigen", sagte Julia am nächsten Morgen beim Frühstück zu ihren Eltern. „Das heißt, wenn du nichts dagegen hast, Mama."

„Überhaupt nichts", versicherte Lady Runyon ihr und tröstete sich so gut sie konnte damit, dass die böse Stunde, in der ihr unstandesgemäßer Schwiegersohn der ahnungslosen Nachbarschaft vorgeführt werden würde, sich so verzögerte und damit das öffentliche Wissen darüber, wie weit ihre Tochter in der Welt abgestiegen war.

Die Vier wechselten in den nächsten zwanzig Minuten extrem angestrengte Plattitüden, bis Julia sich schließlich an Pickett wandte. „Wenn du fertig bist, John, werde ich dich nach oben bringen und dir das Schulzimmer zeigen, wo Claudia und ich unsere Gouvernante gequält haben."

„Ich bin sicher, Claudia hat so etwas nie getan", protestierte Lady Runyon, „sie war immer ein so braves Kind."

„Du merkst jedoch, dass Mama keine solchen Behauptungen über mich aufstellt", sagte Julia und zwang sich zu einem Lächeln. In den dreizehn Jahren seit dem Tod ihrer Schwester war Claudia in den Augen ihrer Mutter immer mehr zu einer Heiligen geworden. Julia hatte Claudia sehr geliebt, aber wenn ihre Schwester auch nur ein halb so großes Musterkind gewesen wäre, wie ihre Mutter behauptete, war Julia ziemlich sicher, dass sie sie verabscheut hätte.

Als Pickett aufstand, um seiner Braut vom Tisch zu folgen, räusperte sich Sir Thaddeus. „Wenn ich zuerst ein

Wort mit Euch sprechen könnte, Mr. Pickett, wenn es recht ist."

Pickett stimmte zu, wenn auch ohne Begeisterung. Er hatte nicht vergessen, wie die Tür in der Nacht sich knarrend geöffnet hatte, und er hielt Sir Thaddeus immer noch für den wahrscheinlichsten Schuldigen. Er nickte Julia auf ihren fragenden Blick hin ganz leicht beruhigend zu und erlaubte es Sir Thaddeus, ihn in dessen Arbeitszimmer zu führen.

„Schaut, Mr. Pickett", sagte der Squire und schloss die Tür vor neugierigen Lauschern. „Wenn Ihr ein Mitglied der Familien sein wollt, könnt Ihr Euch genauso gut nützlich machen."

Es war nicht die Eröffnung, die Pickett erwartet hatte, aber er wollte nicht die Gelegenheit verpassen, sich, wenn möglich, in den Augen seines Schwiegervaters zu rehabilitieren – vorausgesetzt natürlich, dass die Mittel nicht die Heiligkeit des Ehebettes beeinträchtigten. „Wenn ich irgendetwas tun kann, Sir …"

„Ich glaube, das könnte sein. Es geht um meine Ehefrau, seht Ihr? Sie bildet sich ein, es würde im Haus spuken."

„Spuken?", wiederholte Pickett. „Verzeihung, Sir, aber was kann ihr eine solche Idee in den Kopf gesetzt haben?"

„Sie behauptet, sie habe letzte Nacht Schritte im Haus

herumgehen hören." Sir Thaddeus zögerte, als ihm eine mögliche Erklärung für dieses Phänomen einfiel. „Ich nehme nicht an, dass Ihr oder Julia…?"

„Nein Sir." Er erinnerte sich an die Schlafzimmertür, die sich in den frühen Morgenstunden öffnete, und fragte: „Ich nehme an, Ihr seid auch nicht durch die Gänge gewandert?"

Sir Thaddeus schüttelte den Kopf.

„Habt Ihr irgendwelche Schritte gehört?", fuhr Pickett fort.

„Nein, kein einziges Geräusch." Der Squire wirkte etwas verlegen. „Habe mehr als nur einen Tropfen Brandy getrunken, bevor ich mich zurückzog, und habe geschlafen wie ein Neugeborenes."

Pickett nickte verständnisvoll. Was der Squire natürlich meinte, war, dass die Nachricht von der unglückseligen Heirat seiner Tochter ihn zur Flasche getrieben hatte. Aber zumindest konnte er seinen Schwiegervater vom Verdacht der Spionage freisprechen.

Übernatürliche Ereignisse lagen außerhalb seines Zuständigkeitsbereichs, aber Pickett vermutete, dass die Erklärung für Lady Runyons mysteriöse Schritte eher banal sein musste. Aufgrund seiner eigenen kurzen Erfahrung als angeblicher Bediensteter in einem Herrenhaus in Yorkshire hielt er es für sehr wahrscheinlich, dass ein Diener oder ein Zimmermädchen sich an eine nicht erledigte Pflicht erinnert und versucht hatte, die Unterlassung zu korrigieren, bevor das am Morgen entdeckt werden konnte. Pickett hielt es für eine Art professioneller Höflichkeit, den unbekannten Hausangestellten zu schützen, der schließlich keinen Schaden angerichtet hatte und dessen eigener Mangel an Schlaf wahrscheinlich Strafe genug wäre, um eine Wiederholung unwahrscheinlich zu machen.

Aber es sähe nicht gut aus, Lady Runyons Sorgen ohne Weiteres unbekümmert zu ignorieren. „Ich glaube, es ist nicht ungewöhnlich, dass stattliche alte Häuser wie dieses angeblich unruhige Geister haben", bemerkte er. „Soweit mir bekannt, sind manche Familien eigentlich eher stolz darauf. Hat es hier nie Gerüchte über einen Spuk gegeben?"

„Nein, überhaupt keine." Sir Thaddeus schien mit sich selbst zu kämpfen, und als er wieder sprach, war es, als müsste er die Worte einzeln herauspressen. „Ach, zum Teufel! Wer A sagt, muss auch B sagen, schätze ich. Ihr müsst wissen, dass Lady Runyon davon überzeugt ist, die Identität dieses speziellen Geistes zu kennen."

„Tatsächlich?", fragte Pickett, aber noch bevor Sir Thaddeus antwortete, wusste er, was kommen würde.

Der ältere Mann seufzte. „Meine Ehefrau glaubt, den Geist von Claudia, unserer älteren Tochter, gehört zu haben."

* * *

Die Worte klangen noch kurze Zeit später in Picketts
Kopf nach, als er mit seiner Braut im Schulzimmer im
dritten Stock stand, einem ziemlich kargen Raum, dessen
zweckmäßige Einrichtung aus Tisch, Stühlen, Bücherregal
und Globen durch eine Reihe bunter, wenn auch von
unerfahrener Hand gemalter Aquarelle aufgehellt wurde,
die an den Wänden befestigt waren.

„Das ist Claudias, wie die meisten der besseren",
sagte Julia und deutete auf eine große Landschaft von
Runyon Hall und dem Gelände in den leuchtenden Grüns
des Frühlings. Als sie sah, wie er vor einem leicht
einseitigen Kohleporträt einer jungen Frau innehielt, deren
Kinn in Hände mit kurzen, stumpfen Fingern gestützt war,
fügte sie hinzu: „Ich habe es immer vorgezogen,
Menschen statt Landschaft zu zeichnen, aber meine
Gouvernante beklagte sich, dass mir die Hände nie richtig
geraten würden. Wie du siehst, hatte sie wohl recht."

Was Pickett im Moment jedoch interessierte, waren
nicht die künstlerischen Fähigkeiten seiner Ehefrau. „Du
hast mir nie gesagt, dass du eine Schwester hast."

„Das Thema ist nie aufgetaucht", sagte sie. „Wenn du
Geschwister haben solltest, hast du sie auch nie erwähnt."

„Ich glaube, mein Vater konnte ein sehr charmanter
Mann sein, wenn es seinen Zwecken diente. Nach allem,
was ich weiß, habe ich vielleicht Halbgeschwister überall

in ganz London verstreut. Aber nein, ich habe keine Brüder oder Schwestern, die mir bekannt sind. Erzähl mir doch von Claudia – so hieß sie doch?"

Julia nickte. „Sie war sechs Jahre älter als ich und ich habe sie angebetet. Und bitte, glaube nicht alles, was Mama über sie sagt, denn sie war absolut nicht der Inbegriff von Tugenden, als den Mama sie darzustellen versucht!"

„Wie ist sie gestorben?"

Ein Schatten huschte über Julias Gesicht. „Ich kenne nicht alle Details, denn ich war damals erst vierzehn Jahre alt und niemand wollte mir etwas sagen! Ich denke, es ist ein Fehler, Kinder im Dunkeln zu halten, denn ihre Vorstellungskraft macht die Dinge nur noch schlimmer, als wenn sie eine ehrliche Antwort erhalten hätten, meinst du nicht? Aber um deine Frage zu beantworten, glaube ich nicht, dass irgendjemand es sicher weiß, nicht wirklich. Sie war damals schon Lady Buckleigh, denn sie hatte Lord Buckleigh zwei Jahre zuvor geheiratet, als sie achtzehn war. Eines Tages ritt sie in den Mendips aus und ihr Pferd kam ohne sie zurück."

Sie ging langsam durch den Raum und blickte aus dem Fenster in Richtung der Mendipberge im Osten, als würde sie immer noch auf die Rückkehr ihrer Schwester warten. „Lord Buckleigh organisierte eine umfangreiche Suche, an der Papa natürlich teilnahm, aber Claudias

Leiche wurde nie gefunden. Wie gesagt, weder Mama noch Papa wollten meine Fragen beantworten, aber aus kleinen Bemerkungen, die sie fallen ließen, und von Dingen, die die Diener sagten, erfuhr ich, dass die Suchenden ihren Schal tief in den Hügeln in einer Schlucht an einem Busch hängend gefunden hatten. Es war viel Blut darauf und auf dem Boden in der Nähe, weshalb sie annahmen" – ihre Stimme brach bei den Worten – „annahmen, dass ein wildes Tier sie überfallen hätte."

„Eine schreckliche Art zu sterben", bemerkte Pickett mitfühlend.

Julia seufzte. „Ja, und es gibt noch mehr, obwohl ich hässlichen Gerüchten keinen Glauben schenke."

„Gerüchte?"

Julia zwang sich, die verhassten Worte auszusprechen. „Es ist bekannt, dass Jamie Pennington, der Sohn des Pfarrers, an diesem Nachmittag zum Tee hatte kommen sollen, und tatsächlich wurden Teegeschirr für zwei Personen und alles, was dazu gehört, auf dem Boden des Salons verstreut gefunden. Und am nächsten Tag kehrte Jamie nicht wie geplant nach Oxford zurück, sondern rannte davon und trat in die Armee ein. Als wir das nächste Mal von ihm hörten, war er mit der siebten Kavallerie in den Niederlanden."

„Und die Gerüchte deuten an, dass er sie getötet hätte?"

Sie hob ihre linke Augenbraue. „Wer möchte das wissen? John Pickett, mein Mann, oder John Pickett, der Bow Street Läufer?"

„Vielleicht ein bisschen von beidem", gab er zu. „Ich mag keine ungelösten Geheimnisse, besonders keine ungelösten Geheimnisse, die die Frau, die ich liebe, beunruhigen."

Er unterstrich diese Aussage, indem er seine Hände auf ihre Schultern legte und sie sanft, aber fest auf die Lippen küsste. Sie erlaubte sich den Luxus, sich für einen Moment an ihn zu lehnen, bevor sie den Faden ihrer Erzählung wieder aufnahm.

„Um deine Frage zu beantworten, ja, es gab Gerüchte, dass Jamie sie getötet hätte, aber ich glaube nicht daran. Wie, er betete Claudia an! In den Schulferien pflegte er zu Besuch zu kommen und wir drei ritten zusammen aus." Sie lächelte bei einer halb vergessenen Erinnerung. „Er gab mir immer zwei Pennys, damit ich voraus reiten sollte und er mit ihr allein sein konnte."

„Er muss es schwer genommen haben, als sie diesen Lord heiratete – Buckleigh, nicht wahr?"

Sie nickte. „Ich glaube, er erfuhr erst lange nach der Hochzeit davon, denn er war zu der Zeit fort in Oxford. Er war nur ein Jahr älter als sie und daher nicht alt genug, um eine Frau zu versorgen, obwohl mir damals neunzehn recht erwachsen vorkam." Sie schaute ihn stirnrunzelnd an.

„Wenn du dich der beliebten Theorie anschließen und denken willst, dass er sie in einem Anfall von Eifersucht getötet haben könnte, lass mich dir versichern, dass er das nie getan haben könnte! Jamie könnte keiner Fliege etwas zuleide tun!"

„Es möge mir fernliegen, dir zu widersprechen, Mylady, aber wenn er, wie du sagst, auf dem Kontinent mitgekämpft hat, muss man sicher annehmen, dass er mehr als nur Fliegen Schaden zugefügt hat."

„Ja, aber das ist überhaupt nicht dasselbe. Schau, Jamie gehörte fast zur Familie! Ich war erst zwölf Jahre alt, aber ich war mir so sicher, dass er und Claudia zusammen gehörten, dass ich mich ziemlich darüber ärgerte, dass sie Buckleighs Antrag annahm. Ich war überzeugt, dass sie warten sollte, bis Jamie volljährig würde, und ihn stattdessen heiraten. „Sie verzog das Gesicht. „Andererseits, wenn ich meine eigene Wahl eines Ehemannes bedenke, hatte sie vielleicht recht, als sie mich ignorierte."

„Das nenne ich, an meinen Platz verwiesen zu werden", sagte Pickett mit trügerischer Sanftmut.

„John, wie kannst du nur?", rief Julia aus und versuchte, nicht zu lachen. „Ich habe von Frederick gesprochen, und das weißt du!"

„Ich habe gehofft, dass du das tust", gestand Pickett und gab sich der angenehmen Aufgabe hin, ihr zu erlauben, seine angeblich verletzten Gefühle zu besänftigen.

Dennoch hatten ihre Erinnerungen ihm genügend Stoff zum Nachdenken gegeben. Zugegeben, als er sie getroffen hatte, lag Lord Fieldhurst bereits tot zu ihren Füßen – aber was wäre, wenn das Schicksal oder eine boshafte Vorsehung sie früher zusammengebracht hätte? Es war schlimm genug gewesen zu glauben, wie er es damals musste, dass er sie nie würde haben können, doch zumindest war ihm die Qual erspart geblieben zu wissen, dass sie einem anderen Mann gehörte. War es möglich, dass Jamie Pennington nach zwei Jahren, in denen er die Frau, die er hatte heiraten wollen, als Lord Buckleighs Frau gesehen hatte, endlich unter der Belastung zusammengebrochen war?

Nein, dachte Pickett, er konnte es nicht mehr glauben als Julia. Unter ähnlichen Umständen hätte er vielleicht sehnsüchtig daran gedacht, Lord Fieldhurst zu töten, insbesondere angesichts der Tatsache, dass seine Lordschaft das Leben seiner Viscountess unglücklich gemacht hatte. Aber Pickett konnte sich keine Situation vorstellen, die ihn veranlasst hätte, der Frau, die er liebte, Gewalt anzutun.

„John?", fragte Julia und betrachtete ihn mit einem verwirrten Ausdruck. „Was denkst du gerade?"

Er lächelte sie zärtlich an. „Ich dachte nur, dass ich

Jamies Unschuld einräumen möchte."

Nachdem sie das Schulzimmer verlassen hatten, wies Julia auf Räume hin, als sie den Korridor entlanggingen. „Dieses Zimmer gehörte meiner Gouvernante, Miss Milliken. Sie lebt immer noch im Dorf. Ich muss dich eines Tages zu ihr bringen. Und das" – sie zögerte vor der Tür am Ende des Durchgangs –" das ist das Kinderzimmer", sagte sie und stieß die Tür auf.

Es schien ein harmloses kleines Zimmer zu sein; sicherlich war nichts drin, um diesen niedergeschlagenen Ausdruck auf ihr Gesicht zu bringen oder ihre Hand an der Türklinke zittern zu lassen.

„Mylady?", fragte Pickett leise, als er ihren Kummer sah.

Sie schüttelte den Kopf. „Es ist nichts, es ist nur – die Wiege dort" – sie nickte zur gegenüberliegenden Wand, wo ein kleines Holzbett auf Kufen einen Ehrenplatz einnahm, dessen Rahmen kunstvoll mit Engeln geschnitzt war, die vermutlich über jedes Kind wachen würden, das lag darin – „sie wurde von meinen Großeltern in Auftrag gegeben, als Mama geboren wurde, und Claudia und ich haben nacheinander darin geschlafen. Es war immer klar, dass Claudias und Buckleighs Kind sie eines Tages benutzen würden, oder meins und Fieldhursts." Sie seufzte traurig. „Arme Mama."

Pickett vermutete, dass es nicht ihre Mutter war, an

die sie dachte. Er sagte nichts, legte aber seinen Arm um sie und drückte ihre Schulter ein wenig.

Ihre nächsten Worte bewiesen, dass er richtig geraten hatte. „John" – sie drehte sich in seinem Arm um, um ihn mit ernsten Augen anzusehen – „Du weißt es, nicht wahr, dass wir keine Kinder haben werden?"

Er wusste es. Für sich selbst hielt er es für einen kleinen Preis, den er zahlte, um sie zur Frau zu haben, aber er wusste auch, dass sie das nicht so sehen würde. „Hast du darüber nachgedacht, dass es vielleicht besser so ist?", wies er sanft darauf hin. „Mit einer Viscountess als Mutter und einem Bow Street Läufer als Vater würde das arme Kind weder hier- noch dorthin gehören."

Wieder dieses wehmütige Seufzen. „Ja, ich schätze, du hast recht. Wenn du bereit bist, gehen wir wieder nach unten." Mit einer Fröhlichkeit, die irgendwie erzwungen schien, fügte sie hinzu: „Hast du die Rüstung in der Halle bemerkt? Als ich klein war, erzählten mir Claudia und Jamie immer, dass sie nachts zum Leben erwachte und durch die Korridore streifte. Ich hatte schreckliche Angst davor!"

Pickett, der darauf bedacht war, ihren Gedanken in eine glücklichere Richtung zu lenken, drückte sein Interesse aus, dieses Objekt ihrer Kindheitsalbträume zu sehen, und sie bereiteten sich darauf vor, wieder nach unten zu gehen. Als er sich jedoch vom Kinderzimmer abwandte, traf das morgendliche Sonnenlicht die nackten Dielen – Kinder, so schien es, brauchten keinen Luxus wie Teppich, egal wie reich ihre Eltern waren – und er bemerkte etwas Merkwürdiges.

„Weißt du, ob jemand die Kinderstube noch benutzt?", fragte er, als sie die Treppe hinuntergingen.

„Nein, aber ich bezweifle es." Sie rümpfte die Nase. „Ich glaube, sie wird nicht einmal besonders oft gereinigt. Hast du den Staub auf dem Boden bemerkt?"

Das hatte er allerdings. Und er hatte auch im Licht der Sonnenstrahlen die Spur von Fußabdrücken gesehen, die durch den Raum liefen und helle Flecken auf dem Boden hinterließen, wo der Staub verwischt worden war.

Anscheinend liebte der Runyon-Geist Kinder.

4

In dem John Pickett
sich dem örtlichen Adel vorstellt

Ich fürchte, ich muss bitten, mich zu entschuldigen, Mylady", informierte Pickett seine Frau später am Abend bedauernd, nachdem sie sich in ihr Zimmer zurückgezogen hatten, um sich auf das Abendessen im nahe gelegenen Brantley Grange vorzubereiten. „Mein Kopf…" Er hob eine Hand an seine Schläfe und versuchte leidend auszusehen.

Tatsächlich schmerzte sein Kopf nicht, aber er wollte sich die Kinderstube genauer anschauen, ohne Julia oder ihren Eltern sein Verhalten erklären zu müssen. Die Verletzung, die er sich vierzehn Tage zuvor zugezogen hatte, schien auch eine gute Ausrede zu sein, um ein Abendessen zu vermeiden, an dem er ohnehin auf keinen Fall teilnehmen wollte.

Julia erwies sich als so klug, dass er es beunruhigend

fand und musterte ihn mit einer skeptisch hochgezogenen Augenbraue. „Dein Kopf, wie? Er hat dich doch den ganzen Tag nicht geschmerzt! Gib es zu, John, du scheust davor zurück, dich vor der Gesellschaft von Somersetshire vorführen zu lassen!"

„Nun, wo du es jetzt erwähnst ..."

„So schlimm wird es nicht, das verspreche ich dir. Das ist nicht die Art von Adel, wie man sie in London trifft, nur Landadel, und die meisten davon kenne ich schon mein ganzes Leben lang."

Er schüttelte den Kopf. „Ich würde dich nicht in Verlegenheit bringen wollen ..."

„Glaubst du, ich schäme mich, dich geheiratet zu haben?", wollte sie mit einem kriegerischen Leuchten in ihren Augen wissen. „Nichts könnte der Wahrheit ferner liegen! Sieh doch, nach dem Mord an Frederick hast du eine romantische, ja heldenhafte Figur abgegeben. Du wirst mir doch nicht die Gelegenheit nehmen, ein bisschen mit dir anzugeben, oder?", fügte sie lockend hinzu.

Innerlich bezweifelte er, dass ihre Freunde und Nachbarn sehr beeindruckt sein würden, doch wenn sie ihn so anschaute, konnte er ihr nichts abschlagen. „Na gut, wenn du darauf bestehst", sagte er seufzend und gab zumindest einstweilen seine Pläne, dem Runyon-Geist aufzulauern, auf.

„Ich wusste, dass du mich nicht im Stich lassen

würdest", sagte sie und stellte sich auf die Zehenspitzen, um ihn rasch zu küssen, bevor sie sich den auf dem Bett ausgebreiteten Abendkleidern zuwandte. „Jetzt, wo das geklärt ist, sollten wir uns am besten beeilen. Papa hat die Kutsche für sieben Uhr bestellt und er hasst es, wenn seine Pferde stehen müssen."

Pickett löste seine Krawatte und warf sie auf das Bett. „Es liegt mir fern, deinen Vater mehr zu kränken, als ich es bereits getan habe", sagte er, knöpfte die Knopfleiste seines Hemdes auf und zog es über seinen Kopf.

Julia, die ein frisches Korsett angezogen hatte, drückte dieses Kleidungsstück an ihren Busen und wandte ihm den Rücken zu, damit er die Schnüre sehen konnte. „Liebling, wärest du so nett?"

In eineinhalb Wochen der Ehe hatte Pickett eine laienhafte Kenntnis über Damenbekleidung erworben. Er begann, die Schnüre festzuziehen, während Julia Anweisungen gab.

„Fester… fester… nein, das ist *zu* fest! Ich kann kaum atmen!" Sie sah über ihre Schulter, um ihn mit gespielter Strenge anzusehen. „Mir scheint, dass du in sehr kurzer Zeit viel geschickter dabei geworden bist, es mir auszuziehen, als umgekehrt."

„Was soll ich da sagen?" Pickett dachte trübsinnig nach, während er den Knoten mit der richtigen Spannung schloss. „Mein Herz ist nicht dabei."

„Unartiger Mann!", tadelte sie ihn spielerisch. „Und ich hielt dich für völlig unschuldig und unverdorben. Noch nie habe ich mich so in jemandem getäuscht!"

Die Erwähnung einer Täuschung ließ das Lächeln aus seinem Gesicht schwinden. Sie hatte ihn nicht wirklich getäuscht, aber ihre scherzhaften Anschuldigungen reichten aus, um ihn an ihr nicht eingestandenes Vermögen zu erinnern. „Mylady, wann wolltest du mir sagen, dass du ein Einkommen von vierhundert Pfund pro Jahr hast?"

„Dann wusstest du es doch nicht?" Sie drehte sich zu ihm herum, über alle Maßen erfreut über sein Unwissen und wünschte nur, ihre Mama wäre anwesend, um Zeuge dessen zu werden. Andererseits, in Anbetracht der Tatsache, dass er nur in Unterkleidung vor ihr stand und sie nur ihre Unterröcke und das Korsett trug, war Lady Runyons Abwesenheit wahrscheinlich besser so. „Das kann doch nicht sein! Du warst doch dabei, als Fredericks Testament verlesen wurde, oder nicht?"

„Ja, aber ich habe mir nicht alle Einzelheiten gemerkt. Ich hätte mir nie träumen lassen, dass sie für mich über die Ermittlungen wegen Lord Fieldhursts Tod hinaus von Bedeutung sein könnten." Ein neuer und entsetzlicher Gedanke kam in ihm auf. „Mylady, du kannst doch nicht annehmen, ich hätte dich aus einem derartigen Grund geheiratet!"

Als sie sein Entsetzen sah, beruhigte sie ihn schnell.

„Natürlich nicht! Du hast mich aus dem gleichen Grund geheiratet, wie ich dich: weil keiner von uns die Aussicht ertragen konnte, wieder vom anderen getrennt zu sein." Sie hob den volantbesetzten Saum des Kleides, das auf dem Bett lag und verschwand mit dem Kopf zuerst in seinen seidenen Falten. Als sie wieder auftauchte, sah sie ihn, wie er sie immer noch mit demselben betroffenen Gesichtsausdruck anstarrte. „Liebling, nimm es dir nicht so zu Herzen. Es war vorher vielleicht mein Geld, aber gesetzlich wurde es im Moment unserer Eheschließung deines. Spielt es wirklich eine Rolle, woher es kam?"

„Ja, das tut es", beharrte er. „Ein Mann möchte glauben, dass er seine Frau versorgen kann. Dein Vater hat mich beschuldigt, ein Mitgiftjäger zu sein, und es scheint, dass er nur die Wahrheit gesagt hat. Das ist … entwürdigend."

„Wenn das deine einzige Sorge ist, können wir nach unserer Rückkehr gern darüber sprechen", sagte sie mit einem schüchternen Lächeln. „Jetzt aber müssen wir in einer Stunde in Brantley Grange sein. Bitte lass uns nicht an dem Abend streiten, wenn wir unseren ersten gesellschaftlichen Auftritt als Mann und Frau haben!"

Pickett seufzte. „Es ist überhaupt nicht meine Absicht, mit dir zu streiten." Er wandte sich ab, um ein sauberes Hemd aufzuheben, und murmelte leise: „Aber ich werde keinen Penny von dem anrühren, was dir rechtmäßig gehört."

Trotz seiner Bedenken tröstete sich Pickett mit dem Wissen, dass sein Aussehen makellos war, als er, gekleidet in seinen guten Hochzeitsanzug, dem Squire und dessen Frau mit Julia am Arm in das Haus der Brantleys folgte. Wenn er Glück hatte, dachte er, würde Julias ehemaliger Schwager mit der neuen Lady Buckleigh anwesend sein, und in der Flut von Glückwünschen, die sicher folgen würden, würde niemand seine eigene bescheidene Person überhaupt zur Kenntnis nehmen.

Leider wurden diese Hoffnungen bald zunichtegemacht. „Sir Thaddeus und Lady Runyon", meldete der Butler, „und Mr. und Mrs. John Pickett."

Die Wirkung auf die Anwesenden im Raum zeigte sich sofort. Bei der Erwähnung der Namen der frisch verheirateten Picketts erstarrte das Lächeln, das ihr Erscheinen begrüßt hatte, auf den Gesichtern von etwa einem halben Dutzend Paaren, die nun die Neuankömmlinge mit offenem Mund anstarrten. Der Zauber wurde schließlich gebrochen, als die Gastgeberin vortrat, um sie willkommen zu heißen. Pickett warf einen abschätzenden Blick auf sie; er sah eine Frau mittleren Alters, die ausgesprochen großformatig gebaut war und neben der die zerbrechliche Lady Runyon ebenso wie alle anderen Frauen und nicht wenige der Männer klein wirkten.

„Lady Runyon, Sir Thaddeus", dröhnte sie, „immer ein Vergnügen! Und meine liebe Julia, es ist viel zu lange her, dass Ihr Norwood Green durch Ihre Anwesenheit erfreut habt."

„Danke, Mrs. Brantley. Bitte erlaubt mir, Euch meinen Ehemann vorzustellen", sagte Julia und deutete auf Pickett. „Ich weiß es zu schätzen, dass Ihr mir erlaubt habt, ihn so kurzfristig noch mitzubringen."

„Aber das macht doch nichts", versicherte Mrs. Brantley ihr, deren Unannehmlichkeiten bei der Änderung ihrer Tischordnung in letzter Minute von der Erkenntnis, dass ihre Abendgesellschaft zumindest für den nächsten Monat das Gesprächsthema der gesamten Nachbarschaft sein würde, mehr als aufgewogen wurden. „Ich fürchte, Ihr jungen Leute werdet uns jedoch sehr langweilig finden. Ich habe keinen Tanz vorbereitet, da Ihr in Trauer wart – dachte ich jedenfalls", fügte sie mit einem eher düsteren Blick auf Pickett hinzu.

Nachdem er so weit gekommen war, ohne am Kragen gepackt und hinausgeworfen zu werden, war Pickett nun gezwungen, eine wahre Parade an Ladys und Gentlemen abzunehmen, deren Gesichtsausdruck von schockiertem Unglauben bis zu kaum verhüllter Verurteilung wechselte, während er sich verbeugte, Hände schüttelte und versuchte, Namen zu Gesichtern zu sortieren. Es war vielleicht eine Gnade, dass diese Routine durch einen

Neuankömmling unterbrochen wurde, einen Mann in der scharlachroten Uniform eines Kavallerieoffiziers, den Pickett problemlos identifizieren konnte, obwohl er diesen Mann noch nie zu Gesicht bekommen hatte. Obwohl Jamie Pennington Mitte dreißig sein musste, war sein rötlich-blondes Haar von Grau unberührt und sein Lächeln wirkte merkwürdig knabenhaft. Nachdem er seine Gastgeberin begrüßt hatte, machte sich der Mann direkt auf den Weg zu Julia.

„Die kleine Julia, und ganz erwachsen!", rief er aus.

„Jamie!", rief sie erfreut.

Sie bot ihm die Hand, und obwohl er sie in seine beiden nahm, hob er sie nicht an seine Lippen, sondern zog Julia an sich und küsste sie herzlich auf beide Wangen. Er ließ sie los, wandte sich zu Pickett und streckte ihm die Hand hin.

„Also dies muss der glücklichste Mann von ganz London sein."

Pickett grinste und schüttelte seine Hand. Er mochte den Mann, trotz seiner früheren Bedenken. „Und ich bin mir meines großen Glücks wohl bewusst, das kann ich Ihnen versichern."

„Mein Ehemann, John Pickett", sagte Julia zur Vorstellung. „Mr. Pickett ist der Bow Street Läufer, der mir nach Fredericks Ermordung beistand. John, das ist Major James Pennington, ein sehr lieber alter Freund. Aber

Jamie, woher wusstest du, dass ich wieder verheiratet bin?"

War es nur Einbildung, fragte Pickett sich, oder hatte der Major für einen winzigen Sekundenbruchteil gestutzt, bevor er seine mit Epauletten geschmückten Schultern hob? „Nachrichten verbreiten sich schnell auf dem Land, das weißt du doch. Niemand von uns kann lange ein Geheimnis wahren."

„Ich bin froh zu wissen, dass wenigstens du es mir nicht übelnimmst, vor Ablauf des Trauerjahres wieder geheiratet zu haben", sagte Julia.

„Du vergisst, dass ich das letzte Jahrzehnt auf dem Kontinent gekämpft habe", erinnerte Jamie sie. „Der Krieg führt dazu, dass das Leben auf das Wesentliche beschränkt wird. Auf dem Schlachtfeld ist es nicht ungewöhnlich, dass Kriegswitwen sofort wieder heiraten, anstatt sich den Strapazen des Versuchs auszusetzen, allein nach England zurückzukehren. Solange du und dein Mann glücklich seid, was soll da jemand zu sagen haben?" Er wandte sich mit einem Blick übertriebener Strenge Pickett zu. „Ihr *werdet* sie glücklich machen, nicht wahr?"

„Ich werde mein Bestes tun, Major", versprach er mit einem Lächeln.

Das Gespräch wurde von einem neu ankommenden Paar unterbrochen. Der Butler betrat den Raum, um einen distinguiert aussehenden, silberhaarigen Mann von etwa fünfzig Jahren zu melden, der von einer sehr jungen Dame begleitet wurde, deren hellbraunes Haar ihr einziges erkennbares Merkmal war, da sie ihren Blick fest auf den Teppich zu ihren Füßen gerichtet hielt. Pickett, der davon ausging, dass sie die Tochter des Mannes sein musste und nervös war, zum ersten Mal in Gesellschaft zu gehen, konnte ihr das Unbehagen vollends nachfühlen.

Dann meldete der Butler die Neuankömmlinge. „Lord und Lady Buckleigh."

Pickett hörte, wie jemand plötzlich nach Luft schnappte, obwohl er nicht hätte sagen können, ob dies von Julia kam, die blass wurde und seinen Arm umklammerte, oder von Jamie Pennington, der offensichtlich die Zähne zusammenbiss. Lord und Lady Buckleigh gingen langsam durch den Salon, und seine Lordschaft stellte seine Braut nacheinander jedem der anderen Gäste vor, bis sie schließlich Julia erreichten.

„Meine liebe kleine Schwester", sagte Lord Buckleigh, nahm ihre Hand und hob sie mit geübter Eleganz an seine Lippen. „Darf ich meine neue Braut vorstellen? Ich weiß, dass Ihr zu freundlich sein und es ihr nicht übel nehmen werdet, dass sie den Platz einnimmt, den Eure arme Schwester einst innehatte."

Julia zwang sich zu einem Lächeln. „Natürlich nicht. Bitte akzeptiert meine aufrichtigsten Glückwünsche zu Eurer Hochzeit, Lady Buckleigh."

Sie wurde mit einem gemurmelten Dank und einen sehr kurzen Blick aus großen, haselnussbraunen Augen belohnt, bevor Lady Buckleighs Blick wieder zu Boden sank.

„Aber ich habe auch kürzlich wieder geheiratet, Mylord", fuhr Julia fort. „Gestattet mir, meinen Ehemann vorzustellen, Mr. John Pickett."

„Mr. Pickett." Seine Lordschaft nickte in Picketts Richtung. „Ich hoffe, Ihr werdet mich nicht für vermessen halten, Euch in einer Familie willkommen zu heißen, zu der ich nicht mehr gehöre, abgesehen von dem Band der Zuneigung."

„Vielen Dank, Mylord", sagte Pickett und erwiderte Lord Buckleighs Nicken. Er bemerkte, dass seine Lordschaft keinen Versuch unternahm, ihm seine Hand anzubieten, aber Picketts Begrüßung war bisher nicht so herzlich gewesen, dass er es sich leisten konnte, Kränkungen zu vermuten, wo vielleicht keine beabsichtigt waren.

„Major Pennington", fuhr Lord Buckleigh fort und nickte Jamie knapp zu.

Jamies Verhalten, so warmherzig und freundlich zu Pickett, hatte eine dramatische Veränderung erfahren. „Euer Lordschaft", antwortete er mit dem winzigsten Rucken des Kopfes.

„Ich gebe zu, ich bin überrascht, Euch hier zu sehen",

bemerkte Lord Buckleigh. „Ich hatte geglaubt, Ihr würdet bei Eurem Regiment auf dem Kontinent festsitzen."

„In der Tat? Aber nun ja, das Leben ist oft voller Überraschungen, nicht wahr?"

Lord Buckleighs Lächeln, das ohnehin alles andere als warm war, schien auf seinem Gesicht festzufrieren. „Ich verstehe nicht, was Ihr meint, Sir. Würdet Ihr so freundlich sein, Eure Worte zu erklären?"

Jamie schien einen längeren Augenblick über die Frage nachzudenken. „Nein", sagte er schließlich. „Nein, ich glaube, das möchte ich nicht."

Lord Buckleighs Gesichtsausdruck wurde finster, aber bevor er antworten konnte, kehrte der Butler zurück, um das Abendessen anzukündigen. Jamie wandte sich sofort an Julia, seine sonnige Laune war offenbar wiederhergestellt. „Julia, darf ich die Ehre haben, dich zum Abendessen zu begleiten?"

„Aber ja, du darfst", erklärte sie und nahm seinen angebotenen Arm.

Pickett, der zuvor von seiner Braut gewarnt worden war, dass verheiratete Paare nicht zusammen am Tisch sitzen würden, wandte sich an die einzige anwesende Person, die sein eigenes Unbehagen zu teilen schien.

„Lady Buckleigh, würdet Ihr mir die Ehre erweisen?"

Erschrockene haselnussbraune Augen schauten kurz zu ihm auf, und eine angespannte Stille legte sich über den

Raum, unterbrochen nur von einem kurzen Auflachen von Mr. Brantley, der sofort von seiner Frau zum Schweigen gebracht wurde.

„Wirklich, Mr. Pickett", warf Jamie ein und erhob seine Stimme so, dass der ganze Raum es hören konnte, „ich denke, es ist verflixt unsportlich von Euch, unseren Altvorderen zuvorzukommen, indem Ihr die charmantesten Damen im Raum für Euch beansprucht. Wenn Ihr Lady Buckleigh unserem Gastgeber überlassen würdet, könnte ich Eure Frau meinem Vater anvertrauen. Papa, würdest du in meiner Vertretung Mrs. Pickett zu Tisch führen?"

Es folgte eine Reihe komplizierter Manöver, an die sich Pickett später nicht mehr erinnern konnte, die jedoch dazu führten, dass er eine unverheiratete Dame in fortgeschrittenem Alter seinen Arm anbot und als letzte der Reihe in den Speisesaal führte. Hier fand er Mrs. Brantleys Abendessen reichlich und schmackhaft, aber er konnte es nicht genießen, wie er es sich erhofft hatte. Er war sich schmerzlich bewusst, dass er einige schreckliche *faux pas* begangen hatte (obwohl er sich der genauen Natur seines Verbrechens überhaupt nicht sicher war), hatte Angst, seine Frau mit einem weiteren Verstoß in Verlegenheit zu bringen, und saß daher zwischen seiner älteren Tischgenossin auf der einen Seite und Mrs. Pennington, der Frau des Pfarrers auf der anderen, und wünschte sich, der Boden würde sich öffnen und ihn verschlingen.

Das tat er nicht, was sich als sehr schade erwies. Denn das ausführliche Gespräch drehte sich um die bevorstehende Pensionierung des Pfarrers, ein Schritt, der sich um etliche Jahre verzögert hatte, als sein Sohn, der ihm nachfolgen sollte, sein Studium in Oxford abgebrochen und stattdessen die Armee gewählt hatte.

„Was beabsichtigt Ihr mit Eurer Zeit anzufangen, Mr. Pennington", fragte eine Frau, an deren Name Pickett sich nicht erinnern konnte, „wenn Ihr keine Predigten mehr schreiben und keine kranken Gemeindemitglieder mehr besuchen müsst?"

„Oh, ich glaube, ich werde weiterhin die heiligen Schriften studieren und die Kranken besuchen", gestand der Pfarrer. „Schließlich sind die Gewohnheiten von vierzig Jahren nicht so leicht abzulegen. Was den Rest angeht... " Er zuckte mit den Schultern und war offensichtlich ratlos.

Sir Thaddeus mischte sich von seinem Platz links von seiner Gastgeberin aus ein. „Vielleicht hat Mr. Pickett einige Vorschläge. Ich glaube, sein Vater ist im Ruhestand, nicht wahr?"

„Äh – ja, sozusagen", sagte Pickett und rutschte unbehaglich auf seinem Stuhl herum.

„Ach, tatsächlich?" Das war die Stimme des Pfarrers

86

und sie klang freundlich genug, aber es schien Pickett, als ob jedes Auge am Tisch plötzlich auf ihn gerichtet wäre – und er vergessen hätte, sich anzukleiden.

„Äh, ja, Sir."

„Pickett... Pickett... " Sein Gastgeber, Mr. Brantley, dachte am anderen Ende des Tisches über den Namen nach. „Ich kannte einmal einen Gerald Pickett in Wells. Ich nehme nicht an, dass Ihr Familie in Somersetshire habt, junger Mann?"

Pickett schüttelte den Kopf. „Nein, Sir."

„Mr. Pickett stammt aus London", erklärte sein Schwiegervater. „Dort hat er mein Mädchen kennengelernt. Schätze, sein Vater lebt noch immer da, stimmt das?"

Die Befürchtung, dass Sir Thaddeus sich bei seinem nächsten Besuch in London verpflichtet fühlen könnte, die Bekanntschaft seines Vaters zu machen, hinderte Pickett daran, zuzustimmen und damit einer unangenehmen Befragung ein Ende zu setzen. „Nein, Sir. Das heißt, mein Vater stammt ursprünglich aus London, aber hält er sich – weiter östlich auf."

„In Kent, also?" der Pfarrer vermutete. „Ah, der Garten Englands!"

„Nein, Sir", sagte Pickett und rutschte tiefer in seinen Stuhl. „Immer noch – noch weiter östlich."

Mr. Pennington lachte in sich hinein. „Ich war mir

nicht bewusst, dass man weiter nach Osten als Kent gehen und immer noch in England sein könnte –, es sei denn, Ihr sprecht natürlich von der Küste von Suffolk oder vielleicht von Norfolk."

Später sollte sich Pickett fragen, wie anders der Abend hätte enden können, wenn er diese Erklärung aufgegriffen hätte. Aber er hatte keine Ahnung, welche Verbindungen sein Vater in diesen Landkreisen gehabt haben könnte, und so entschied er sich, an der Wahrheit festzuhalten, soweit er konnte.

„Das ist es eben", gestand Pickett. „Er – er ist nicht mehr in England."

„Gefährliche Zeit, um ins Ausland zu reisen, während Boney Amok läuft", bemerkte Sir Thaddeus finster. „Kommt schon, Mann, seid nicht so geheimnisvoll! Wenn nicht in England, wo *ist* Euer Vater dann?"

„Botany Bay", sagte Pickett kläglich.

Diese Antwort hatte zur Folge, dass die gesamte Gesellschaft zum Schweigen gebracht wurde. „Wollt Ihr mir sagen", begann Sir Thaddeus, sein Gesicht wurde dunkelrot vor unterdrückter Wut, „dass meine Tochter mit dem Sohn eines gewöhnlichen Verbrechers verheiratet ist?"

Ganz unerwartet war Pickett von einem perversen Stolz auf seinen unanständigen Vater erfüllt. Er schlug alle Vorsicht in den Wind und setzte sich auf seinem Stuhl auf.

„Keineswegs, Sir. Mein Vater war eher ein *un*gewöhnlicher Verbrecher." Er drehte sich zu seinem Gastgeber um. „Habt Ihr einen Safe, Mr. Brantley? Wenn ich wetten würde, könnte ich Euch eine Wette anbieten, dass ich ihn in weniger als einer Minute öffnen könnte – weniger als dreißig Sekunden, wenn ich nicht so außer Übung wäre. Ich habe diese Kunst an der Seite meines Vaters gelernt, in einem Alter, als Eure eigenen Söhne zweifellos noch im Schulzimmer saßen."

Auf der anderen Seite des Tisches lachte Jamie Pennington in sich hinein. „Oh, gut gemacht, Mr. Pickett!", murmelte er leise.

„Eine Wette!", rief Sir Thaddeus aus, sein Zorn wurde überschattet von einer vagen Vorstellung, die Ehre seiner Familie zu retten, oder seiner natürlichen Liebe zum Sport oder vielleicht einer Kombination aus beidem. „Ich wette mit Euch, dass er es in dreißig Sekunden schafft, Brantley. Nennt Euren Einsatz!"

Zu Picketts Bestürzung entschied sich jeder männliche Gast schnell für eine Seite, und sie erhoben sich wie ein Mann und brachten ihn ins Arbeitszimmer, wo er seine Fähigkeiten unter Beweis stellen sollte, während die Damen allein im Speisesaal zurückblieben. Lady Runyon, tief errötet, musterte ihre aschfahle Tochter mit einem Gesichtsausdruck, der für Julia für die Zeit nach ihrer Rückkehr ins Haus der Runyons nichts Gutes ahnen ließ.

Von ihrem Ende des Tisches aus sprach Mrs. Brantley über dessen verlassene Länge hinweg mit entschlossener Fröhlichkeit. „Sagt mir", wandte sie sich an die Überbleibsel ihrer Gesellschaft, „wie lange glaubt Ihr, dass wir ein Anhalten des milden Wetters erwarten können?"

* * *

Auf der Rückfahrt nach Runyon Hall herrschte angespanntes Schweigen, das nur einmal von Sir Thaddeus unterbrochen wurde, der sich fröhlich die Hände rieb und ausrief: „Siebenundzwanzig Sekunden, bei Gott!", bevor er einen tadelnden Blick seiner Lady auffing und seinen Mund wieder zuklappte. Nachdem sie am Haus angekommen waren, stolperte Pickett, der sich mit Kopfschmerzen entschuldigte, die dieses Mal durchaus real waren, die Treppe hinauf, bevor die Vordertür sich hinter ihnen geschlossen hatte. Sir Thaddeus machte eine Handbewegung in Richtung auf die Tür seines eigenen Arbeitszimmers, murmelte etwas über Brandy und verschwand. Allein mit ihrer Mutter, musste Julia nicht lange warten, bevor die unvermeidlichen Vorwürfe kamen.

„Nun, Julia, ich hoffe, du bist jetzt mit deiner Wahl zufrieden!"

„Meine Gefühle gegenüber Mr. Pickett haben sich nicht geändert, Mama", erklärte sie. „Warum sollten sie?"

Lady Runyon verdrehte die Augen zum Himmel.

„Warum auch? Ich schwöre dir, Julia, ich hätte in Ohnmacht sinken wollen!"

„Unsinn! Hast du nie einen Fehler begangen, als du zuerst in die Gesellschaft eingeführt wurdest? Ich schon, das weiß ich – mehr als einen, in der Tat! Jedenfalls fand ich, Jamie hätte ihn großartig herausgehauen."

„Oh, wenn es alles gewesen wäre, dass er Lady Buckleigh zu Tisch führen wollte …! Aber dann vor all unseren Nachbarn zu verkünden, dass sein Vater nichts als ein gewöhnlicher Verbrecher ist …"

„Und was hätte er tun sollen? Es waren Papa und die anderen Männer, die ihn immer weiter auf Einzelheiten drängten, als er sein Bestes gab, um diskret vage zu sein."

„Julia Runyon! Hast du die Frechheit, deinen Vater für dieses – dieses Debakel verantwortlich zu machen? Du hast deinem Mr. Pickett keinen Gefallen getan, meine Liebe. Der junge Mann ist völlig fehl am Platze – und er ist sich dessen wohl bewusst, auch wenn du es nicht bist. Sieh doch, er nennt dich sogar bei deinem früheren Titel!"

Julias Wangen brannten bei der Erinnerung an einen gewissen verbalen Austausch zwischen ihr und Mr. Pickett während ihrer Maskerade als Mann und Frau, als sie nie davon geträumt hätten, dass eine solche Verstellung nach schottischem Recht zu einer legalen Ehe führen könnte.

Ihr müsst mich Julia nennen, hatte sie damals gefordert. *Wenn ich wirklich Eure Frau wäre, würdet Ihr*

91

mich nicht „Mylady" nennen.

Nein, hatte er ziemlich wehmütig gesagt. *Wenn Ihr wirklich meine Frau wäret, würde ich Euch* meine *Lady nennen.*

„Ich fürchte, es muss so klingen", räumte sie ihrer gegenüber Mutter ein. „Aber tatsächlich ist es eher eine Art – Kosename."

„Aha." Lady Runyons Lippen wurden dünner. „In diesem Fall solltest du ihm vielleicht einen kleinen Hinweis geben, dass solche Intimitäten am besten dem privaten Bereich vorbehalten bleiben."

Julia fuhr sich mit der Hand über die Augen. „Ach, was nützt alles Reden? Für dich kann der arme John ja ohnehin nichts richtig machen."

Sie wartete nicht auf eine Antwort, sondern stieg müde die Treppe zu ihrem eigenen Schlafzimmer hinauf. Dort fand sie ihren Mann, der seinen Rock und seine Weste abgelegt hatte und jetzt, nur in Hemd und Hosen gekleidet, zusammengesunken im Ohrensessel saß, während er düster ins Feuer starrte.

„John?", rief sie ihn leise an.

„Es tut mir so leid", sagte er, ohne sie anzusehen. „Ich wollte dich nie in Verlegenheit bringen."

„Du hast mich nicht in Verlegenheit gebracht." Sie durchquerte den Raum, um sich vor seinen Stuhl zu stellen, zog dann seinen Kopf an ihren Busen und drückte ihre Lippen auf seine Haare. „Ich hatte dort den besten Mann. Siebenundzwanzig Sekunden? Ich möchte sehen, wer von ihnen das unterbieten kann!"

Mit einem halbherzigen Lächeln entspannte er sich in ihrer Umarmung. „Ich bin froh, dass wenigstens dein Vater zufrieden war. Aber ich hatte mich schon lange davor blamiert, als ich anbot, Lady Buckleigh zu Tisch zu führen. Anscheinend war das falsch."

Sie seufzte und suchte nach Worten, die das richtige Protokoll erklären würden, ohne beleidigend zu klingen. „Manchmal werden die Tischpartner zugeteilt, aber Mrs. Brantleys Gesellschaft war nicht so förmlich. Trotzdem wird allgemein davon ausgegangen, dass die Ladys mit höherem Rang von Gentlemen gleichen Standes begleitet werden."

„*Mr.* Brantley hat auch keinen Titel", betonte Pickett.

„Ja, aber er war unser Gastgeber. Es war sein Privileg – oder seine Pflicht, je nachdem, wie man es betrachtet –, die ranghöchste Frau zu begleiten, genau wie Mrs. Brantley, die Gastgeberin, von Lord Buckleigh, dem ranghöchsten Mann, zu Tisch geführt wurde."

„Das wusste ich nicht", gestand er. „Die arme kleine Lady Buckleigh sah einfach so unbehaglich aus, dass sie mir leidtat. Ich kannte das Gefühl", fügte er trocken hinzu.

Sie lehnte sich von ihm weg, nahm sein Gesicht in ihre Hände und hob es an, sodass er ihr direkt in die Augen sah. „Du hast einen Fehler gemacht, weil du ein gutes Herz hast", erklärte sie ihm. „Das ist mir wichtiger als jede Menge gesellschaftliche Formen. Außerdem hat Jamie es geschafft, alles in Ordnung zu bringen, also bitte, denk nicht mehr darüber nach."

„Ah ja, Jamie. Ein feiner Kerl, wenn er nur nicht so großes Interesse an meiner Frau hätte."

„Jamies einziges Interesse an mir rührt von dem längst vergangenen Wunsch her, mein Schwager zu werden, also brauchst du dir darüber keine Sorgen zu machen. Aus meiner Sicht gibt es nur eines, worüber wir uns Sorgen machen müssen."

„Und das wäre?"

„Ich hoffe nur, dass Mr. Brantleys Safe nicht ausgeraubt wird, bevor wir nach London zurückkehren. Siebenundzwanzig Sekunden? Mein Lieber, wir würden niemals eine Jury von deiner Unschuld überzeugen können!"

Er mochte das „wir". Er mochte es sehr. Zum ersten Mal seit der Katastrophe im Speisesaal lächelte Pickett und stellte fest, dass Mr. und Mrs. Brantley, Lord und Lady Buckleigh, Jamie Pennington und sogar seine Schwiegermutter und sein Schwiegervater überraschend unwichtig waren. „Ich liebe dich, Julia Pickett", sagte er, zog sie dann auf seine Knie und küsste sie ziemlich ausführlich.

IN TOTEN WIE IN SCHLECHTEN ZEITEN

Wenn der Runyon-Geist in dieser Nacht durch die Hallen streifte, bemerkte Pickett es nicht.

5

In dem ein angenehmer Sonntagsausflug
eine höchst unangenehme Wendung nimmt

Ungestört von übernatürlichen Heimsuchungen
schlief Pickett bis zum Morgen ziemlich tief und
fest. In der Morgendämmerung endete sein Frieden
jedoch, denn es war Sonntag, und von ihm und Julia wurde
natürlich erwartet, dass sie ihre Eltern zum Morgen-
gottesdienst begleiteten.

Da der Tag schön war, machten sich die vier zu Fuß
auf den Weg, und als sie die alte Steinkirche erreichten,
war klar, dass die Anwesenden bei Mrs. Brantleys
Abendessen, sowohl Gäste als auch Bedienstete, nicht
untätig gewesen waren. Jeder Hals reckte sich, als die
Kirchgänger sich bemühten, einen Blick auf die kleine
Julia Runyon und ihren schockierend *unanständigen*
neuen Ehemann zu werfen. Sogar jene Herren, die von
Picketts Fähigkeiten zum Öffnen von Schlössern gut

profitiert hatten, waren von ihren Frauen für ihren Anteil an der Katastrophe angemessen getadelt worden und grüßten nun das neueste Mitglied der Runyon–Familie mit einem äußerst knappen Nicken – ein kalter Empfang, der umso auffälliger wurde durch die Ehrerbietung, mit der Lord Buckleigh und seine Braut nur wenige Minuten später begrüßt wurden.

Alles in allem war es für Pickett eine Erleichterung, als sie den Kirchenstuhl betraten, der der Familie Runyon seit Generationen Sitzplätze (und, was vielleicht noch wichtiger war, Privatsphäre) bot. Sobald sie sicher vor neugierigen Blicken geschützt waren, mussten sie nicht lange warten, bis der Pfarrer aufstand, um den Gottesdienst zu beginnen, und alle Augen wurden zum Glück von dem großen, dünnen Mann auf der Kanzel angezogen.

„Wie viele von Euch wissen", kündigte Pfarrer Mr. Pennington an, „ist mein Sohn James von den Kämpfen auf der Halbinsel zurückgekehrt, jedoch nur für kurze Zeit. Ich weiß Eure Gebete für ihn zu schätzen, so wie die für alle unserer jungen Männer, die gegen die Franzosen kämpfen. Ich habe ihn gebeten, heute den Bibeltext zu lesen, der aus dem ersten Brief des Apostels Paulus an die Korinther stammt."

Jamie nahm den Platz seines Vaters an der Kanzel mit einem merkwürdig kämpferischen Glänzen im Auge ein. „Danke, Papa, aber ich habe es mir anders überlegt. Ich werde stattdessen etwas aus dem zweiten Kapitel des Johannesevangeliums lesen." Er holte tief Luft und begann mit der vernichtenden Anklage des Evangelisten gegen Christen, die den Reichen in ihrer Mitte schmeichelten, während sie die Armen als ihrer Aufmerksamkeit unwürdig abtaten. Julia erkannte genau, was er tat, griff nach Picketts Hand unter dem Gebetbuch, das sie teilten, und drückte sie.

Jamies Argument wurde anscheinend gut aufgenommen, denn nach dem Gottesdienst war Picketts Begrüßung in der Nachbarschaft, wenn auch nicht gerade begeistert, zumindest etwas wärmer, und diejenigen, die ihn zuvor ignoriert hatten, besaßen den Anstand, sich zu schämen. Als er seine Frau über den Kirchhof führte, bemerkte Pickett: „Ich denke, Major Pennington hat gut daran getan, doch kein Pfarrer zu werden."

„Meinst du?", fragte Julia und sah unter dem Rand ihrer Haube zu ihm auf. „Warum sagst du das?"

Er schenkte ihr ein eher verlegenes Lächeln, nicht ganz sicher, ob er für die Intervention des Majors dankbar oder peinlich davon berührt sein sollte. „Mir scheint, es gefällt ihm ein bisschen zu gut, den Fuchs in den Hühnerstall zu lassen. Sag mir nicht, dass er diese kleine Demonstration nicht genossen hat, denn ich würde es nicht glauben!"

Darüber musste sie kichern. „Nun, ja, da hast du

wahrscheinlich recht. Jamie hat nicht viel Geduld, wenn er etwas Ungerechtes sieht. Es ist eine seiner bewundernswerteren Eigenschaften, obwohl ich nicht bezweifle, dass ihn das mehr als einmal in Schwierigkeiten gebracht hat."

„Meine liebste Julia!", schrie eine zitternde Frauenstimme, und beide Picketts drehten sich um und entdeckten eine ältere Frau, die sich so schnell einen Weg über den Kirchhof bahnte, wie es ihre wackeligen Schritte erlaubten.

„Millie!", rief Julia aus und lief der Frau entgegen, woraufhin sich beide Damen herzlich umarmten. „John, du musst mir erlauben, dich Miss Milliken, meiner ehemaligen Gouvernante, vorzustellen."

Die tränenden blauen Augen der Gouvernante hinter ihren halbrunden Brillengläsern schossen von Julia zu Pickett und wieder zurück. „Ich bin so froh, dass Ihr diesem Unglück unbeschadet entkommen seid, Julia – Ihr müsst wissen, dass ich die Nachrichten mit größter Spannung verfolgt habe, obwohl natürlich jede Neuigkeit aus London bereits mehrere Tage alt war, bis sie in Norwood Green ankam – aber seid Ihr sicher, dass es klug war, so bald nach Eurer Verwitwung erneut zu heiraten?"

„Bitte lernt meinen Ehemann kennen und urteilt selbst darüber", drängte Julia. „Miss Milliken, darf ich Euch Mr. John Pickett vorstellen? John, Miss Milliken war einmal mit der unmöglichen Aufgabe beauftragt, meine

Schwester und mich zu erziehen."

Miss Milliken neigte den Kopf. „Mr. Pickett", sagte sie vorsichtig, und ihr kritischer Blick musterte jedes Detail der Passform seines unauffälligen schwarzen Rocks.

Julia spürte die Missbilligung ihrer Gouvernante und beeilte sich, ihr alles zu erklären. „Ihr müsst wissen, dass Mr. Pickett der Bow Street Läufer ist, der meine Unschuld an Fredericks Mord bewiesen hat."

Der Unterschied, den diese Information bei Miss Millikens Verhalten hervorrief, war erstaunlich. Zu Picketts Bestürzung warf sich die kleine Dame an seine Brust und schlang ihre Arme um ihn. „Mein lieber Junge! Bitte verzeiht einer alten Frau ihre Vorurteile! Ich werde Euch nie, *niemals* genug für das danken können, was Ihr für meine kleine Julia getan habt!"

„Die – die Ehre war ganz meinerseits, Ma'am", widersprach Pickett, der sich fragte, wie er sich aus Miss Millikens Umschlingung befreien könnte, ohne sie zu kränken. Zum Glück wurde die Angelegenheit durch das Bedürfnis der Dame geregelt, in ihrem Reticule nach einem Taschentuch zu suchen, mit dem sie sich die Augen abwischen konnte. Pickett, erleichtert, sich wieder frei zu fühlen, war nur zu froh, sein eigenes anzubieten.

„Ich bitte um Verzeihung, Mr. Pickett", sagte Miss Milliken, deren Stimme durch dessen Falten gedämpft war. „Ihr werdet mich für eine dumme alte Frau halten, ich weiß, aber da ich nie eigene Kinder hatte, habe ich die Runyon-Mädchen immer wie meine eigenen Töchter betrachtet. Die arme Claudia auf solche Weise zu verlieren und dann befürchten zu müssen, auch Julia zu …" Von ihren Gefühlen überwältigt, suchte sie wieder Zuflucht bei seinem Taschentuch.

Julia sah sich um und stellte fest, dass sie beträchtliche Aufmerksamkeit erregt hatten. Sie ahnte die Verlegenheit ihres Mannes richtig (keine große geistige Leistung, da seine Röte ihn verriet) und verlor keine Zeit, um sich und ihn zu entschuldigen.

„Ich sehe Mama und Papa auf uns warten, also fürchte ich, wir müssen jetzt gehen, Millie, aber ich möchte Mr. Pickett eines Tages zum Tee mitbringen, wenn ich darf."

„Oh, natürlich, natürlich!", rief Miss Milliken aus. „Euer lieber Papa war so freundlich, mir eine geradezu *üppige* Rente zu geben, wisst Ihr, daher konnte ich ein reizendes kleines Cottage mieten, das nur einen kleinen Spaziergang vom Dorf entfernt liegt."

Es folgte eine ziemlich ausführliche Beschreibung der angenehmen Lage dieses Wohnsitzes mit seinen vielen Annehmlichkeiten, aber nachdem Julia und Pickett versprochen hatten, in naher Zukunft zum Tee zu kommen, konnten sie endlich die Flucht ergreifen. Sie beschleunigten ihre Schritte, um Julias Eltern einzuholen, und fanden Lady Runyon, die wehmütig über das Gras hinweg zu einer jungen Frau blickte, die ein kleines Mädchen an der Hand führte. Die Frau war offensichtlich eine Bäuerin, ihre prallen Wangen waren rosig, weil sie Sonne und Wind ausgesetzt war, und ihr bestes Sonntagskleid war sauber und ordentlich, aber alles andere als elegant. Mit dem Mädchen war es etwas völlig anderes. Es war ungefähr drei Jahre alt, hatte große blaue Augen und rotgoldene Locken, die in der Sonne schimmerten, und trug ein weißes Kleid mit feiner Stickerei an Hals und Saum.

„Was für ein wunderschönes Kind", seufzte Lady Runyon traurig. „Sie erinnert mich so sehr an Claudia in diesem Alter."

Da Claudias blondes Haar keine Spur von Rot gehabt hatte, warf Julia Pickett einen Blick zu und verdrehte die Augen. „Mama, wie kannst du das sagen? Sie ist sicherlich ein schönes Kind, aber sie sieht gar nicht aus wie…"

Sie brach abrupt ab, als Jamie Pennington anhielt, um mit der jungen Mutter zu sprechen. Er zupfte spielerisch an einer der Locken des Kindes, und das kleine Mädchen versteckte ihr Gesicht in den Röcken der Frau und spähte von dort schüchtern auf den Sohn des Pfarrers.

Julia erstarrte, wo sie stand, und drückte ihre Hand an ihr Herz, das alarmierend zu rasen begonnen hatte. Wäre das Mädchen nicht so scheu gewesen, hätte es Jamies

Tochter sein können.

„Mylady?", murmelte Pickett. „Geht es dir gut?"

„Jamie – und das kleine Mädchen …"

Sie hatte nicht erwartet, dass er Claudia auf ewig betrauern würde; eigentlich hatte er schon zwei Jahre vor ihrem Tod vergeudet, nachdem sie Lord Buckleigh geheiratet hatte. Trotzdem fiel es Julia schwer, ihre Erinnerung an den leidenschaftlichen jungen Verehrer ihrer Schwester mit dem Bild eines Kavallerieoffiziers von dreißig Jahren in Einklang zu bringen, der sich auf Teufel komm raus mit den Frauen der Einheimischen vergnügte.

Pickett folgte ihrem Blick und erriet die Gedanken seiner Frau ziemlich genau. „Major Pennington hat in den letzten Jahren auf dem Kontinent gekämpft, nicht wahr?"

„Ja", sagte Julia langsam. „Trotzdem muss er wohl irgendwann auf Urlaub nach Hause gekommen sein."

Dazu konnte Pickett nichts sagen. Sir Thaddeus richtete eine Frage an seine Tochter, und das Gespräch wurde allgemeiner. Sie erreichten bald Runyon Hall, wo Lady Runyon nach einer kalten Mahlzeit, wie sie dem Sabbat angemessen war, ihre Absicht erklärte, sich zu einem Nickerchen hinzulegen. Sir Thaddeus tätschelte seinen Bauch und erklärte, Bewegung zu brauchen, wandte sich dann an seinen Schwiegersohn und bot ihm an, ihm alles zu zeigen. Pickett nahm erfreut an, bis ihm klar wurde, dass diese Expedition nicht zu Fuß, wie er angenommen hatte, stattfinden würde, sondern auf dem Rücken eines Pferdes.

„Ich bin noch nie geritten", protestierte Pickett.

„Dann ist jetzt die beste Gelegenheit, damit anzufangen, wie ich immer sage", beharrte der Squire. „Wohlgemerkt, es ist besser, jung anzufangen. Ich habe meine Julia auf ihr erstes Pony gesetzt, als sie erst vier Jahre alt war, und ich wette, dass sie jetzt den besten Sitz der Grafschaft hat."

Pickett, der kürzlich den fraglichen Sitz genau kennengelernt hatte, konnte an dieser Einschätzung nichts zu bestreiten finden, aber abgesehen von der Erkenntnis, dass er und sein Schwiegervater an zwei völlig verschiedene Dinge dachten, fiel ihm ein anderer Grund ein, aus dem er von dem vorgeschlagenen Ausflug entschuldigt werden sollte.

„Ich habe keine Reitkleidung."

Auch diese Einwände stießen auf taube Ohren. Seine eigene Frau verriet ihn mit ihrer Zusicherung, dass sein brauner Rock sich sehr gut eignen würde, und Sir Thaddeus ging so weit anzubieten, ihm ein Paar Reitstiefel zu leihen. Diese erwiesen sich als etwas zu klein, aber zu diesem Zeitpunkt hatte Pickett erkannt, dass Widerspruch zwecklos war und fand sich mit eingequetschten Füßen ab. Er hoffte nur, dass er den Ausflug ohne größere Verletzungen überstehen würde.

„Tom!" Sir Thaddeus brüllte nach dem Stallmeister, als sie sich den Ställen näherten. „Tom, wo bist du?"

Einen Moment später öffnete sich die breite Stalltür, und ein noch junger Bursche trat ins Sonnenlicht.

„Will, wo ist Tom?", verlangte Sir Thaddeus zu wissen.

Der Stalljunge zuckte die Achseln. „Weiß nich', Sir. War den ganzen Morgen schon nich' da."

Sir Thaddeus fluchte leise in sich hinein. „Hat sich wohl letzte Nacht im *Pig and Whistle* einen Vollrausch angetrunken, könnte ich wetten! Will, ich möchte, dass du meinen Schimmel, die Stute für Mylady sattelst, und" – er studierte Pickett abschätzend – „wie viel wiegt Ihr, ungefähr hundertsiebzig Pfund? Will, hol Lucifer für Mr. Pickett."

Sir Thaddeus folgte Will in den Stall, und Pickett drehte sich zu Julia um und sah sie mit einem Blick völligen Entsetzens an. „Dein Vater will mich auf ein Pferd namens Lucifer setzen?"

„Es ist nicht so schlimm, wie es sich anhört", versicherte sie ihm hastig. „Er bekam den Namen als Fohlen, wegen seiner schönen, schwarzen Farbe. Aber eigentlich ist er ein ganz Lieber."

Sie drehte sich um, als Will aus dem Stall kam und ein glänzend schwarzes Pferd herausführte. „Du würdest keine Fliege etwas zuleide tun, oder, Lucifer?" Sie nahm

Will den Zügel ab und streichelte die samtige Nase des Tieres. „Du wirst gut auf meinen Schatz aufpassen, nicht wahr?"

„Ich werde es versuchen", sagte Pickett und warf seinem Ross einen zweifelnden Blick zu.

„Ich habe mit dem Pferd gesprochen", sagte Julia, zwinkerte ihm dann zu und drehte sich um, damit ihr Vater sie in den Sattel heben konnte.

In den ersten Minuten konnte Pickett an nichts anderes denken, als sein Gleichgewicht in einem Sattel zu halten, der unglaublich hoch über dem Boden schien. Als er sich jedoch an den Gang des Pferdes gewöhnt hatte, begann er sich zu entspannen und konnte sich in seiner Umgebung umsehen.

„Ein hübsches Anwesen hat dein Vater hier", bemerkte er zu Julia, die neben ihm her ritt.

„Das fand ich immer schon", stimmte sie zu. Sie hätte hinzufügen können, dass der gesamte Besitz, da er kein Fideikommiss war, eines Tages ihm gehören würde, da er Sir Thaddeus' einzige Erbin geheiratet hatte, doch sie verzichtete klugerweise noch auf diese Offenbarung; die vierhundert Pfund jährlich waren einstweilen ein genügend großer Schock gewesen.

Als sie an einem Wäldchen vorbeikamen, bemerkte Pickett ein kleines Steinhaus im Wald.

„Wer lebt dort?", fragte er Sir Thaddeus und nickte

mit dem Kopf in Richtung des Hauses, ohne seinen krampfhaften Griff um die Zügel zu lockern.

„Im Moment niemand", lautete die Antwort seines Schwiegervaters. „Es ist eigentlich das Wildhüterhaus, das zu Greenwillows gehört, dem alten Layton-Anwesen – die Wälder dort markieren die südliche Grenze –, aber die alte Mrs. Layton jagte ja nicht, daher steht es seit Jahren leer."

Pickett war sich fast sicher gewesen, dass er eine Rauchwolke aus dem Schornstein aufsteigen gesehen hatte, und drehte sich im Sattel um, um genauer hinzuschauen. Lucifer hatte jedoch keine sehr hohe Meinung von diesem Manöver, sodass er gezwungen war, den Versuch abzubrechen.

„Mrs. Layton", wiederholte Julia. „Ist das nicht Jamies Tante, die gestorben ist und ihm ihr Vermögen hinterlassen hat?"

„Ja, sie war die Schwester des Pfarrers. Da sie und Layton nie eigene Kinder hatten, hinterließ sie alles Jamie. Das alles gehört ihm jetzt."

„Es ist schade, dass er es verkaufen will", sagte Julia. „Ich hätte gedacht, er würde eines Tages sein Offizierspatent verkaufen und sich hier niederlassen wollen."

Sir Thaddeus räusperte sich mit der unbehaglichen Haltung eines Mannes, der gegen seine eigenen Gefühle kämpfte. „Vielleicht findet er es zu schmerzhaft.

Immerhin, deine Schwester …"

Entschlossen, seine Gedanken (und in der Tat ihre eigenen) in eine fröhlichere Richtung zu lenken, sagte Julia heiter: „Komm, Papa, lass uns um die Wette reiten! John, es macht dir nichts aus, oder?"

Pickett schüttelte den Kopf. „Solange nicht erwartet wird, dass ich mitmache, nein."

„Sehr gut, Papa, lass uns zu diesem Baum reiten." Sie hob ihre Gerte und deutete auf eine einzelne Eiche, die einen entfernten Hügel krönte.

Sir Thaddeus stimmte bereitwillig zu, und fort waren sie. Pickett hatte ein oder zwei Augenblicke Probleme mit Lucifer, der sehr geneigt war, sich dem Spaß anzuschließen, aber nachdem er endlich die Kontrolle über sein Ross erlangt hatte, ritt er in seinem eigenen Tempo weiter und erreichte einige Minuten später den Baum.

„Wer hat gewonnen?", fragte er fröhlich.

Julia, immer noch zu Pferd, drehte sich zu ihm um und sah ihn so entsetzt an, dass es ihm das Lächeln vom Gesicht wischte.

„Mylady?"

Er kletterte nicht allzu anmutig vom Sattel herunter und eilte zu ihr. Sie schleuderte den Steigbügel vom Fuß und glitt aus dem Damensattel in seine Arme.

„Oh, John! Oh John!", weinte sie und vergrub ihr Gesicht in seiner Brust.

„Sir Thaddeus?" Pickett wandte sich zu seinem Schwiegervater, der sich über einen großen Stein beugte, der sich bei näherer Betrachtung als alles andere als ein Stein erwies.

„Das ist Tom, mein vermisster Stallmeister", sagte Sir Thaddeus. „Er ist tot."

6

*In dem John Pickett einen Besuch macht
und einen Hinweis entdeckt*

Pickett schob Julia sanft, aber energisch beiseite und schloss sich ihrem Vater neben dem Toten an. Auf den ersten Blick schien Sir Thaddeus' Stallmeister die glücklichste Leiche zu sein, die Pickett jemals gesehen hatte, genauere Betrachtung ergab jedoch, dass das schreckliche Grinsen des Mannes tatsächlich ein Schnitt war: Sein Hals war von Ohr zu Ohr aufgeschlitzt worden, und die klaffende Wunde war mit Blut verkrustet. Tatsächlich war Blut überall. Es bedeckte die Leiche vom Kinn bis zur Brust und tränkte den Boden, auf dem der Körper lag. Pickett bückte sich und fuhr mit einem Finger über die Kehle des Mannes, fand aber nichts außer ein paar winzigen rotbraunen Flocken; offensichtlich hatte der Stallbursche einige Zeit hier gelegen, wenn so viel Blut Zeit zum Trocknen gehabt hatte. Mit der anderen Hand zog

Pickett ein Taschentuch aus der Innentasche seines braunen Sergerocks und wischte sich den Finger ab.

Er richtete sich auf und drehte sich zu seinem Schwiegervater um. „Sir Thaddeus, wenn Ihr Julia zurück zum Haus bringen würdet …"

„Nein, John, bitte schick mich nicht weg", protestierte sie. „Mir geht es jetzt ganz gut – jetzt, wo du hier bist. Bitte lass mich bleiben. Ich verspreche, ich werde nicht in Ohnmacht fallen oder hysterisch werden oder irgendetwas in dieser Art."

Er lächelte sie an. „Nein, wirst du nicht, oder?", bemerkte er mit mehr als nur einer Spur von Bewunderung. Es war nicht das erste Mal, dass sie dem Tod gegenüberstand – und auch nicht das zweite Mal, im Übrigen –, und obwohl sie nicht für solch düstere Szenen geboren war, hatte sie sich der Lage jedes Mal gewachsen gezeigt, war ihm sogar mehr als einmal eine große Hilfe gewesen. „Na gut, meine Lady, du magst bleiben, wenn du das möchtest."

Nachdem die Angelegenheit geklärt war, wandte Pickett seine Aufmerksamkeit wieder dem vorliegenden Problem zu. Er musterte den Boden um den Körper herum, umkreiste den Baum und hielt gelegentlich inne, um ein großes Blatt mit der Spitze seines geliehenen Stiefels beiseite zu schieben.

„Du suchst das Messer", vermutete Julia.

„Ja, oder jede andere Waffe, die ein solches Ergebnis erzielt haben könnte", sagte Pickett. „Wahrscheinlich ein Messer, aber ich kann ein Beil oder ein Schwert oder irgendetwas anderes mit einer scharfen Klinge nicht ausschließen."

Nachdem er seine Umrundung des Baumes erfolglos abgeschlossen hatte, kam er zurück zu der Leiche und sah für einen langen Moment auf sie herab. „Ich halte es für unwahrscheinlich, dass er darauf gefallen ist, aber ich kann die Möglichkeit nicht ausschließen. Sir Thaddeus, wenn Ihr mir behilflich sein würdet?"

Sir Thaddeus trat sofort vor, um die Beine des Toten zu nehmen, während Pickett seine Schultern hob. Zusammen bewegten sie den Mann aus der getrockneten Pfütze seines eigenen Blutes, aber es war so, wie Pickett es erwartet hatte. Sie fanden kein Messer oder irgendeine andere Waffe unter ihm auf dem Boden liegen.

„Und Ihr sagt, er sei Euer Stallbursche gewesen?", fragte Pickett seinen Schwiegervater. „Wisst Ihr, ob er Streit mit jemandem hatte? Oder ob es einen Grund dafür gab, dass jemand ihn tot sehen wollte?"

Sir Thaddeus schüttelte den Kopf. „Nicht dass ich jemals davon gehört hätte. Für meinen Geschmack verbrachte er seine Abende zu gern im *Pig and Whistle*, aber es war nicht so schlimm, dass es seine Arbeit beeinträchtigt hätte. Sonst hätte ich ihn am Kragen gepackt und hinausgeworfen", fügte er finster hinzu.

Nachdem Pickett alles erfahren hatte, was von dieser Seite kommen konnte, was wenig genug war, wandte er seine Aufmerksamkeit dem Körper selbst zu. Er klappte die Vorderseite des blutverkrusteten Rocks auf, steckte seine Hand in die Tasche und zog die geballte Faust wieder heraus.

Er öffnete die Hand und pfiff leise. „Ihr müsst Euer Personal gut bezahlen, Sir", bemerkte er zu seinem Schwiegervater gewandt.

„Gut genug, um andere daran zu hindern, ihnen ein besseres Angebot zu machen", gab Sir Thaddeus zu. „,Jede Arbeit ist ihres Lohnes wert' und so, wisst Ihr. Warum sagt ihr das?"

Pickett streckte die Hand aus und enthüllte einen Haufen Münzen, darunter eine Reihe goldener Guineen.

Die Augen des älteren Mannes traten heraus. „So gut bezahle ich sie aber doch nicht!"

„Habt Ihr eine Vorstellung, wie er an eine solche Summe gelangt sein könnte?"

Der Squire schüttelte den Kopf. „Absolut nicht."

„Könntet Ihr Euch irgendwelche Möglichkeiten denken, wie ein Stallbursche nebenbei eine solche Summe auf eine Weise verdienen könnte, die vielleicht unredlich war?"

Sir Thaddeus runzelte die Stirn, als er über die Sache

nachdachte. „Ich nehme an, er könnte ein bisschen an illegalen Deckprämien verdienen."

„Wie das?", fragte Pickett.

„Jemand, der zum Beispiel möchte, dass mein Lucifer da eine seiner eigenen Stuten deckt, könnte Tom ein hübsches Sümmchen zustecken, damit er zulässt, dass Lucifer auf dessen eigene Weide ausbricht, wenn die Stute rossig ist."

„Kennt Ihr jemanden, der Tom ein solches Geschäft angeboten haben könnte?"

„Nun, da ist Griggs, dessen Eigentum im Süden an mein Anwesen grenzt. Er hat seit Jahren ein Auge auf Lucifer für seine Andromeda geworfen, aber ich wollte nichts davon wissen und habe ihm das mehr als einmal gesagt. Seine Andromeda hat einen so hohlen Rücken, wie ich nur je gesehen habe. Ein Abkömmling von ihr würde Lucifer keine Ehre machen."

„Habt Ihr Grund zu der Annahme, dass dieser Griggs Tom ein solches Geschäft angeboten hat, wie Ihr es beschreibt?"

Sir Thaddeus schüttelte den Kopf. „Griggs versteht nichts von Pferdefleisch, aber ich habe nie etwas Schlechtes über seine Moral gehört." Er hielt inne und hustete diskret. „Ich nehme nicht an, dass er es selbst hätte tun können?"

Pickett nahm zu Recht an, dass sich diese Frage eher

auf Tom als auf den abwesenden Griggs bezog, und sah auf den Körper hinunter. „Ich würde meinen, dass jeder, der versucht, auf diese Weise Selbstmord zu begehen, das Bewusstsein verlieren müsste, bevor er einen so langen oder so tiefen Schnitt machen könnte. Und dann ist da noch das Geld. Das hat etwas zu bedeuten; ich bin mir sicher. Warum sollte ein Mann, dem gerade so viel Geld in den Schoß gefallen ist, plötzlich beschließen, sich selbst zu töten?" Er runzelte nachdenklich die Stirn. „Ich nehme an, der Untersuchungsrichter muss gerufen werden, und der – sagt mir, Sir Thaddeus, wer ist der örtliche Friedensrichter?"

„Das wäre Lord Buckleigh. Gut, dass er von seinen Flitterwochen zurück ist, was?"

„In der Tat, obwohl es keine besonders nette Art ist, sein Eheleben zu beginnen." Pickett seufzte. „Für mich auch nicht, im Übrigen."

„Ich gehe davon aus, dass ich derjenige sein sollte, der Toms Frau die Nachricht bringt", sagte Sir Thaddeus mit dem Eifer eines Mannes, der kurz davor stand, sich einen Zahn ziehen zu lassen. „Da er für mich gearbeitet hat und so."

Pickett hätte es vorgezogen, diese Aufgabe selbst zu erledigen, denn aus der Reaktion einer Witwe auf die Nachricht von seinem Tod konnte man viel über den Zustand der Ehe eines Mannes schließen. Aber er vermutete, dass sein Schwiegervater zu Recht behauptete, anstandshalber dazu verpflichtet zu sein, wenn es um diese düstere Aufgabe ging, also nickte er nur anerkennend und wandte sich an seine Frau.

„Mylady, würdest du bitte mit deinem Vater ins Haus zurückkehren und Lord Buckleigh und dem Gerichtsmediziner eine Nachricht senden?" Er nahm ihren Einwand vorweg und fügte hinzu: „Ich verspreche, bei mir ist alles in Ordnung. Ich werde nicht zum ersten Mal mit einer Leiche allein sein."

Sie schenkte ihm ein reumütiges Lächeln und erlaubte ihm, seine Hände zu einem Steigbügel zusammenzulegen und sie in den Sattel zu heben. Einen Moment später galoppierten Vater und Tochter über die Hügel, und Pickett blieb allein zurück, um die Stelle zu untersuchen, an der der Stallbursche den Tod gefunden hatte. Abgesehen von der Stelle, an der der Körper gelegen hatte, gab es sehr wenig Blut, und das an sich war überraschend; wer auch immer die Tat begangen hatte, musste überall blutbespritzt gewesen sein, und obwohl Pickett nicht erwartet hatte, dass er eine Spur hinterließ, der man folgen könnte – seiner Erfahrung nach waren Mörder selten so zuvorkommend –, musste es sicherlich blutige Kleidungsstücke gegeben haben, die entsorgt werden mussten. Pickett vergrößerte seinen Kreis und suchte den Boden nach Anzeichen ab, dass ein Loch gegraben worden wäre

oder nach einem Graben, der von der Stelle, an der der
Mord begangen worden war, nicht zu sehen gewesen war.
Er fand beides nicht, doch fiel ihm etwas ins Auge, was er
zuvor nicht bemerkt hatte: Über einen Bergkamm im
Osten konnte er die Schieferziegel eines Daches sehen.
Der Tatort war nicht ganz so einsam, wie er zuerst gedacht
hatte.

Unsicher schaute er wieder auf die Leiche. Es gefiel
ihm nicht, sie dort liegen zu lassen, aber er wollte ein paar
Nachforschungen anstellen, bevor die Nachricht vom Tod
des Stallburschen sich in der Nachbarschaft verbreitete
wie ein Lauffeuer – was sie zweifellos tun würde, sobald
Julia und Sir Thaddeus mit der Neuigkeit Runyon Hall
erreichten. Er nahm das Pferd Lucifer bei den Zügeln,
hievte sich in den Sattel (ein unangenehmer Vorgang, bei
dem er nur dankbar war, dass seine Frau und ihr Vater
nicht anwesend waren, um Zeuge davon zu werden) und
machte sich auf den Weg zu dem Haus hinter dem Kamm.

Er fand es seltsam ruhig. Es war ein sehr hübsches
Anwesen, erbaut im vorigen Jahrhundert mit den gold-
gelben Steinen aus dem nahen Cotswolds, aber seltsam
erstarrt, ohne ein Lebenszeichen irgendwo. Pickett wandte
sein geliehenes Reittier zu den Ställen hinter dem Haus
und, als kein Stalljunge herauskam, rief er laut. Keine
Antwort.

„Nun, Lucifer, es sieht so aus, als wären wir zwei

ganz allein", murmelte er in sich hinein.

Er stieg mit einiger Leichtigkeit ab, da die Schwer-
kraft ihm zu Hilfe kam, und führte das Pferd aus dem
blassen Sonnenlicht des Vorfrühlings in die Schatten des
Stalls.

„Hallo?", rief er. „Ist da jemand?"

Es kam keine Antwort und als sich seine Augen an
die Dunkelheit gewöhnt hatten, bemerkte er, dass die
Boxen leer waren. Jetzt, wo er darüber nachdachte, fehlten
dem Gebäude die Gerüche von Pferd und frischem Heu,
die ihm in Sir Thaddeus' Stall in die Nase gestiegen waren.
Anscheinend hatte hier seit einiger Zeit kein Pferd mehr
gestanden. Als Pickett erkannte, dass er keine Hilfe vom
Stallpersonal zu erwarten hatte, schaute er sich nach etwas
um, woran er Lucifers Zügel binden könnte, und seine
Augen leuchteten auf, als er einen Haufen Kleidung in
einer Ecke erblickte.

Er ließ die Zügel des Pferdes los und ging, um sie sich
anzusehen, wo er einen Umhang mit Schulterkragen fand,
der über und über mit Blut bespritzt war. Die dunklen
Flecken waren steif, aber als er das Kleidungsstück an die
Nase hob, fand er den metallischen Geruch immer noch
stark; obwohl das Blut genügend Zeit zum Trocknen
gehabt hatte, war es doch noch relativ frisch. Vielleicht
noch interessanter waren jedoch der Schnitt und das
Material des Kleidungsstücks. Sie waren absolut nicht das,

was ein Stallmeister oder Stalljunge gewöhnlich tragen würde, sondern der feine Wollstoff und der gute Schnitt waren typisch für die Garderobe eines Gentlemans. Und obwohl er von seiner adligen jungen Frau wusste, dass Diener manchmal abgelegte Kleidung ihres Herren oder ihrer Herrin erhielten, schien dieses spezielle Kleidungsstück doch zu neu, um schon ersetzt worden zu sein.

Er ließ den Umhang fallen, stand dann auf und wandte seine Aufmerksamkeit wieder dem Pferd zu, nur, um sich allein im Stall zu finden; Lucifer, so schien es, hatte seinen ihm unbekannten Reiter verlassen und war weggelaufen. Pickett stellte sich auf einen langen Spaziergang zurück nach Runyon Hall ein, beschloss aber, diesen aufzuschieben, bis er sich am Haus umgesehen hätte. Er verließ den Stall, ging zur Haustür und fand den eisernen Klopfer in schwarzen Krepp gewickelt, der auf Trauer hindeutete. Er klopfte scharf an die Holztür.

Nach einigen langen Minuten, in denen Pickett sich fragte, ob das Haus so leer war wie seine Ställe, schwang die Tür mit einem Knarren vernachlässigter Scharniere auf, und ein alter Butler krächzte: „Ja, Sir?"

„Ich würde gern mit dem Herrn oder der Herrin des Hauses sprechen, wenn ich bitten darf", sagte Pickett.

„Das würde ich auch", antwortete der Butler und warf einen abschätzigen Blick Picketts braunen Sergerock und seine geliehenen Stiefel. „Leider ist Mr. Layton seit gut zehn Jahren tot und Mrs. Layton folgte ihm direkt nach Dreikönig."

Pickett warf einen Blick an dem Butler vorbei und fand dessen Worte bestätigt durch die weißen Schonbezüge, die über die Möbel der Foyers gezogen waren, was dem Raum ein gespenstisches Aussehen verlieh. „Dann ist das Haus leer?"

Der Butler neigte den Kopf. „Außer meiner selbst, ja, Sir."

„Und die Ställe?"

„Da Mrs. Layton nach dem Tod des Herrn selten das Haus verließ, wurden die Pferde schon vor Jahren verkauft."

„Ich verstehe", sagte Pickett, dessen Verstand rasch arbeitete. Es schien, dass der Layton-Stall ein ausgezeichneter Ort sein würde, um belastende Kleidung zu verstecken; wäre nicht seine eigene Anwesenheit in der Nachbarschaft und sein Wissen über strafrechtliche Ermittlungen gewesen, hätte das verräterische Kleidungsstück möglicherweise jahrelang unentdeckt dort gelegen. „Gibt es dann keine Besucher im Haus?"

„Keine, Sir", sagte der Butler kopfschüttelnd. „Nur den jungen Herrn."

„Den jungen Herrn?"

„Den jungen Mr. Pennington", erklärte der Butler.

„Er war der Neffe und Patensohn der Herrin. Er hat das Anwesen nach ihrem Tod geerbt."

Mit sinkendem Herzen wünschte sich Pickett, seine Frau hätte Major Pennington nicht so gern. Denn wenn dies Jamie Penningtons Haus war, dann war es auch Jamie Penningtons Stall – und möglicherweise Jamie Penningtons Umhang, der blutgetränkt in der Ecke versteckt gelegen hatte.

* * *

Als Julia das Haus ihrer Eltern betrat, ging sie direkt zum Schreibtisch im Arbeitszimmer ihres Vaters. Lady Runyon, die Schritte in der Halle hörte, folgte dem Geräusch und entdeckte ihre Tochter, deren Federkiel hastig über Papier kratzte.

„Seid ihr schon wieder da?" Dann, als sie das blasse Gesicht erblickte: „Wie, Julia! Was ist passiert? Wo sind dein Vater und Mr. Pickett?"

„Papa und Mr. Pickett geht es gut, Mama. Aber es hat tatsächlich einen – einen Unfall gegeben. Euer Stallmeister, Tom, ist – ist tot, und Papa ist weitergeritten, um seiner Frau die Nachricht zu überbringen."

„Und du?", fragte Lady Runyon und ihr Blick wanderte zu dem halbfertigen Brief auf dem Schreibtisch.

„Ich schreibe an Lord Buckleigh – und an den Untersuchungsrichter."

Lady Runyon nickte langsam. „Es ist sehr nett von

dir, Lord Buckleigh zu benachrichtigen, da der arme Tom früher sein Stallbursche war. Aber warum den Untersuchungsrichter?"

„Weil", Julia holte tief Luft. „Weil Toms Tod – genau genommen kein Unfall war."

„Julia!", rief Lady Runyon aus, ihre magere Brust schwoll an. „Hat dieser Junge dich *wieder* einem gewaltsamen Tod ausgesetzt?"

„Erstens, Mama, ist Mr. Pickett ist kein ‚Junge', und zweitens hat er mich dem nicht mehr ‚ausgesetzt' als Papa! Eigentlich war ich mit Papa zusammen, als wir den … die Leiche entdeckten. Wir waren um die Wette zu der alten Eiche auf dem Layton-Anwesen geritten – du erinnerst dich an den Baum, er steht ganz allein oben auf dem Hügel – und als wir dort ankamen, nun, da lag Tom." Sie verzog bei der Erinnerung das Gesicht. „Oder das, was von ihm übrig war."

„Also wenn du hier sitzt und Briefe schreibst und dein Papa zu Toms Haus unterwegs ist, wo ist dann bitte dein Mr. Pickett?"

„Er ist dort geblieben, um die Sache zu untersuchen." Als sie das Missfallen deutlich auf dem Gesicht ihrer Mutter lesen konnte, fügte sie hastig hinzu: „Du musst zugeben, dass niemand in Norwood Green dazu geeigneter wäre."

„Nichts dergleichen muss ich! Dein Mr. Pickett sollte

sich daran erinnern, dass er hier zu Gast ist, und sich entsprechend benehmen. Norwood Green hat sowohl einen Friedensrichter als auch einen Untersuchungsrichter. Er sollte ihnen erlauben, ihre Arbeit zu tun."

„Sie können das kaum tun, bevor sie benachrichtigt wurden, oder?", sagte Julia und drehte sich um, um ihre Korrespondenz mit bebenden Händen zu beenden.

Es herrschte ein unruhiger Frieden, während der Diener fortgeschickt wurde, um diese Botschaften zu überbringen. Als sie wieder allein waren, nahm Lady Runyon den Faden des unvollendeten Gesprächs auf. „Ich will keine Kritik äußern, Liebes. Vielleicht ist es unfair, aber ich kann nicht anders, als deinen neuen Ehemann" – bei dem Wort schauderte sie fast – „mit dem armen Fieldhurst zu vergleichen. Ich bin *sicher,* dass er dich nie in eine so unappetitliche Angelegenheit verwickelt hätte."

„In einer Sache hast du recht, Mama: Es *ist* unfair! Frederick hätte mich niemals in eine Mordermittlung ‚verwickelt', denn es wäre ihm nie in den Sinn gekommen, dass ich Meinungen, Einsichten oder irgendeine andere Fähigkeit haben könnte, die über das rein Dekorative hinausgeht."

„Nun, aber Julia, meine Liebe", protestierte Lady Runyon, deren eigene Ansichten in diesem Punkt weitaus eher mit denen ihres verstorbenen Schwiegersohns als mit denen ihrer Tochter übereinstimmten.

„Und zum Thema ‚armer Fieldhurst' gibt es eine Menge, das du nie über ihn gewusst hast." Und ohne ihr eine Einzelheit zu ersparen, zählte Julia die Sünden des ersten Mannes auf, begann mit der Opern-Tänzerin, die er kurz nach ihren Flitterwochen unter seinen Schutz genommen hatte, und endete mit ihrer eigenen Zofe, dazu allen anderen Frauen dazwischen (zumindest allen, von denen sie wusste).

„Meine arme Julia!", rief ihre Mutter am Ende dieser Ausführungen aus. „Ich wünschte du hättest mir das früher gesagt!"

„Warum?", fragte Julia bitter. „Welchen Unterschied hätte es gemacht?"

„Für ihn, keinen", gab Lady Runyon zu. „Aber ich hätte dich bitten können, darüber nachzudenken, ob du alles dir Mögliche getan hättest, es ihm angenehm zu machen, ihn zu …"

„Mutter!", rief Julia aus, die ihrer Mutter in wachsender Empörung zuhörte. „Willst du andeuten, dass Fredericks Untreue meine eigene Schuld war?"

„Natürlich nicht, Liebes. Aber Männer empfinden solche Dinge anderes. Glaub mir, diese kleinen *Affären* ändern überhaupt nichts an den Gefühlen eines Mannes für seine Frau. Wie, dein eigener Papa unternimmt zwei Reisen nach London im Jahr aus genau diesem Grund und kommt immer nur noch liebevoller denn je zu mir zurück."

Julia starrte ihre Mutter mit einem betroffenen Blick an. „Willst du sagen, dass sogar *Papa* ...?"

„Komm, Julia, du bist doch kein Kind mehr! Du musst doch wissen, dass meine Gesundheit in den letzten Jahren nicht mehr so gut war wie früher. Aber es ist die Pflicht einer Ehefrau, dafür zu sorgen, dass die Bedürfnisse ihres Mannes erfüllt werden, ob dies nun bedeutet, sie selbst zu erfüllen oder ein Auge zuzudrücken, während er anderswo nach Befriedigung sucht." Diesmal fügte sie sanfter hinzu: „Bei sexuellen Beziehungen geht es nicht nur um Zeugung, weißt du. Für einen Mann ist es oft eine Frage von Jugend und Männlichkeit. Könnte ich wirklich so grausam sein, deinem Papa diese Bestätigung zu missgönnen?"

Julia war sprachlos vor Fassungslosigkeit. Ganz abgesehen von dieser völlig unerwarteten Seite an ihrem Vater wurde ihr klar, dass sie vielleicht ihrem Ehemann gegenüber nicht ganz fair gewesen war. Nicht Fieldhurst – nein, wirklich, sie war sich ziemlich sicher, dass sie sich nichts vorzuwerfen hatte, soweit es ihn betraf. Aber zum ersten Mal kam ihr der Gedanke, dass sie John Pickett einen schlechten Dienst erwiesen haben könnte. Gefangen in neu entdeckten Liebesgefühlen und unsicher, ob er seine Verletzungen überleben würde, hatten sie ihre zufällige Ehe vollzogen, ohne viel über die Zukunft nachzudenken; tatsächlich war die Gegenwart zu kostbar und zu gefährdet gewesen, um einen Moment an Gedanken darüber zu verschwenden, was niemals eintreten könnte. Jetzt jedoch ließen die Worte ihrer Mutter neue und unerwünschte Fragen in ihr aufsteigen. Mit vierundzwanzig braucht er sich keine Sorgen um verlorene Jugend zu machen, und so unerfahren er auch sein mochte, sie konnte seine Männlichkeit nur bestätigen. Was jedoch die Zeugung anging … In sechs Jahren Ehe mit Frederick, Lord Fieldhurst, hatte es keine Anzeichen einer Schwanger-schaft gegeben, und der Arzt, der sein Bestes versucht hatte, um diesen Zustand zu behandeln, hatte deutlich gemacht, dass sich an dieser Situation wahrscheinlich nichts ändern würde. Dies war in der Tat das, was den letzten Keil zwischen sie und ihren ersten Ehemann getrieben hatte. Obwohl er Lord Fieldhursts dringendes Verlangen nach einem Erben nicht verspürte, würde John Pickett sich sicherlich nicht weniger Kinder wünschen, als ihr erster Ehemann das getan hatte. Würde er vielleicht eines Tages den hastigen Vollzug einer Ehe bedauern, die ihn an eine unfruchtbare Frau in einer kinderlosen Ehe fesselte?

„Mama", begann sie langsam, nur um von einem Kratzen an der Tür unterbrochen zu werden.

„Verzeihung, Ma'am", begann der Butler und betrat den Raum.

„Ja, Parks?", fragte Lady Runyon. „Was gibt es?"

„Es ist Lucifer", sagte er. „Er ist in den Stall zurückgekommen."

Lady Runyon unterdrückte einen Seufzer angesichts der Rückkehr ihres Schwiegersohns. „Sehr gut, Ihr könnt Mr. Pickett informieren, dass wir ihn direkt zu ihm in den Salon kommen werden."

Parks hüstelte diskret. „Da ist nur ein Problem, Ma'am. Das Pferd ist ohne seinen Reiter zurückgekehrt."

7

In dem verschiedene Begegnungen,
sowohl irdische als auch überirdische,
beschrieben werden

Nachdem Pickett das Layton-Haus verließ, kehrte er zu der Stelle zurück, an der Toms Leiche lag. Der Untersuchungsrichter war noch nicht angekommen, ebenso wenig wie Lord Buckleigh in seiner Rolle als Friedensrichter. Er konnte also nichts tun, als abzuwarten und nachzudenken – und es war vielleicht unvermeidlich, dass seine Gedanken zu der Hütte am Waldrand zurückkehrten, aus deren Schornstein, wie er hätte schwören können, eine Rauchwolke aufgestiegen war. Sein Schwiegervater hatte gesagt, das Haus stünde leer, aber angesichts der Tatsache, dass in der Nähe ein grausamer Mord begangen worden war, wäre er ein Narr gewesen, wenn er nicht nachgeforscht hätte. Mit einer Grimasse bei der Vorstellung, diesen Weg in seinen geborgten, zu kleinen Reitstiefeln zurücklegen zu müssen, wappnete er sich mit Entschlossenheit und ging los.

Zehn Minuten später erreichte er das Haus und humpelte auf Füßen darauf zu, an denen sich bereits mehr als eine Blase zu bilden begann. Als er näher kam, sah er zum Schornstein auf; wenn es vorher ein Feuer im Kamin gegeben hatte, war es gelöscht worden, denn jetzt stieg kein Rauch mehr aus dem Steinabzug auf. Er ging zur Tür und klopfte an. Keine Antwort. Er klopfte erneut. Noch immer keine Antwort, aber war das ein schwaches Schlurfen, was er drinnen hörte, oder nur das Seufzen der Blätter an den Bäumen?

Er beschloss, es herauszufinden. Er rüttelte am Türknauf und war nicht überrascht, die Tür verschlossen zu finden. Er tastete in seinen Taschen nach einem Werkzeug, das er benutzen könnte, um das Schloss aufzubrechen, und freute sich, eine der Haarnadeln seiner Frau zu finden. Es war eine der unvorhergesehenen kleinen Freuden der Ehe, wie er festgestellt hatte, dass diese ständigen kleinen Erinnerungen an seine Lady unerwartet an anscheinend zufälligen Orten auftauchten.

Er wandte seine Aufmerksamkeit wieder dem vorliegenden Problem zu, ließ sich vor der Tür auf ein Knie nieder und steckte die Nadel ins Schloss. Einen Moment später gab es ein Klicken und der Knopf drehte sich in seiner Hand. Er erhob sich und stieß die Tür auf, und die blasse Frühlingssonne fiel in das dunkle Häuschen und warf gesprenkelte Schatten in das kahle kleine Zimmer.

„Hallo?", rief Pickett und trat vorsichtig ein. „Ist da jemand?"

Ganz offensichtlich befand sich niemand in dem Raum, in dem er stand, denn er war viel zu spärlich möbliert, um ein Versteck zu bieten. Ein zerkratzter Tisch und zwei Stühle standen an einer Wand unter dem Fenster, um die Nachmittagssonne einzufangen, und ein abgenutztes Sofa schaute Richtung Kamin, wo vermutlich der Wildhüter und seine Frau an kalten Abenden gesessen hatten.

Der Kamin…

Pickett ging quer durch den Raum zum Kamin, beugte sich dann vor und hielt eine Hand über das teilweise verbrannte Holzscheit, das auf dem gusseisernen Feuerbock lag. Es war warm, so warm, dass er gezwungen war, seine Hand schleunigst zurückzuziehen. Hier brannte jetzt kein Feuer, doch mit Sicherheit war dort eines gewesen, und das vor nicht langer Zeit. Wer auch immer es gelöscht hatte, konnte nicht weit fort sein. Er warf einen Blick auf die Treppe – eigentlich kaum mehr als eine Leiter –, die zu einem Dachboden führte, auf dem der Wildhüter geschlafen haben musste. Wer immer dort oben warten mochte, würde mit Sicherheit jedem gegenüber, der sich von unten näherte, im Vorteil sein. Würde er es wagen, hinaufzuklettern?

Einen Monat zuvor hätte er nicht gezögert, aber jetzt hatte er eine Frau, an die er denken musste. Er schmeichelte sich nicht, dass sie sein Einkommen vermissen würde, sollte er bei Ausübung seiner Pflicht getötet werden, doch er erkannte, dass er nicht bereit war, sein neu gefundenes Glück aufzugeben und allen Grund zu der Annahme hatte, dass es ihr genauso ging. Er erinnerte sich an seine Aufgabe, den Frieden des Königs zu bewahren und räumte ein, dass er darüber hinaus, wenn auch nur vage, verpflichtet wäre, einen Mord aufzuklären, in den die Familie seiner Frau, wenn auch nur indirekt, verwickelt war. Er holte tief Luft und begann, langsam und leise, die Stufen hinaufzusteigen.

Sein Fuß stand auf der vierten Sprosse, als ein Schatten in den Raum fiel und das Licht aus der offenen Tür blockierte. Er wirbelte herum und fand Jamie Pennington im Türrahmen stehen.

„Mr. Pickett?"

Pickett nickte. „Major Pennington."

„Darf ich fragen, was Ihr in meinem Eigentum tut?" Der freundliche Pfarrerssohn vom Morgen war fort und es war der Offizier, der ihn mit einem derart strengen Blick musterte, dass Pickett sich zum ersten Mal seit vielen Jahren wie der vierzehnjährige Taschendieb fühlte, der vor den Richter gezerrt worden war.

„Ich bin mit meiner Frau und ihrem Vater vorbeigeritten, als ich dachte, ich hätte Rauch aus dem Schornstein kommen sehen", erklärte er. „Sir Thaddeus hatte gesagt, das Haus wäre leer, also dachte ich, ich sollte nachschauen."

Jamie lächelte und Pickett hatte den Eindruck, dass er eine Lässigkeit vortäuschte, die er nicht empfand. „Sehr gewissenhaft von Euch, Mr. Pickett, aber ich würde Euch nicht mit solchen Dingen belästigen wollen, während Ihr auf Eurer Hochzeitsreise seid. Eine Nachricht, die Ihr mir ins Pfarrhaus schicken würdet, hätte ausgereicht, dann hätte ich mich selbst um die Angelegenheit gekümmert. Ach, nun, es wurde ja kein Schaden angerichtet. Kommt mit und lasst uns nach Julia suchen!"

Pickett deutete auf den Kamin. „Major, hier hat bis vor Kurzem ein Feuer gebrannt. Jemand war im Haus – und ist vielleicht noch hier, soweit wir wissen."

„Es war wahrscheinlich der alte Wilson, der Butler", sagte Jamie mit einer abwehrenden Handbewegung. „Er kümmert sich seit dem Tod meiner Tante um das Anwesen."

„Er hat es nicht erwähnt, als ich vorhin mit ihm gesprochen habe", bemerkte Pickett.

„Vielleicht fand er, dass es Euch nichts anginge", meinte Jamie und sein Lächeln war mehr als nur ein wenig hart. „Ich weiß Eure Besorgnis zu schätzen, aber ich muss wirklich darauf bestehen, dass Ihr dieses Haus verlasst."

Nach dieser Aufforderung blieb Pickett nichts anderes übrig, als die Stufen wieder hinabzusteigen und durch die Tür zu gehen, die Jamie für ihn offenhielt.

„Und jetzt, Mr. Pickett, gehen wir Julia suchen", sagte Jamie und hörte sich fast wieder an wie sonst.

Als sie von dem Haus weggingen, schlang Jamie einen Arm um Picketts Schultern, eine freundschaftliche Geste, die Pickett keinen Augenblick täuschen konnte. Ganz eindeutig hatte der Major nicht die Absicht zuzulassen, dass er das Haus durchsuchen könnte, sobald er den Rücken kehrte. Wen – oder was – wollte er beschützen und warum?

Jamie hätte Pickett zurück in Richtung Runyon-Hall geführt, aber hier unterschätzte er seinen Mann. Pickett ignorierte den Druck von Jamies Hand auf seiner Schulter und wandte sich stattdessen der Stelle zu, wo Toms Leiche lag, was dem Major keine andere Wahl ließ, als ihm zu folgen.

„Sagt mir", sagte Pickett, als sie aus dem Wald traten, „was wisst über Sir Thaddeus' Stallmeister?"

„Sehr wenig", sagte Jamie mit einem Achselzucken, das Pickett etwas zu beiläufig erschien. „Wir haben uns gegrüßt, als er noch ein Stallbursche in Buckleigh Manor war, aber danach war ich ein Dutzend Jahre oder länger außer Landes. Warum fragt Ihr?"

Pickett zeigte auf den Bergkamm. „Seht Ihr diesen Baum? Tom oder was von ihm übrig ist, liegt mit aufgeschlitzter Kehle dort."

„Lieber Gott!" Als Soldat war Jamie ein gewaltsamer Tod sicherlich nicht fremd, aber bei dieser Enthüllung nahm sein Gesicht eine grünliche Farbe an. „Ist das wahr?"

„Fällt Euch ein Grund ein, warum ich über so etwas Lügen verbreiten sollte?"

Jamie schüttelte den Kopf. „Nein, aber – weiß Julia davon?"

Pickett nickte. „Sie und ihr Vater haben ihn gefunden."

„Soll ich es so verstehen, dass Ihr vorhabt, Nachforschungen anzustellen? Ihr seid weit fort von der Bow Street, Mr. Pickett."

„Stimmt, aber ich fühle mich verpflichtet zu tun, was ich kann, da die Familie meiner Frau involviert ist."

„Und wie kommt Ihr darauf, Mr. Pickett?" Jamies Stimme war wieder kalt geworden und seine Hand auf Picketts Schulter versteifte sich.

„Müsst Ihr da fragen? Neben der Tatsache, dass Sir Thaddeus der Arbeitgeber des Mannes war, haben er und Julia die Leiche gefunden."

„Natürlich." Jamie lachte zittrig. „Ihr müsst mir meine Begriffsstutzigkeit verzeihen. Das … das ist eine ziemlich erschütternde Nachricht."

„Und doch müsst Ihr als Soldat an gewaltsamen Tod gewöhnt sein, Major."

„Das möchte man annehmen, aber dies – Mord in der Einsamkeit von Somersetshire" – er schüttelte verwirrt den Kopf – „ist eine ganz andere Sache und eine, die hier nicht passieren sollte."

„Man könnte meinen, dass so etwas nirgends passieren sollte", bemerkte Pickett. „Und dennoch geschieht es. Habt Ihr irgendeine Vorstellung, warum jemand Tom tot sehen wollte?"

„Schaut her", sagte Jamie gereizt, „habe ich Euch nicht gerade gesagt, dass ich außer Landes war? Woher zum Teufel sollte ich das wissen?"

„Also gut, lasst uns eine andere Frage versuchen: Wessen blutbefleckter Umhang ist in den Ställen von Greenwillows versteckt – ein Anwesen, glaube ich, das Ihr kürzlich geerbt habt?"

Jamies Gesicht verdunkelte sich vor Zorn, aber jede Antwort, die er hätte geben können, wurde durch den Donner von Hufschlägen unterbrochen. Pickett drehte sich um und sah nicht Lord Buckleigh oder den Untersuchungsrichter, sondern eine Stute, die von einer Frau ohne Hut in rotem Samtreitkleid, dessen Röcke sich hinter ihr bauschten, in einem Höllentempo geritten wurde. Gerade als er in ihre Richtung gehen wollte, zügelte sie ihr

Reittier und glitt aus dem Sattel.

„Mylady?", fing Pickett an. „Was …?"

Julia, die in den letzten zwölf Monaten knapp dem Galgen entkommen war, mehr als eine Leiche entdeckt und sich einer gewaltigen Missbilligung der Gesellschaft (ganz zu schweigen von der ihrer eigenen Mutter) ausgesetzt hatte, sah ihren Ehemann nun anscheinend gesund und unversehrt und brach vollständig zusammen. Sie hob ihre Röcke auf, rannte die letzten paar Meter und warf sich schließlich an seine Brust. „Oh, John! Das Pferd – Lucifer – er ist ohne dich zurückgekommen – es war wieder wie bei Claudia!"

„Still, Liebes", gurrte Pickett, nahm ihr tränenbeflecktes Gesicht in seine Hände und bedeckte es mit sanften Küssen. „Es geht mir gut – ich habe nur vergessen, das Pferd anzubinden. Mir fehlt nichts, es war meine eigene Dummheit und ich habe nur ein paar Blasen an den Füßen."

So unbegründet ihre Ängste auch waren, die Beruhigung erforderte einige Zeit und nicht wenige gemurmelte Zärtlichkeiten, die von noch mehr Küssen unterbrochen wurden. Infolgedessen dauerte es einige Zeit, bis Julia über Pickett hinausblickte und entdeckte, dass Jamie direkt hinter ihm stand und sie mit dem eher verlegenen Ausdruck eines Menschen betrachtete, der sich als unbeabsichtigter Zeuge eines Austauschs von

Intimitäten sieht, die am besten im Privaten geblieben wären.

„Jamie? Was machst du denn hier?"

„Ich war in der Gegend und habe mein Erbe besichtigt, als ich auf deinen Mr. Pickett gestoßen bin", antwortete er.

Pickett wusste, dass es eher weniger als die Wahrheit war, aber er konnte den Mann nicht für seine ausweichende Antwort tadeln; bis er entweder Jamies Schuld oder seine Unschuld beweisen konnte, hielt er es für am klügsten, seiner Frau nicht jede Einzelheit ihres Zusammentreffens zu offenbaren.

Sie mussten nicht lange warten, bis sich ihnen eine Gruppe von Reitern anschloss, bestehend aus Sir Thaddeus, Lord Buckleigh, einem gebrechlichen älteren Mann, der nur der Untersuchungsrichter sein konnte, und mehreren Arbeitern, die auf einem Bauernkarren fuhren, der dazu dienen sollte, die Leiche des toten Mannes nach Hause zu bringen.

„Mr. Pickett", sagte seine Lordschaft und bot ihm die Hand. „Es tut mir leid, Sie unter solchen Umständen wiederzusehen. Und Major ..."

„Buckleigh."

Die beiden Männer gaben sich nicht die Hand, sondern nickten einander knapp zu. Wenn Blicke töten könnten, dachte Pickett, würden sie einen größeren Wagen brauchen.

Pickett wartete, während Julia und ihr Vater erklärten, wie sie die Leiche entdeckt hatten, und näherte sich dann, nachdem Julia beiseite getreten war, um mit Jamie zu sprechen, dem Friedensrichter.

„Ich habe mir erlaubt, eine kurze Untersuchung durchzuführen", sagte er zu Lord Buckleigh. Er berichtete kurz über den Inhalt der Taschen des Toten, erwähnte aber aus Gründen, die er nicht erklären konnte, seinen Besuch im Stall von Greenwillows und die Überreste des Feuers in der angeblich leeren Hütte nicht.

Buckleigh nickte. „Ich verstehe. Ja, sicher eine ungewöhnliche Summe im Besitz eines solchen Mannes. Aber war das alles? Kein Papier – eine Nachricht, ein Brief, oder ein Kaufbeleg – woraus man schließen könnte, wie er daran gekommen ist?"

Pickett schüttelte den Kopf. „Nein, nichts."

„Ich bin Euch verpflichtet, Mr. Pickett", sagte seine Lordschaft. „Es ist ein Glück, dass ein Mann mit Eurem Fachwissen zur Hand war, aber es ist bedauerlich, dass Eure Flitterwochen durch diese Unannehmlichkeit unterbrochen wurden."

„Nicht mehr als die Eurigen, Mylord. Soweit ich weiß, seid Ihr selbst erst gerade von Eurer Hochzeitsreise zurückgekehrt." Er zögerte einen Moment, bevor er hinzufügte: „Mit Eurer Erlaubnis, Sir, würde ich diesen

Fall gern untersuchen."

„Ich danke Euch für das Angebot, aber ich möchte Euch keine Umstände bereiten."

„Das sind keine Umstände. Der Mann stand in Diensten meines Schwiegervaters." Als er sah, dass seine Lordschaft nicht überzeugt war, drängte er: „Sicherlich würdet Ihr mir nicht die Möglichkeit nehmen, der Familie meiner Frau beizustehen."

Der Hauch eines Lächelns erhellte Lord Buckleighs ziemlich strenges Gesicht. „Und doch vermute ich, Mr. Pickett, dass es nicht um Hilfe geht, was Ihr bezweckt, sondern Rechtfertigung. Tatsächlich hofft Ihr, die Anerkennung Eurer Schwiegereltern zu gewinnen, wenn Ihr den Mörder ihres Dieners vor Gericht bringt."

„Ich rechne nicht auf Wunder, Mylord, aber ich schätzte, es könnte nichts schaden", räumte Pickett ein und erwiderte das Lächeln des Lords.

Lord Buckleigh warf ihm einen langen Blick zu. „Wie alt seid Ihr, Mr. Pickett?"

Von jedem anderen wäre diese Frage eine Unverschämtheit gewesen, und ganz gleich, von wem sie kam, verspürte Pickett den vertrauten Ärger über die unausgesprochene Annahme, dass sein Mangel an Jahren ein Zeichen von Unfähigkeit wäre. Trotzdem verstand er, dass der Titel seiner Lordschaft diesem das Recht gab, sich bestimmte Freiheiten zu herauszunehmen, die von einem

Mann niedrigeren Standes beleidigend gewesen wären. Da er nicht die Lust hatte, denjenigen zu beleidigen, den er um einen Gefallen bat, unterdrückte Pickett einen Seufzer. „Fünfundzwanzig, Mylord", sagte er, obwohl er damit in der Tat seinen Geburtstag um eineinhalb Wochen vorverlegte.

Lord Buckleigh nickte und runzelte die Stirn in Richtung des Bodens, wo der ältere Untersuchungsrichter fummelnd die Leiche untersuchte. „Eher jung, aber das Alter ist bekanntlich keine Garantie für Fachwissen." Er wandte sich wieder Pickett zu. „Sehr gut, Mr. Pickett, der Fall gehört Euch. Ich vertraue jedoch darauf, dass Ihr mich über den Fortschritt Eurer Ermittlungen auf dem Laufenden halten werdet."

„Natürlich." Dies war seine Gelegenheit, die Entdeckung des blutigen Umhangs im Stall sowie seinen Verdacht zu beschreiben, dass sich jemand in der Hütte des leeren Wildhüters niedergelassen hatte. Er tat dies und endete mit dem Ausdruck seiner Entschlossenheit, sich diese Hütte in nicht allzu ferner Zukunft genauer anzusehen.

„Und das Anwesen gehört natürlich Major Pennington", bemerkte seine Lordschaft, seine Augen misstrauisch zusammengekniffen. „Interessant, aber kaum überraschend, wenn alles bedenkt."

„Tatsächlich?" Picketts Augenbrauen hoben sich.

„Warum nicht?"

„Weil", sagte Lord Buckleigh mit großer Nachdenklichkeit, „ich allen Grund zu der Annahme habe, dass
Major Pennington meine erste Frau getötet hat."

* * *

Julia hatte sich inzwischen mit Jamie von der kleinen
Gruppe entfernt.

„Jamie, was ich vorhin gesagt habe – über Claudia –
es tut mir leid, dass du das hören musstest. Ich weiß, dass
du sie auch geliebt hast."

Jamie nickte verständnisvoll. „Ich bin froh, dass du
deinen Mr. Pickett auf jeden Fall unversehrt vorgefunden
hast. Ich gestehe, als ich zum ersten Mal hörte, dass du
einen Bow Street Läufer geheiratet hättest, befürchtete,
dass der Kerl dich auf irgendeine Weise dazu gezwungen
haben könnte. Wenn ich nicht bereits zu dem Schluss
gekommen wäre, dass ich mich geirrt habe, hätte diese
kleine Demonstration ausgereicht, mich meinen Fehler
erkennen zu lassen."

„Nein." Sie errötete sehr hübsch, wie es sich für eine
Braut gehörte. „Von ihm hat es keinen Zwang erfordert.
Aber in diesem Zusammenhang musst du mir erlauben, dir
dafür zu danken, dass du gestern Abend beim Diner der
Brantleys zu ihm gehalten hast, und heute Morgen in der
Kirche schon wieder. Das war sehr freundlich von dir."

Jamie tat seine Ritterlichkeit mit einer Handbewegung ab. „Das war doch nichts Besonderes. Und zufällig wurde ich für meine Mühen gut belohnt."

„Tatsächlich?" Julia legte fragend den Kopf schief. „Inwiefern?"

„Ich hatte vier Guineen auf die Fähigkeit deines Mannes gesetzt, Brantleys Safe innerhalb der vorgegebenen Zeit zu öffnen. Obwohl", fügte Jamie mit einem Augenzwinkern hinzu, „jetzt, da seine Fähigkeiten bekannt sind, wäre ich keineswegs überrascht, wenn deine Mama nach eurer Abreise nach London darauf Wert legt, das Silber zu zählen."

„Sehr wahrscheinlich." Sie schürzte missbilligend die Lippen. „Ich fürchte, ich habe es nicht besser gemacht, weil ich es unterlassen habe, Mama und Papa von meiner Heirat zu erzählen, bevor wir ankamen. Du kennst Mama gut genug, dass ich mir sicher sein kann, dir diese Unterlassung nicht erklären zu müssen."

Er lachte laut auf, erinnerte sich dann an seine Umgebung und senkte die Stimme. „Allerdings nicht! Aber ich denke, deine Eltern werden sich mit der Zeit daran gewöhnen. Dein Mr. Pickett scheint ein guter Mann zu sein. Vielleicht …" Ein Schatten huschte über sein ausdrucksstarkes Gesicht, und er fügte leise hinzu: „Vielleicht ein bisschen *zu* gut."

Julia dachte, sie müsste sich verhört haben, fragte: „Zu gut? Was meinst du damit?"

Jamie schüttelte den Kopf, als wollte er jeden Gedanken verbannen, der ihm Sorgen bereitet haben könnte. „Nicht so wichtig."

Sie hätte ihn um eine Erklärung gebeten, aber bevor sie dies tun konnte, gesellten sich das Objekt ihrer Unterhaltung zusammen mit Lord Buckleigh und dem Untersuchungsrichter zu ihnen.

„Schlechte Nachrichten, Mylady", sagte Pickett, nahm ihre Hände und drückte sie beruhigend. „Der Untersuchungsrichter hat eine Untersuchung für Dienstagmorgen angeordnet, und da du und dein Vater die Leiche entdeckt habt, wird von euch beiden erwartet, dass ihr aussagt."

„Um Gottes willen, Mr. Hughes", verkündete Sir Thaddeus und wandte sich an den älteren Untersuchungsrichter. „Ich verstehe nicht, warum Ihr meine Tochter hineinziehen müsst. Ich kam als Erster an diesem Ort an. Um zwei Längen, in der Tat", fügte der Sportsmann mit einiger Befriedigung hinzu.

„Trotzdem werdet Ihr beide benötigt, um die Darstellung des anderen zu bestätigen", betonte der ältliche Jurist.

„Und Mr. Pickett?", fragte Julia und schaute von ihrem Ehemann zum Untersuchungsrichter.

„Seine Anwesenheit wird ebenfalls erforderlich sein. Obwohl ich erfahren habe, dass er erst einige Minuten später am Tatort ankam, hat er angesichts seines Hintergrunds möglicherweise etwas bemerkt, das Euch beiden entgangen ist."

„Es ist nicht dasselbe wie ein Prozess, musst du wissen", fügte Pickett hastig hinzu, der sich ihrer Angst erinnerte, wegen des Mordes an ihrem ersten Ehemann vor Gericht gestellt zu werden. „Niemand wird verurteilt, am allerwenigsten du. Tatsächlich musst du keine Frage beantworten, wenn du nicht möchtest."

Julia holte tief Luft. „Schon gut, John." Sie wandte sich mit hocherhobenem Kopf an den Untersuchungs-richter. „Selbstverständlich, Mr. Hughes. Ich werde alles mir Mögliche tun, damit der Gerechtigkeit Genüge getan werden kann."

* * *

Der Rest des Nachmittags verging, ohne dass etwas Besonderes geschah. Der Tod des Stallmeisters hatte an einem Tag, der dadurch, dass es Sonntag war, ohnehin das Haus ruhiger sein ließ als sonst, einen Dämpfer aufgesetzt, und es wurde mit allgemeiner Erleichterung aufgenom-men, dass die Familie Runyon sich kurz nach dem Abendessen in ihre jeweiligen Räume zurückzog.

„Nicht, dass ich eine Minute schlafen werde", bemerkte Julia, „denn jedes Mal, wenn ich meine Augen schließe, werde ich den armen Mann unter diesem Baum liegen sehen, und sein Hals…"

„Versuche, nicht daran zu denken, Mylady", drängte Pickett, der schon, als er diese Worte aussprach, wusste, dass sie es unmöglich finden würde, seinem Rat zu folgen. Er dachte kurz daran, ihren Gedanken eine andere, angenehmere Richtung zu geben, aber angesichts der Umstände schien es irgendwie unpassend. Er gab ihr einen eher oberflächlichen Kuss und löschte die Kerze.

Trotz ihrer Erklärung, dass sie kein Auge zu tun würde, schlief Julia schnell ein, aber Pickett lag während der langen Nachtstunden wach an ihrer Seite, ob das nun am fehlenden Laudanum lag oder an den schwerwiegenden Gedanken über die Ereignisse des Tages.

Und so hörte er in den frühen Stunden nach Mitternacht das leise Geräusch von Schritten über ihnen, kaum mehr als ein leichtes Beben. Der Runyon-Geist schien unruhig zu sein. Pickett konnte es verstehen; er selbst war mehr als nur ein wenig unruhig. Er glitt so leise wie möglich unter den Laken hervor, aber als er nach seiner Hose griff, rollte Julia sich herum.

„John? Wohin gehst du?", fragte sie schläfrig.

„Ich, ähm, dein Vater hat mich gebeten, mich um etwas zu kümmern", war seine ausweichende Antwort. „Bei allem, was heute passiert ist, hätte ich es fast vergessen."

Sie richtete sich auf einem Ellbogen auf. „Du wirst vorsichtig sein?"

„Mylady, du bist in diesem Haus aufgewachsen", machte er ihr klar. „Was glaubst du, was mir zustoßen könnte?"

„Ich – ich weiß nicht." Bis er verletzt worden war, war ihr nie in den Sinn gekommen, dass das, was er tat, gefährlich war und dass er bei der Verfolgung der Gerechtigkeit sein Leben gefährden könnte. Es war eine neue und unerwünschte Erkenntnis, die erst an diesem Nachmittag verstärkt worden war, als das Pferd Lucifer ohne ihn in den Stall zurückgekehrt war. „Versprich mir, vorsichtig zu sein."

„Wenn ich sehe, dass dein Vater mit einem Cricketschläger hinter mir her kommt, verspreche ich wegzulaufen", sagte er und beugte sich über das Bett, um ihr einen schnellen Kuss zu geben. „Schlaf weiter, Mylady. Ich bin gleich wieder da."

Er nahm weder eine Kerze noch zog er seine Schuhe an, denn er wollte seine Anwesenheit weder durch Licht noch durch Geräusche verraten. Er tastete sich mit einer Hand an der Wand entlang, stapfte barfuß durch den dunklen Flur und die Treppen hinauf in das darüberliegende Stockwerk. Dies schien dasselbe zu sein, das ihm seine Frau am Morgen zuvor gezeigt hatte: Da war das Schulzimmer mit dem Schlafzimmer der Gouvernante dahinter, und dort am Ende des Flurs war das Kinderzimmer, und das schwache Leuchten, das von der offenen

Tür ausging, deutete auf hin die Existenz eines mitternächtlichen Besuchers hin. Langsam, um kein Geräusch zu machen, ging er mit vorsichtigen Schritten den Gang hinunter, bis er die Tür des Kinderzimmers erreichte.

Auf der Schwelle blieb er überrascht stehen. Eine einzelne Kerze war angezündet und auf eine Kommode gestellt worden, von wo aus ihr flackerndes Licht die schlanke, goldhaarige Gestalt einer Frau beleuchtete. *Julia?* Sie stand mit dem Rücken zu ihm, eine Hand ruhte auf der kunstvoll geschnitzten Wiege und schaukelte sie sanft. Er hatte keine Ahnung, wie sie es geschafft hatte, das Kinderzimmer vor ihm zu erreichen, aber das war im Moment sicherlich weniger wichtig, als sie wegen ihrer Unfruchtbarkeit zu trösten, die anscheinend selbst durch die grausigen Ereignisse des Nachmittags nicht vollständig aus ihren Gedanken verbannt worden war.

Lautlos durchquerte er den Raum, um sich hinter sie zu stellen, dann legte er einen Arm um ihre Taille und drückte ihr einen Kuss auf ihre goldenen Locken.

Ihre Reaktion überraschte ihn. Sie riss sich von ihm los, wirbelte herum und schlug ihm ins Gesicht. Erschrocken starrten sie einander an und Pickett sah sich einer Fremden gegenüber, einer Frau von mindestens dreißig Jahren, deren weit aufgerissene blaue Augen ihn voller Empörung ansahen. Bevor er dieser Erscheinung eine Frage stellen konnte, hob sie ihre Röcke und ihre Kerze auf und verschwand durch die Wand. Zumindest hätte es so gewirkt, wenn Picketts kurze Zeit als Diener ihn nicht mit den versteckten Treppen vertraut gemacht hätte, die es dem Personal ermöglichten, sich praktisch unsichtbar zwischen den Räumen der Dienerschaft und den Zimmern der Familie zu bewegen. Er ging schnell zu der Tapetentür, die diese Treppe verbarg, aber als er den versteckten Riegel fand und die Tür aufstieß, war die Frau verschwunden. Kein Licht von ihrer Kerze beleuchtete den Weg nach unten, und obwohl Pickett ihre Schritte weit unten hallen hörte, wusste er es besser, als zu versuchen, die schmalen Stufen im Dunkeln hinunterzustürzen.

Und so blieb ihm nichts anderes übrig, als in die Dunkelheit hinunterzuschauen, seine brennende Wange zu reiben und zu murmeln: „Ich glaube, ich habe gerade einen Geist geküsst."

* * *

Er kehrte ins Schlafzimmer zurück und fand Julia schlafend vor, und dafür war er dankbar; er hatte noch nicht entschieden, wie viel, wenn überhaupt, er ihr von seinen nächtlichen Wanderungen erzählen sollte. Er kletterte nicht sofort wieder ins Bett, sondern setzte sich auf den Stuhl vor dem längst erloschenen Feuer und dachte über diese neueste Entdeckung nach und was sie bedeuten könnte. Nach einigen Minuten ging er zum Schreibtisch, zündete eine Kerze an und stellte dann den bestickten Feuerschirm auf, um zu verhindern, dass das Licht auf das Gesicht seiner Frau fiel und ihren Schlaf störte. Er suchte in der Schreibtischschublade nach Papier, Feder und Tinte und setzte sich, um einen Brief an Patrick Colquhoun, Esquire, im Amtsgericht in der Bow Street Nr. 4 in London zu verfassen.

Sehr geehrter Herr, schrieb er, *es scheint, dass ich nicht in Gefahr laufe, so schnell, wie ich ursprünglich befürchtet hatte, nach London zurückgeschickt zu werden. Tatsächlich wurde der Stallmeister meines Schwiegervaters ermordet. Ich hoffe, seinen Mörder zu finden und damit in gewissem Maß den Respekt von Sir Thaddeus und Lady Runyon zu erwerben, obwohl ich mir nicht schmeichle, dass dies ihre uneingeschränkte Anerkennung von mir als Ehemann ihrer Tochter gewinnen könnte. Ich hoffe, Ihr werdet meine Anmaßung verzeihen, dass ich Euch um Hilfe in dieser Angelegenheit bitte. Ich zögere, darum zu bitten, da Ihr bereits so viel für mich und Mrs. Pickett (oh, diese unglaublichen Worte!) getan habt, aber ich kenne keinen anderen Weg, um die Informationen zu erhalten, die ich benötige. Ich frage mich, ob Ihr so gut sein könntet, in meinem Namen bei den Horse Guards nachzufragen und alles über einen Major James Pennington, bekannt als Jamie, aus Norwood Green, Somersetshire, herauszufinden, der bekanntermaßen mit* der 7. Kavallerie im Jahr 1796 in den Niederlanden und in jüngerer Zeit auf der Halbinsel gedient hat. Insbesondere möchte ich wissen, ob eine Frau unter dem Schutz von Major Pennington der Trommel gefolgt ist. Ich wage hier keine weitere Erklärung hinzuzufügen, falls Brief in falsche Hände geraten sollte, bevor ich bereit bin, Verdächtigungen zu äußern, die sich noch als unbegründet erweisen könnten, aber bitte glaubt mir, ich würde eine solche Anfrage nicht ohne triftigen Grund stellen. Bis zu meiner Rückkehr in die Bow Street verbleibe ich, wie immer,

Euer dankbarer Diener,
John Pickett

8

In dem John Picketts Ermittlungen fortgesetzt werden

Mai 1796
Somersetshire

Nachdem Jamie eine tiefe Schlucht erreicht hatte, in der sie vor neugierigen Blicken sicher waren, hielt Jamie es für an der Zeit, anzuhalten. Claudia war gegen ihn gesunken, und so sehr er das Gefühl ihres leichten, warmen Gewichts mochte, gefiel ihm die Art nicht, wie sie fast über seinem Arm zusammenklappte, ihren Leib umklammerte und mitleiderregend stöhnte. Er hatte sich selbst einmal ein paar Rippen gebrochen, als er in seinen jungen Jahren von einem Baum im Obstgarten der Pfarrei gefallen war, aber obwohl es teuflisch geschmerzt hatte, konnte er sich nicht daran erinnern, vor Qual so gestöhnt zu haben. Schließlich zügelte er sein Pferd an einem Bach und stieg ab, um dann Claudia herunterzuheben.

„Ich muss die Pferde tränken", sagte er entschuldigend. „Wenn es dir nichts ausmacht zu warten…"

Sie nickte. „Ich komme schon zurecht."

Sie nahm ihren Schal ab und begann ihn zusammen-
zufalten. Jamie, der sah, was sie vorhatte, nahm ihn aus
ihren zitternden Händen und machte ein Kissen daraus,
legte es dann auf den Boden und bettete sie darauf.

„Ich bin gleich wieder da", sagte er und wandte sich
den Pferden zu.

Er band Claudias Stute von seinem Sattel los und,
nachdem er dem Pferd erlaubt hatte zu trinken, gab ihr
einen Schlag auf die Kruppe, die sie den Weg zurücklaufen
ließ, den sie gekommen waren – tatsächlich zurück nach
Buckleigh Manor, wo ihr Eintreffen mit Sicherheit Alarm
auslösen würde, wenn Tom, der Stallbursche, das nicht
schon getan hatte. Nachdem Jamie dafür gesorgt hatte,
dass sein eigenes Pferd trank, zog er ein Taschentuch aus
der Tasche seines Rocks und tauchte es in den kalten Bach.
Er wrang das überschüssige Wasser aus und trug dann das
nasse Taschentuch dorthin, wo Claudia saß, und ließ sich
vor ihr auf einem Knie nieder.

„Es tut mir leid, aber wir dürfen nicht länger rasten",
sagte er und hob mit einer Hand ihr Kinn, während er mit
der anderen ihr armes, zerschlagenes Gesicht betupfte und
das getrocknete Blut abwusch, das um ihre Nase und den
Mundwinkel klebte. „Wir müssen Bristol vor Einbruch der
Dunkelheit erreichen. Wenn wir erst dort sind, sollten wir

uns in der Stadt leicht genug verstecken können."

„Jamie, ich kann so etwas nicht von dir verlangen", protestierte Claudia schwach. „Du sollst deinem Vater als Pfarrer der Gemeinde nachfolgen sollen. Das kann man kaum tun, wenn man eine Mätresse hat."

„*Eine Mätresse?*" Jamie blickte sie so aufgebracht an, wie es seine Lordschaft es nur je getan hatte, aber Claudia hatte keine Angst. „Glaubst du wirklich, ich könnte jemals mit so schmutzigen Begriffen an dich denken?"

Sie lächelte schwach, es sah grotesk aus, wie ihre unverletzte Unterlippe sich verzog. „Das ist, was ich sein werde, ob du so darüber denken willst oder nicht."

„Claudia, ich möchte dich nur von diesem Bastard wegbringen, bevor er dich umbringt. Was – was das andere angeht – wir müssen nicht – ich meine, ich werde nicht – was ich meine, ist, dass du nichts tun musst, was du nicht willst. Es wird für mich genug sein, dich einfach bei mir zu haben."

„Ich könnte nicht so grausam sein, mich dir zu verweigern, nach allem, was du für mich aufgibst. Außerdem" – sie wurde leicht rot, schaute nach unten und begann, Grashalme mit großer Konzentration aus dem Boden zu ziehen – „gab es in letzter Zeit Gelegenheiten, mit Buckleigh, wenn ich – wenn ich meine Augen schloss und versuchte, mir vorzustellen, dass du es wärest."

„Meine Liebste!" Er zog ihren Kopf sanft an seine

Schulter und drückte ihr Küsse in das helle Haar.

„Oh Jamie, ich war eine solche Närrin, Buckleigh zu heiraten!", jammerte sie und gab endlich den Tränen nach, die sie so lange so tapfer zurückgehalten hatte. „Kannst du mir jemals vergeben?"

„Es gibt nichts zu vergeben, mein Schatz", beharrte er.

„Aber deine Karriere… deine Zukunft…"

Tatsächlich war dies ein Thema, das ihn seit ihrer Flucht schwer beschäftigt hatte, aber er konnte sie nicht mit diesem Wissen belasten, zusätzlich zu allem anderen, was sie erlitten hatte. „Ich glaube, ich hätte die Kirche sowieso tödlich langweilig gefunden", sagte er mit einem Achselzucken.

„Aber was wirst du tun? Wie sollen wir leben?"

„Papa hatte mir gerade den Bankscheck gegeben, der meine Studiengebühren in Oxford abdecken sollte", sagte er und klopfte auf seine Brusttasche. „Er sollte auch ausreichen, um ein Patent als Fähnrich zu kaufen. Würdest du bereit sein, mit mir der Trommel zu folgen, Claudia? Es wäre keine luxuriöse Existenz – keineswegs –, aber wir wären zusammen, und niemand muss wissen, dass wir nicht wirklich Mann und Frau sind. Die einfachen Soldaten würden sich auf keinen Fall darum kümmern, während die Offiziere – nun, da Lord Buckleigh dich nie nach London gebracht hat – ist die Wahrscheinlichkeit gering, jemanden zu treffen, der die Wahrheit kennt. Willst du mit mir kommen?"

„Ja, Jamie, von ganzem Herzen", sagte sie und ihre Augen leuchteten unter ihren blauen Flecken.

Er nahm ihre linke Hand und zog den Ehering seiner Lordschaft von ihrem Finger, dann zog er den Siegelring von seinem kleinen Finger und ersetzte damit den anderen. „Ich, James Matthew Pennington, kann dich, Claudia Elizabeth Runyon Buckleigh, nicht zu meiner rechtmäßig angetrauten Ehefrau nehmen, aber ich verspreche trotzdem, dich zu lieben, dich zu trösten, zu ehren und dich in Krankheit und Gesundheit zu versorgen; und alle anderen aufzugeben, nur dich zu haben, solange wir beide leben werden."

Ihre Finger schlossen sich um seine. „Ich, Claudia Elizabeth Runyon Buckleigh, kann dir nichts schwören, das ich nicht bereits einem anderen geschworen habe, aber ich verspreche, dass ich dich so lieben werde, wie eine Ehefrau jemals ihren rechtmäßigen Ehemann geliebt hat, und dass ich dir niemals Grund geben werde, die Opfer zu bereuen, die du für mich gebracht hast."

„Als ob ich das jemals könnte!", sagte Jamie und besiegelte sein Gelübde, indem er sie mit so viel Gefühl küsste, wie er es angesichts des Zustands ihrer misshandelten Lippen wagte.

Schließlich lösten sie sich voneinander und Jamie

erhob sich widerwillig. „Ich wünschte, ich könnte dir erlauben, länger auszuruhen, aber ich wage es nicht, hier zu bleiben. Lord Buckleigh kann jeden Moment bemerken, dass du geflohen bist und sich auf die Suche nach uns machen."

Er nahm sie an den Armen und hob sie auf die Füße, dann starrte er entsetzt auf den Schal, auf dem sie gesessen hatte. Ein leuchtend roter Fleck, übersät mit dunkelroten Klumpen, breitete sich über dem grün–goldenen Paisley aus. Er schaute hinter Claudia und sah einen gleichen Fleck auf der Rückseite ihrer Röcke. Er hatte noch jüngere Schwestern im Schulzimmer, also wusste er über die monatlichen Blutungen einer jungen Frau Bescheid, aber das war sicherlich zu viel. War es einer Frau möglich, jeden Monat so viel Blut zu verlieren und trotzdem zu überleben? Es sei denn natürlich, das Blut war nicht allein ihres...

„Claudia", sagte er mit erstickter Stimme, „ist das – wirst du ein Baby bekommen – bist du...?"

Sie schaute auf den sich ausbreitenden Fleck auf dem Schal, und obwohl ihr Blick voller Traurigkeit war, war er nicht überrascht. „Ja", flüsterte sie und fügte dann traurig hinzu, „zumindest war ich das."

* * *

März 1809
Somersetshire

Nachdem Pickett am nächsten Morgen seinen Brief nach London geschickt hatte, musste er nur noch die Stunden füllen, bis er eine Antwort erwarten konnte. Er beschloss, seine Ermittlungen mit einem Besuch bei Toms Witwe zu beginnen.

„Soll ich mit dir kommen?", bot Julia an, nachdem er sie über seine Pläne für den Tag informiert hatte. „Ich möchte mich natürlich nicht einmischen, aber es wäre schon richtig, ihr mein Beileid auszusprechen. Ich war verheiratet, lange bevor Papa den armen Tom anstellte, aber ich erinnere mich gut an ihn als an Lord Buckleighs Stalljungen, denn er nahm mir jedes Mal mein Pferd ab, wenn ich über die Hügel geritten kam, um Claudia zu besuchen."

Pickett schüttelte den Kopf. „Danke, Mylady, aber ich glaube, diesen Besuch sollte ich besser allein erledigen."

Ihr Gesicht wurde traurig und er musste dem Drang widerstehen, seine Meinung zu ändern. Er hatte Grund zu der Annahme, dass ihre Familie mehr mit dieser Sache zu tun haben könnte, als sie ahnte, obwohl er im Moment nicht genau wusste, wie diese Verbindung mit Mord zusammenpassen könnte. Bis er eine Antwort auf seinen Brief erhielt, hielt er es für das Beste, seine Frau von seinen Ermittlungen fernzuhalten. In gewisser Weise war es seltsam; er hatte nie jemanden gehabt, dem er sich anvertrauen konnte, außer seinem Richter, der nie erwartet hatte, jedes Detail seiner Ermittlungen zu erfahren, geschweige denn, alle Einzelheiten seines Lebens. Bevor er Lady Fieldhurst getroffen hatte, hatte er nie bemerkt, dass er einsam war. Ironischerweise erkannte er jetzt, da er sich entschlossen hatte, sich ihr nicht anzuvertrauen, wie sehr er sich an eine Vertrautheit gewöhnt hatte, die weit über das Physische hinausging.

„Na gut, John, wenn du es so möchtest." Ihr niedergeschlagener Gesichtsausdruck hellte sich auf, als ihr ein neuer Gedanke kam. „Ich weiß! Mama beabsichtigt, morgen Nachmittag nach der Untersuchung einen Korb zu Toms Witwe und Kindern zu bringen. Soll ich sie begleiten und dir alles berichten, was sie sagt – Toms Frau, heißt das, nicht Mama –, von dem ich glaube, dass es von Bedeutung ist?"

„Eine ausgezeichnete Idee", sagte er, erleichtert, ihr diese harmlose Beteiligung an dem Fall erlauben zu können. Sie könnte sogar etwas Nützliches entdecken; es wäre nicht das erste Mal. „Im Übrigen, mache dir keine Sorgen, wenn ich nicht rechtzeitig zurück bin, um mit dir zu Mittag zu essen. Wenn ich aus Toms Haus komme, mache ich vielleicht im *Pig and Whistle* Halt. In diesem Fall bekomme ich dort etwas zu essen."

Julia seufzte übertrieben. „Ich sehe, ich werde zu einer dieser unglücklichen Frauen werden, deren

Ehemänner ihre ganze Zeit in Wirtshäusern verbringen",
sagte sie betrübt.

Pickett packte sie um die Taille und zog sie an sich.
„Ich denke, das weißt du besser", sagte er und
verabschiedete sich ausführlich von ihr.

Da Tom eine Frau und eine Familie hatte, lebte der
Stallmeister nicht wie so mancher Junggeselle seines
Berufes über den Ställen, sondern in einem bescheidenen
Haus am Rande des Dorfes. Obwohl das Cottage klein
war, wirkte es sauber und gepflegt, mit Vorhängen an den
winzigen Fenstern und frischem Stroh auf dem Dach.
Pickett klopfte an die Tür und einen Moment später wurde
sie von einem etwa zehnjährigen Jungen geöffnet, der ihn
mit einer Mischung aus Angst und Misstrauen anstarrte.

„Guten Morgen", sagte Pickett. „Darf ich deine
Mama sprechen?"

Der Junge kniff misstrauisch die Augen zusammen.
„Wer seid Ihr?"

„John Pickett."

„Ihr kommt von dem großen Haus da oben."

Sir Thaddeus' Haus war sicherlich nicht das einzige
große Haus in Norwood Green. Es war wahrscheinlich
auch nicht das größte, denn Lord Buckleighs Familiensitz
war mit ziemlicher Sicherheit größer. Pickett ging jedoch
zu Recht davon aus, dass für den Jungen das „große Haus"
das war, in dem sein Vater beschäftigt gewesen war. Er

nickte.

„Ich bin mit Sir Thaddeus' Tochter verheiratet, aber ich bin auch ein Bow Street Läufer aus London. Wenn deine Mutter es mir erlaubt, möchte ich versuchen herauszufinden, wer ihn, ähm, …" Mord war ein so hartes Wort, sicherlich zu hart für die Ohren eines Kindes, das um den gewaltsamen Tod seines Vaters trauerte. „… wer deinem Vater so etwas Schlimmes angetan hat."

Zu Picketts Überraschung schlug der Junge ihm die Tür vor der Nase zu. Er stand da und überlegte, ob er erneut klopfen sollte oder nicht, als sie wieder geöffnet wurde, diesmal von einer Frau mit einem Baby auf der Hüfte und einem Kleinkind, das sich an ihre Röcke klammerte. Sie musste etwa in Julias Alter sein, aber Toms Witwe sah, obwohl sie nicht unattraktiv war, älter aus, erschöpft von Schwangerschaften und Geburten und jetzt dem Tod ihres Mannes. Pickett fragte sich, was mit der Familie passieren würde, nachdem ihr Ernährer jetzt fort war.

„Mrs. …" Zu spät fiel Pickett ein, dass er den Nachnamen des Stallmeisters noch nie gehört hatte. „Toms Frau?"

„Ja. Mein Tommy sagt, Ihrrr wollt herrrausfinden, werrr seinen Vater getötet hat", sagte sie mit dem im Westen so auffälligen „r".

„Mit Eurer Hilfe, Ma'am, würde ich das gern

versuchen."

„Dann kommt herein."

Das tat Pickett, indem er sich bückte, um durch die niedrige Tür zu kommen. Er fand sich in einem quadratischen Raum wieder, der sowohl als Wohn- als auch als Esszimmer diente, nicht anders als das größere der beiden Zimmer in seiner Junggesellenwohnung in der Drury Lane. Hier war jedoch das Wirken einer weibliche Hand deutlich erkennbar, von den säuberlich über dem Tisch auf einem Regal aufgestellten Zinntellern bis zu einem bunten Flickenteppich vor dem Kamin, auf dem zwei weitere Kinder spielten, beide jünger als Tommy, aber älter als das Kleinkind, das sich an die Röcke der Mutter klammerte und ihre Schritte behinderte.

Sie setzte sich auf einen der beiden ungleichen Sessel, die vor das Feuer gerückt waren, und bedeutete Pickett, auf dem anderen Platz zu nehmen. Er tat dies, und sofort stand eines der beiden Kinder vom Teppich auf, watschelte zu seinem Stuhl, lehnte sich an seine Knie und blickte ihn mit unverhohlener Neugier an.

„Was für ein feiner kleiner Kerl du doch bist", sagte Pickett, obwohl er das Geschlecht des Kindes nur erraten konnte, da es noch Röckchen trug. „Ich heiße John. Und du?"

„Billy", sagte das Kind, und Pickett atmete erleichtert auf, dass er nicht ein kleines Mädchen beleidigt hatte. Der

Junge hob die Arme und Pickett interpretierte diese Geste richtig, nahm das Kind auf, ließ den jungen Billy auf seinem Schoß sitzen und versuchte, nicht an die Kinder zu denken, die er nie mit Julia haben würde.

„Als Erstes, Mrs. ..." Da war es wieder, er wusste den Namen der Frau nicht. Glücklicherweise erkannte sie sein Problem und erbarmte sich seiner.

„Pratt. Martha Pratt."

„Mrs. Pratt, lasst mich Euch zuerst sagen, wie sehr ich Euren Verlust bedauere."

Martha Pratt nickte kurz und Pickett konnte ihr das kaum übel nehmen. Sie blieb allein mit fünf Kindern zurück und besaß keine erkennbare Möglichkeit, sie zu versorgen; Worte, so gut gemeint sie auch sein mochten, waren keine Hilfe.

„Habt Ihr eine Ahnung, warum jemand Eurem Mann so etwas antun könnte? Hatte er irgendwelche Feinde, oder gab es vielleicht jemanden, der ihm gegenüber einen Groll hegte?"

Mrs. Pratt schüttelte den Kopf. „Nein, Sir, nicht dass ich wüsste. In der Tat lief alles recht gut für uns. Seht Ihr diese Haube?"

Pickett, nicht ganz sicher, was Mrs. Pratts Kopfbedeckung mit dem Ganzen zu tun hatte, folgte ihrem Blick dennoch zu einer blumengeschmückten Haube aus geflochtenem Stroh, die an einem Pflock neben der Tür hing.

„Tom kam erst vor drei Tagen damit nach Hause – hatte fünf Schilling dafür bezahlt, und es ist immer noch fast einen ganzen Monat bis zum Zahltag am Vierteljahresende! Ich schalt ihn wegen der Verschwendung, aber er sagte, unsere Geldsorgen würden jetzt bald vorbei sein. Ich dachte, vielleicht hätte Sir Thaddeus ihm eine Lohnerhöhung gegeben, aber Tom lachte nur und schüttelte den Kopf." Ihr Gesicht wurde trübe. „Ich frage mich, ob es falsch wäre, sie zu seiner Beerdigung zu tragen, sie sieht so fröhlich aus und so."

„Ich denke, er würde sich freuen zu wissen, dass Euch sein Geschenk gut genug gefiel, um ihn dadurch zu ehren, dass Ihr es tragt", sagte Pickett und wurde mit einem schwachen Lächeln belohnt.

„Um ihn zu ehren. Ja, das werde ich tun."

„Aber was dieses Geld angeht, was Euer Mann zu erhalten erwartete", sagte Pickett und lenkte das Gespräch wieder in eine vielversprechendere Richtung. „Er hat keine Andeutung darüber gemacht, woher? Eine Erbschaft, vielleicht, oder ein Geschäft?"

Sie schüttelte den Kopf. „Nein, nichts davon. Was auch immer es war, es war ein Geheimnis, und eines, auf das er ziemlich stolz war." Sie seufzte und fuhr mit verarbeiteten Händen durch die Locken des Kleinkindes. „Ich schätze, jetzt werden wir es nie erfahren."

Insgeheim war Pickett noch nicht bereit, sich an diesem Punkt geschlagen zu geben. „Mir ist klar, dass dies für Euch schmerzlich sein muss, aber könntet Ihr mir etwas über die letzten Tage Eures Mannes erzählen? Wohin er ging, mit wem er gesprochen haben könnte?"

„Das ist einfach, wenigstens, was den Ort angeht. Nach dem Abendessen ging er gern ins *Pig and Whistle*. Er war kein Trinker, wohlgemerkt", fügte sie rasch hinzu. „Es ist nur so, nun, ein Mann, der den ganzen Tag arbeitet, möchte sich entspannen, und das ist nicht einfach in einem Haus voller Kinder um ihn herum."

Pickett fragte sich, ob der verstorbene Tom so verständnisvoll gewesen wäre, wenn seine Frau einen ähnlichen Wunsch nach Zeit ohne ihre Kinder geäußert hätte, und nahm an, wohl eher nicht. Dennoch vermutete er, dass Martha Pratt, wie Lady Runyon, wenn es um Claudia ging, nicht empfänglich für jede implizite Kritik an ihrem eigenen verstorbenen geliebten Menschen sein würde.

„Und ist er vorgestern Abend ins *Pig and Whistle* gegangen, Mrs. Pratt?"

„Ja, das war immer samstags seine Gewohnheit."

„Um welche Zeit kam er zurück?" Noch, als er die Frage stellte, wurde Pickett klar, dass sie vermutlich nutzlos war, da er keine Uhr sehen konnte, von der Mrs. Pratt hätte die Zeit ablesen können.

Sie zögerte so lange, dass Pickett sich für einen Moment fragte, ob sie überhaupt antworten wollte. „Ich denke, Ihr könnt es ebenso gut jetzt erfahren, denn Ihr werdet es mit Sicherheit herausfinden", sagte sie schließlich. „Die Wahrheit ist, dass Tom in dieser Nacht überhaupt nicht nach Hause gekommen ist. Ich saß hier und hab gekocht vor Wut, weil ich dachte, er wäre bei Sadie, dabei war er vermutlich schon die ganze Zeit tot!" Ihre Stimme brach und sie betupfte ihre Augen mit dem Rand ihrer Schürze.

„Sadie?"

„Sie arbeitet im *Pig and Whistle*. Sie hat immer ein Auge auf gut aussehende Männer, wisst Ihr. Nennt sich Schankmädchen, aber *ich* wüsste eine andere Bezeichnung für sie!"

Pickett zweifelte nicht daran, hatte aber das Gefühl, dass der Ausdruck, den sie im Sinn hatte, sich nicht für die Ohren der Kinder eignen würde. Sie hatte ihm jedoch ein paar vielversprechende Hinweise gegeben, und nachdem er sie ermutigt hatte, ihn zu benachrichtigen, sollte sie sich an etwas erinnern, was Licht auf die geheimnisvollen Extraeinkünfte ihres Mannes werfen könnte, verabschiedete er sich und wandte seine Schritte in Richtung *Pig and Whistle*.

Das Wirtshaus war ein altes Backsteingebäude, dessen breites Bogenfenster einen ausgezeichneten Blick auf die Hauptdurchgangsstraße durch das Dorf gewährte. Dies und die Tatsache, dass es auch die Poststation beherbergte, ließen Pickett vermuten, dass seine regelmäßigen Gäste fast alles, was in Norwood Green oder seiner Umgebung vor sich ging, wissen mussten. Er öffnete die Tür und trat ein. An einem Tisch in der Nähe des Feuers schaute eine Gruppe älterer Männer bei seinem Eintreten auf und hielt mitten im Satz ihres Gesprächs inne. In einer Ecke saß ein gelangweilter Dandy, der, während er auf den Wechsel seiner Pferde wartete, sich die Zeit mit einem Krug vertrieb und die Annäherungsversuche eines dunkelhaarigen Dämchens abwies, dessen tief ausgeschnittenes Mieder drohte, ihre Reize über dem ganzen Tisch des Gentlemans zu verteilen – ein Umstand, wie Pickett mit einiger Erheiterung dachte, der den Gentleman zweifellos weit mehr bestürzen würde als die Frau. Wenn er zum Wetten geneigt hätte, würde er jede Wette eingegangen sein, dass dies Mrs. Pratts verabscheute Rivalin Sadie war.

Er nahm an einem Tisch in der Nähe des Fensters Platz, und einen Augenblick später gab die junge Frau mit einem verärgerten Schnauben ihre fruchtlosen Versuche, den Dandy zu bezaubern, auf, und eilte durch den Raum zu Picketts Tisch.

„Was darf's denn sein, Schätzchen?", fragte sie in alles andere als feinem Ton.

Pickett bestellte ein Pint des einheimischen Ale, und einen Augenblick später kehrte sie mit dem schaumbedeckten Getränk zurück und stellte es mit einem Knall vor ihn auf den Tisch.

„Ihr seid nicht von hier her, oder?", fragte sie, lehnte eine Hüfte an den Tisch und musterte ihn mit einem anerkennenden Glanz in den Augen.

„Nein, ich bin nur zu Besuch." Dann, da er hoffte, Informationen von ihr zu erhalten, ohne Annäherungsversuche abwenden zu müssen, fügte er hinzu: „Zufällig bin ich auf Hochzeitsreise."

„Hochzeitsreise?", platzte sie lachend heraus und zog damit die Aufmerksamkeit aller anderen im Raum auf sich. „Ich hätte nicht gedacht, dass Norwood Green ein geeigneter Ort für Flitterwochen ist."

Pickett schmunzelte ein wenig verlegen zur Zustimmung. „Nein, aber die Familie meiner Frau lebt hier in der Gegend."

Ihre Augen wurden groß, als ihr etwas klar wurde. „Ich weiß, wer Ihr seid! Ihr seid dieser Bow Street Mann, der Sir Thaddeus Runyons Tochter geheiratet hat!"

„Seine jüngere Tochter, Julia", sagte Pickett mit einem Nicken und dachte, dass er recht gehabt hatte zu vermuten, dass nicht viel der Aufmerksamkeit der Gäste des *Pig and Whistle* entgehen dürfte.

„Ein mutiger Mann seid Ihr, wie?", fragte sie

kichernd.

„Bin ich das?" Er versteifte sich. „Warum sollte man zu einer Ehe mit Mrs. Pickett Mut brauchen?"

Obwohl er gehofft hatte, sich gut mit ihr zu stellen, um Auskünfte zu erhalten, hatte er nicht vor, ihr oder sonst jemandem zu erlauben, seine Frau ungestraft zu verleumden. Er empfand eine gewisse Befriedigung, als er das Schankmädchen unbehaglich von einem Fuß auf den anderen treten sah.

„Kein besonderer Grund, da bin ich mir sicher", berichtigte sie sich hastig. „Nur, na ja, man hört Dinge über sie und ihren ersten Ehemann…"

„Man hört böse Gerüchte, in London genauso wie in Norwood Green. Dieser Mord an Sir Thaddeus' Stallmeister, zum Beispiel. Ich wette, dass es darüber jede Menge Vermutungen gibt."

„Ja, denn so etwas hat es hier nicht mehr gegeben seit der Sache mit Sir Thaddeus' anderer Tochter, der älteren, Miss Claudia – das war '96."

Pickett interessierte sich mehr für das, was mit Tom geschehen war, aber da das Thema Claudia Runyon aufgekommen war, entschied er, dass er genauso so viel wie möglich über den „Geist" der Runyons in Erfahrung bringen könnte.

„Ja, was geschah mit Claudia Runyon?", fragte Pickett und fügte dann schnell hinzu: „Ich wusste, dass es einen Skandal gab, aber meine Schwiegereltern sprechen nicht darüber, und natürlich mag ich sie nicht mit Fragen belästigen."

„Das möchte ich meinen!" Völlig ungebeten ließ sie sich auf den Platz ihm gegenüber fallen und beugte sich vor, um in verschwörerischem Flüsterton zu verraten: „Was man auch immer über wilde Tiere sagen mag, jeder hier weiß, dass die arme Miss Claudia – obwohl sie da schon Lady Buckleigh war – na ja, dass sie vom Sohn des Pfarrers getötet wurde!"

„Wie, von Major Pennington?", rief Pickett aus und täuschte erschrockenen Abscheu vor. Er verdächtigte sie der Übertreibung – sicherlich hatte es nichts bei Jamies Empfang in der Kirche gegeben, was darauf hindeutete, dass „jeder" ihn des Mordes für schuldig hielt – aber er hatte keine Lust, die Zunge der Bardame weiter zu hemmen, indem er die Richtigkeit ihrer Behauptungen infrage stellte, solange diese Behauptungen nicht seine Frau betrafen.

„Ja, obwohl damals war er noch nicht in der Armee, daher war er noch immer der ‚junge Mr. Pennington'. Er war in sie verliebt gewesen, seit sie das Schulzimmer verlassen hatte, und als sie Lord Buckleigh heiratete, entführte er sie und tötete sie in einem Anfall von eifersüchtiger Wut!"

„Ich hatte den Eindruck, dass ihre Leiche nie

SHERI COBB SOUTH

gefunden wurde", bemerkte Pickett.

„Zweifellos hat er sie in eine Schlucht geworfen –
davon gibt es in diesen Hügeln genug, wisst Ihr. Fest steht,
dass sie beim Tee Streit hatten, denn es lag überall
zerbrochenes Porzellan herum, und dann kam ihr Pferd
ohne sie zum großen Haus zurück, eine Suchmannschaft
schwärmte aus, aber sie fanden nur ihren Ehering auf dem
Boden liegen und ihren Schal, der an einem Busch
hängengeblieben war. Und der war ganz voller Blut", fügte
sie mit einem entschlossenen Nicken hinzu, als ob dieser
vernichtende Beweis die Angelegenheit abschlösse.

„Scheint es nicht ein bisschen, nun ja, seltsam, dass
sie nach einem solchen Streit im Salon beschloss, das
Chaos so liegenzulassen und auszureiten?"

„Dazu, na, dazu kann ich sicher nichts sagen", räumte
sie widerwillig ein. „Ich kann nicht behaupten zu wissen,
wie die feinen Leute sich benehmen."

„Und jetzt ist Sir Thaddeus' Stallmeister tot
aufgefunden worden", sagte Pickett, als er sah, dass es
nichts Neues über das mysteriöse Verschwinden von
Claudia, Lady Buckleigh, zu erfahren gab. „Es scheint,
dass die Runyons mehr als genug Probleme hatten."

„Ja, einige sagen, die Familie wäre verflucht, wo doch
ihre ältere Tochter so ums Leben gekommen ist, und dann
die jüngere – nun, aber darüber wisst Ihr ja alles, wie?
Trotzdem würde ich denken, dass ein Fluch bei der Familie

zuschlägt, nicht bei den Dienern."

Gegen diese Annahme konnte Pickett nichts einwenden, und da er ohnehin nicht wirklich an Flüche glaubte, beschloss er, einen anderen Ansatz zu versuchen.

„Was den Stallmeister angeht, Tom Pratt: kanntet Ihr ihn?"

Die Bardame setzte sich auf und musterte ihn kriegerisch. „Was soll das nun wieder heißen?"

Pickett schaute sie mit großen Unschuldsaugen an. „Ich bin nur davon ausgegangen, dass es, da das *Pig and Whistle* so beliebt ist, nicht viel Leute im Dorf geben dürfte, die Ihr nicht kennt."

„Na, das stimmt wohl", gab sie zu und entspannte sich ein wenig. „Tom kam drei oder vier Mal pro Woche hierher, und am Samstagabend fast immer. Kein Wunder, wo er eine ewig nörgelnde Frau und ein Haus voller ungeratener Gören hatte."

Die Kinder des Stallmeisters hatten auf Pickett keinen schlechten Eindruck gemacht und Martha Pratt auch nicht wie eine nörgelnde Ehefrau gewirkt; in der Tat, wenn man nach der blumengeschmückten Haube urteilen durfte, hatte Tom Pratt sie durchaus gern gehabt. Aber er war klug genug, um diese Beobachtung nicht laut auszusprechen.

„Und an diesem letzten Samstag? Schien er da, ich weiß nicht, irgendwie anders? Als ob er Angst um sein Leben hätte, vielleicht?"

„Nein, gar nicht! Tatsächlich war er glücklicher, als ich ihn seit vielen Tagen gesehen hatte. Er war wohl zu Geld gekommen, oder sollte welches kriegen – er bezahlte Getränke für alle hier und gab Geld aus wie ein betrunkener Lord."

„Und er sagte nicht, woher sein plötzlicher Reichtum stammte?"

Sie schüttelte den Kopf. „Danach haben mehrere Leute gefragt, aber er hat nur die Klappe gehalten und wollte kein Wort verraten." Ihr Gesicht nahm einen nachdenklichen Ausdruck an, als ihr ein neuer Gedanke kam. „Eines war aber seltsam. Je mehr Alkohol floss, desto gröber wurden die Trinksprüche. Irgendwann hob Tom seinen Becher und sagte: ‚Auf Milady Buckleigh, die Spenderin unseres Festes!' Es war sehr merkwürdig, da Lady Buckleigh gerade erst aus ihren Flitterwochen zurückgekehrt war und noch nichts getan oder geplant hatte, soweit ich gehört habe."

„Könnte der Trinkspruch vielleicht der Erinnerung an die erste Lady Buckleigh gegolten haben?"

„Vielleicht", sagte sie zweifelnd, „aber es klang sicher nicht danach."

„Trotzdem, wenn er betrunken war…"

„Oh, er war noch nicht zum Umfallen betrunken, nur etwas angesäuselt", sagte sie.

„Vielleicht…"

„Sadie!" Von hinter der Bar brüllte der Wirt nach seinem pflichtvergessenen Dienstmädchen. „Sadie, hör auf, dich bei den Gästen herumzutreiben und mach deine Arbeit, Mädchen!"

Sadie verdrehte die Augen und stand vom Tisch auf.

„Bitte um Verzeihung", sagte Pickett. „Ich habe zu viel von Eurer Zeit in Anspruch genommen."

„Jederzeit, Schätzchen", sagte sie und wehrte seine Proteste ab. Sie beugte sich vor (was Pickett einen guten Einblick in ihr ziemlich beeindruckendes Dekolleté bescherte) und flüsterte: „Und hört: wann immer Ihr einer ‚Lady' müde werdet und eine echte ‚Frau' wollt, müsst Ihr nur herkommen und nach Sadie fragen!"

Nachdem sie Pickett vor Verlegenheit dazu gebracht hatte, errötend zu stammeln, stolzierte sie mit schwingenden Hüften durch den Raum.

9

*In dem eine Untersuchung über
den Tod Tom Pratts durchgeführt wird*

E r hatte sich von ihr zurückgezogen, grübelte Julia, und sie war sich nicht ganz sicher, warum. Ihr Ehemann war nicht schroff oder vernachlässigte sie; in der Tat hatte er sie nach seiner Rückkehr aus dem Dorf so zärtlich geküsst, wie sie nur wünschen konnte. Und dennoch bedrückte ihn etwas, etwas, das er nicht mit ihr teilen wollte. Sie empfand einen völlig irrationalen Ärger auf Tom Pratt, weil er sich hatte ermorden lassen und so diese Reise, die ihre Hochzeitsreise hatte sein sollen, störte. Zumindest nahm sie an, dass es Toms Ermordung war, die ihm auf der Seele lag; besser das, nahm sie an, als die Entdeckung ihrer vierhundert Pfund pro Jahr oder schlimmer noch, der Besuch im Kinderzimmer und die brutale Erkenntnis, dass er nie eigene Kinder haben würde. Nach einem mit Toms Witwe und dessen Brut verbrachten

Vormittag wäre es jedoch kaum überraschend gewesen, wenn seine Gedanken in diese Richtung gegangen wären.

Picketts merkwürdige Gedankenabwesenheit hielt auch am Abend an, in solchem Ausmaß, dass es sogar ihrer Mutter auffiel. „Der Junge kann nicht einmal vernünftig Konversation betreiben", beklagte sich Lady Runyon leise, als ihre mühsamen Versuche, ihn zu einem Tischgespräch zu animieren nur zu einsilbigen Antworten führten.

„Zweifellos denkt er an die Untersuchung", bemerkte Sir Thaddeus. „Sagt mir, Mr. Pickett, was haben wir morgen zu erwarten?"

Pickett setzte sich auf, endlich aus seiner Nachdenklichkeit gerissen. „Ich wäre sehr überrascht, wenn die Jury auf etwas anderes befinden würde als unrechtmäßige Tötung durch einen oder mehrere Unbekannte." Er warf Julia einen Blick zu. „Es tut mir leid, dass du es warst, der ihn fand, Mylady. Ich wünschte, du könntest all dem fernbleiben."

Sie schenkte ihm ein beruhigendes kleines Lächeln. „Es ist in Ordnung, John. Schließlich muss ich nur aussagen. Es ist ja nicht so, als ob ich vor Gericht stünde."

„Das will ich hoffen!", verkündete Sir Thaddeus aufgebracht. „Weiß nicht, warum mein Wort nicht genug sein soll. Schließlich haben wir beide dasselbe gesehen. Das habe ich auch Buckleigh gesagt, Schwiegersohn oder nicht."

„Lord Buckleigh macht die Vorschriften nicht, Papa", bemerkte Julia.

„Im Allgemeinen ist es umso besser, je mehr Zeugen da sind", sagte Pickett. „Der eine könnte etwas sehen, was dem anderen nicht aufgefallen ist."

Lady Runyon erschauerte zartfühlend. „Ich weigere mich, am Esstisch über Mord zu diskutieren", verkündete sie. „Sagt mir, was denkt Ihr über die neue Lady Buckleigh? Ich fand, sie wäre ein eher farbloses kleines Geschöpf, und man kann nur staunen, dass Lord Buckleigh sie als annehmbaren Ersatz für unsere arme Claudia betrachtet."

„Ich bezweifle, dass seine Lordschaft sie als ‚Ersatz' betrachtet, Mama", widersprach Julia. „Schließlich hat er mehr als ein Dutzend Jahre gewartet, um wieder zu heiraten."

„Ein hübsches, kleines Ding, aber schüchtern wie eine Maus", warf Sir Thaddeus ein. „Eine Kaufmannstochter, natürlich. Ich wage zu behaupten, dass sie Angst hat, den Mund aufzumachen, um nichts Falsches zu sagen."

Alle Augen richteten sich auf Pickett, und er zögerte und wägte seine Möglichkeiten ab. Wie er es sah, würde alles, was er sagte, gegen ihn verwendet werden. Wollte er Lady Buckleighs zurückhaltende Schönheit loben, würde es zweifellos als Kränkung ihrer Vorgängerin aufgefasst;

jede Kritik andererseits würde als anmaßend von ihm empfunden werden, weil sie einer Höhergestellten galt.

„Ich glaube", sagte er schließlich, „dass ich gut daran tun werde, Lady Buckleighs Beispiel zu folgen und auf jeden Kommentar zu verzichten."

Sir Thaddeus brach in lautes Lachen aus. „Ein weiser Mann, Mr. Pickett!"

„Weise, in der Tat", stimmte Lady Runyon zu. „Schade, dass Ihr so viel Weisheit nicht rechtzeitig für die Abendgesellschaft bei den Brantleys aufbringen konntet."

Dieser Gnadenstoß wurde mit dem Hauch eines Lächelns ausgeführt, was Pickett für ein gutes Zeichen hielt – das Erste, das er sah, seit er die Bekanntschaft der Lady gemacht hatte. „Ja, Ma'am", stimmte Pickett aus vollem Herzen zu. „Ich schmeichele mir, dass ich selten zweimal den gleichen Fehler begehe, also hoffe ich, es beim nächsten Mal besser zu machen."

„Ich jedenfalls", stellte Julia fest, „würde mich freuen, öfter Menschen aus Freundlichkeit Fehler begehen zu sehen. Mir scheint, dass die meisten gesellschaftlichen *faux pas* stattdessen dadurch entstehen, dass jemand sich in den Vordergrund schieben will."

„Leider nur zu wahr", räumte Lady Runyon ein. „Man muss zum Beweis dafür nur an Lady Buckleighs Mutter denken. Ich bin um des armen Lord Buckleighs willen bei der Hochzeit errötet, denn ihre Manieren waren absolut gewöhnlich! Welchen Fehler Ihr auch haben mögt, Mr. Pickett, zumindest würde niemand Euch *aufdringlich* nennen."

„Vielen Dank, Mylady", murmelte Pickett, zog den Blick seiner Frau auf sich und zwinkerte ihr zu.

Nach dem Abendessen zog die Familie sich in den Salon zurück, wo Julia sich überreden ließ, sie auf dem Pianoforte zu unterhalten. Sie stellte Pickett dazu an, ihre Noten umzublättern (was Lady Runyon dazu veranlasste, auf Drängen ihres Mannes widerwillig zuzugeben, dass sie ein schönes Paar abgaben, wie sie Seite an Seite auf der Bank saßen und die Köpfe zusammensteckten, obwohl sie die Art nicht mochte, wie Mr. Pickett seine Hand auf der Klavierbank abstützte und dabei leicht Julias Hüfte berührte, was für Lady Runyon einer öffentlichen Umarmung nahekam), und so verbrachte die Familie einen ruhigen Abend, bis der Butler mit dem Teetablett kam. Da die Untersuchung am nächsten Morgen um neun Uhr beginnen sollte, hielten sie sich danach nicht lange auf, sondern suchten ihre jeweiligen Schlafzimmer auf, um sich auf die Unannehmlichkeiten des nächsten Tages vorzubereiten.

„John, bedrückt dich etwas?", fragte Julia, sobald sie in ihrem Zimmer angekommen waren und die Tür hinter sich geschlossen hatten.

„Warum fragst du?"

„Das ist *keine* Antwort", sagte sie streng. „Du scheinst zerstreut und, oh, ich weiß nicht, in irgendeiner Weise verschlossen."

„Deine Mutter sagte etwas, das man als Kompliment auffassen könnte", sagte Pickett. „Um die Wahrheit zu sagen, ich weiß nicht recht, was ich davon halten soll."

Julia lächelte, weigerte sich aber, sich ablenken zu lassen. „Ja, ich zweifle nicht daran, aber deine merkwürdige Gedankenversunkenheit hatte schon lange vorher begonnen. Sag mir, ist etwas nicht in Ordnung?"

„Nicht direkt, nur … rätselhaft."

„Etwas, das mit Toms Tod zu tun hat?"

„Vielleicht. Ich bin mir noch nicht ganz sicher."

Sie setzte sich auf den Bettrand und klopfte einladend auf die Matratze. „Wenn du dich mir anvertrauen möchtest, höre ich dir gern zu."

„Ich wünschte, ich könnte das, Mylady, aber ich wage es noch nicht. Wenn ich es dir sagen würde und sich herausstellt, dass ich mich geirrt habe …" Er schüttelte den Kopf. „Sobald ich mir sicher bin, sage ich es dir, versprochen. Aber trotzdem …" Er stockte plötzlich.

„Trotzdem, was?", drängte sie.

„Trotzdem", fügte er mit einem Seufzer hinzu, „könnte es dir nicht gefallen."

* * *

Alle vier standen früh auf und spazierten gemeinsam

ins Dorf, Sir Thaddeus und Lady Runyon vorneweg, Pickett und Julia dahinter. Pickett trug den schwarzen Rock, den er ein Jahr zuvor gekauft hatte, um im Old Bailey in London auszusagen, und Julia hatte das schlichteste Kleid ausgewählt, das sie für die Reise eingepackt hatte. Eigentlich war dieses pfirsichfarbene Kleid nicht sehr schlicht, trotz seines Besatzes aus braunem Samt und passenden Jäckchens, doch sie hätte nicht schwarz tragen können, selbst, wenn sie eine Notwendigkeit dafür vorhergesehen hätte: während ihrer Woche frisch verheirateter Glückseligkeit in Picketts Wohnung in der Drury Lane hatte sie all ihre schwarzen Trauerkleider in einer symbolischen (wenn auch teuren) Geste in den Kamin gestopft, und er war nur zu einverstanden damit gewesen. Er selbst hatte das Streichholz daran gehalten.

Er lächelte ein wenig über die Erinnerung und sie sah das leichte Zucken seiner Lippen, verstand das völlig falsch und sagte trocken: „Ich bin froh, dass einer von uns das hier genießt."

Er schüttelte den Kopf. „Nichts Dergleichen, Mylady. Ich erinnerte mich nur daran, warum du nicht wie deine Mutter schwarz trägst." Er warf ihr einen scharfen Blick zu. „Machst du dir Sorgen wegen der Untersuchung?"

„Nicht direkt Sorgen, aber ich kann nicht leugnen, dass es mir all die Scheußlichkeiten nach Fredericks Tod wieder in Erinnerung ruft. Doch diesmal wird es nicht so schlimm werden." Sie schenkte ihm ein tapferes kleines Lächeln. „Schließlich habe ich dieses Mal dich."

„Du hattest mich damals schon. Du wusstest es nur nicht."

Sie hatte natürlich gewusst, dass er sie bewunderte; es hätte ihr kaum entgehen können, denn er hatte die Angewohnheit, in ihrer Gegenwart eher liebenswert durcheinander zu sein. Dennoch hatte sie nichts gegen ein wenig unbeschwertes Flirten mit ihrem Mann, um ihre Gedanken von der unangenehmen Pflicht abzulenken, die vor ihr lag.

„Tatsächlich?", fragte sie und spähte sittsam unter ihren Wimpern hervor zu ihm auf.

Er spannte seinen Arm ein wenig an, um ihre Hand zu drücken, die in seiner Ellenbeuge lag. „Von dem Moment an, als ich dich zum ersten Mal sah."

„Du solltest besser aufhören, Mr. Pickett", tadelte sie ihn, obwohl das Funkeln in ihren Augen eher das Gegenteil sagte. „Es geht doch nicht, dass ich bei der Untersuchung des Untersuchungsrichters wie eine errötende Braut ankomme! Was werden die guten Leute von Norwood Green denken?"

„Vielleicht werden sie sich daran erinnern, dass du eine Braut *bist*", bemerkte er, behielt sich aber vor, dieses für beide Seiten befriedigende Gespräch fortzusetzen, wenn sie dies in ihren eigenen Räumen tun könnten.

Denn an diesem Morgen gab es in Norwood Green kein vertrauliches Plätzchen. Das ganze Dorf, schien es, hatte sich zum *Pig and Whistle* begeben, wo die Untersuchung stattfinden sollte. Sogar Lady Runyon, von der Pickett angenommen hatte, dass sie nicht an einer so vulgären Versammlung teilnehmen wollte, hatte darauf bestanden, ihren Mann und ihre Tochter während der ganzen Qual zu unterstützen – ihr Schwiegersohn, so nahm Pickett an, würde sich um sich selbst kümmern müssen.

Dennoch verspürte er einen Stich des Mitgefühls für Lady Runyon, als sie das Wirtshaus gerade rechtzeitig betraten, um in der Stille, die sich bei ihrem Eintritt ausbreitete, einen Dorfbewohner schadenfroh glucksen zu hören: „... nicht mehr so viel Aufregung hier gesehen, seit dieses blonde Runyon-Mädel verschwand." Der Mann wurde sofort von seinem Nachbarn zum Schweigen gebracht, aber der Schaden war angerichtet. Wenn jemand in Norwood Green die Familiengeschichte der Runyons vergessen gehabt hatte, erinnerte er sich sicherlich jetzt daran, und das Interesse an den Neuankömmlingen nahm sprunghaft zu.

Das *Pig and Whistle* hatte sich seit Picketts Besuch am Vortag verändert. An einer Wand waren Stühle in einer Reihe aufgestellt worden, und hier saß die Jury des Untersuchungsrichters, die aus sieben *guten und aufrichtigen* Männern bestand. Die Tische waren an die gegenüberliegende Wand geschoben und die restlichen Stühle in Reihen angeordnet worden. Die meisten von ihnen waren besetzt, außer einigen in der ersten Reihe, die denen vorbehalten waren, die aussagen sollten, sowie denjenigen, die in irgendeiner offiziellen Funktion anwesend waren: Lord Buckleigh, als Friedensrichter hatte eine wichtige Stellung, ebenso wie ein anderer Mann, den Sir Thaddeus Pickett als Sheriff vorstellte, und eine große, weißhaarige Person, die er als Arzt identifizierte. Jamie Pennington saß mit zusammengepressten Lippen neben seinen Eltern in der zweiten Reihe, während direkt hinter ihm Martha Pratt und ihre Brut fast eine ganze Reihe füllten, je zwei Kinder auf jeder Seite ihrer Mutter, während das jüngste den Ehrenplatz auf ihrem Schoß besetzte. In der Reihe hinter ihr saß Lady Buckleigh zwischen einem behäbigen, gut gekleideten Paar mit rötlichen Gesichtern, die mit ziemlicher Sicherheit ihre Eltern waren. Die restlichen Stühle waren vom lokalen Adel belegt, unter denen Pickett viele von Brantleys Gesellschaft erkannte, während die große Menge auf den Tischen saß oder an den Wänden lehnte. Als er die Witwe und ihre mit vor Angst weit aufgerissenen Augen dasitzenden Kinder musterte, kam es Pickett in den Sinn, dass selbst in dem unwahrscheinlichen Fall, dass Tom seine Ehefrau mit Sadie, dem Schankmädchen, betrogen hätte, es kaum möglich wäre, dass Mrs. Pratt sich selbst gerächt hätte, auch wenn sie dazu Lust gehabt haben mochte: Es wäre für sie sehr schwierig gewesen, einen Mord zu begehen, mit fünf Kindern im Schlepptau.

Was Sadie anging, hatte sie sich für diese Gelegenheit in einer Weise gekleidet, von der Pickett annahm, dass sie sie für schlicht hielt, indem sie ihr tief ausgeschnittenes Mieder durch ein um den Hals gelegtes Tuch ergänzt hatte. Offenbar spürte sie seinen Blick auf sich liegen, schaute auf und zwinkerte ihm zu. Pickett verfluchte (nicht zum ersten Mal) seinen Hang zum Erröten, wandte sich abrupt ab und setzte sich neben seine Ehefrau in die vorderste Reihe.

Nachdem die Hauptakteure nun ihre Plätze eingenommen hatten, erhob sich der ältliche Unter-suchungsrichter, Mr. Hughes, und hielt eine aus-schweifende und kaum hörbare Rede. Durch die wenigen Sätze, die verständlich waren (Untersuchung des Todes… Tom Pratt… Leiche, die am letzten Sonntag gefunden wurde,…"), wurde der Versammlung zu verstehen gegeben, dass die Untersuchung nun beginnen sollte.

„…wird jetzt aufgerufen … Dienstgeber, Sir Thad-deus Runyon."

Sir Thaddeus, der dies richtig als sein Stichwort interpretierte, um in den Zeugenstand zu treten (der in diesem Fall ein aus einem einzelnen Stuhl bestand, der vorn im Raum aufgestellt und so gedreht war, dass er der Menge zugewandt stand), erhob sich von seinem Stuhl, und nachdem er ordnungsgemäß vereidigt worden war, setzte er sich auf diesen Stuhl und musterte den Untersuchungsrichter mit einem leicht kämpferischen Blick.

„Also, Hughes, bringen wir es hinter uns."

Weit davon entfernt, eingeschüchtert zu sein, schwoll die Brust des Untersuchungsrichters an und sein gesamtes Verhalten veränderte sich. Die Jahre schienen von ihm abzufallen, und anstelle des ältlichen Mannes, der in sich hinein murmelte, schien der Prozessanwalt, der einst vor den Geschworenengerichten aufgetreten war, wie aus einem langen Winterschlaf aufzuerstehen.

„Sir Thaddeus Runyon", verkündete er mit lauter Stimme, „Ihr wart der Dienstherr des Verstorbenen, nicht wahr?"

Sir Thaddeus nickte. „Ja, das stimmt."

„In welcher Eigenschaft hat der Verstorbene Euch gedient?"

„Kommt schon, Hughes, das weiß jeder im Dorf!"

„Beantwortet einfach die Frage, bitte."

Sir Thaddeus schnaubte ärgerlich. „Ach, na gut. Tom Pratt war mein Stallmeister."

„Und wie lange hatte er Euch in dieser Eigenschaft gedient?"

Es entstand eine kurze Pause, während Sir Thaddeus im Kopf nachrechnete. „Zwei Jahre. Die drei Jahre vorher war er Stallbursche, er war von Brantley zu mir gekommen, der ihn '96 eingestellt hatte, nachdem Lord Buckleigh ihm gekündigt hatte."

Ein Raunen erhob sich in der Menge, als die Älteren sich an das seltsame Verschwinden von Sir Thaddeus' älterer Tochter erinnerten. Nach der Suche, bei der keine Spur des Mädchens außer einem goldenen Ring und einem blutgetränkten Schal zu finden gewesen war, hatte ein verstörter Lord Buckleigh, der sonst niemanden hatte, den er für den Verlust seiner Frau zur Rechenschaft ziehen konnte, den Stallburschen entlassen, der ihr Pferd gesattelt und ihr so unfreiwillig erlaubt hatte, den schicksalhaften Ritt anzutreten, der ihr Leben beendete.

„Ruhe, bitte!", befahl der Untersuchungsrichter, und die Menge gehorchte, wenn auch widerwillig. „Nun, Sir Thaddeus, würdet Ihr sagen, dass Tom Pratt ein guter Diener war?"

„Ja, ich hätte ihm sonst meine Pferde nicht anvertraut", sagte der Squire.

„Wann habt Ihr sein Fehlen bemerkt?"

„Eigentlich gar nicht. Es war der Stallbursche, Will, der sagte, er wäre den ganzen Tag noch nicht dagewesen. Wohlgemerkt, ich fand das seltsam und dass es ihm nicht ähnlich sähe."

„Hattet Ihr einen Grund zu der Annahme, ein Verbrechen zu befürchten?"

„Nein. Ich nahm einfach an, er hätte am Abend zuvor zu viel getrunken und schliefe jetzt seinen Rausch aus."

„Erzählt uns nun bitte, wie Ihr dazu kamt, seine Leiche zu finden."

Sir Thaddeus rieb sich die Seite seiner Nase. „Ja, nun, nach der Kirche ritt ich mit meiner Tochter und ihrem Mann aus – um ihm die Gegend zu zeigen, versteht Ihr ..."

„Das wäre Eure jüngere Tochter, Miss Julia?"

„Kann ja wohl kaum meine ältere sein, oder?", knurrte Sir Thaddeus. „Von allen dämlichen Fragen! Jedenfalls, als wir an den Hang kamen, wo mein Anwesen an das der Laytons grenzt, ritten meine Tochter und ich zu der großen Eiche um die Wette, die die Grenze des Landes markiert. Ich kam zuerst an der Eiche an und fand den armen Kerl dort tot liegen. Ich hatte keine Zeit, meine Tochter zu warnen, denn sie erreichte gleich nach mir den Baum."

„Beschreibt, so genau Ihr Euch erinnern könnt, wie Ihr die Leiche gefunden habt."

„Kommt schon, das habe ich doch gerade gesagt!"

„Ihr versteht mich falsch, Sir Thaddeus. Ich möchte, dass Ihr mir beschreibt, was Ihr saht – wie die Leiche aussah."

Sir Thaddeus schaute finster. „Er sah aus, wie ein

toter Mann aussieht. Seine Kehle war aufgeschlitzt, bei Gott! Was glaubt Ihr, wie er aussah?"

Ein ersticktes Schluchzen der Witwe unterbrach die Stille.

„Bitte um Verzeihung, Ma'am", sagte Sir Thaddeus verlegen, „aber so war es nun einmal."

Der Untersuchungsrichter machte unbeirrt weiter. „Wie lag er da? Auf dem Bauch, oder auf dem Rücken? Denkt nach, Mann!"

„Auf dem Rücken", sagte Sir Thaddeus entschieden. „Ich konnte sein Gesicht und die, äh, Wunde sehen."

„Und da war er bereits tot?"

„Ohne Zweifel."

„Habt Ihr nachgeschaut, um ganz sicherzugehen? Den Puls gefühlt, zum Beispiel, oder etwas dieser Art?"

„Warum hätte ich das tun sollen? Ich sage Euch doch, der Kerl war tot! Überall war Blut. Ich war mehr darum bemüht, meine Tochter abzuschirmen. Sie hat im letzten Jahr zu viel Blutvergießen gesehen."

„Danke, Sir Thaddeus, Ihr könnt auf Euren Platz zurückkehren." Er wandte sich wieder der Menge zu und verkündete: „Miss Julia, ähm, Lady Fieldhurst – das heißt, Mrs. Pickett, wenn Ihr bitte in den Zeugenstand treten wollt."

Julia drückte Picketts Hand kurz und nahm dann den Platz ihres Vaters vorn im Raum ein.

„Mrs. Pickett", sagte der Untersuchungsrichter, nachdem er ihr den Eid abgenommen hatte, „Ihr lebt in London, nicht wahr?"

„Ja, Mr. Hughes."

„Dann gebt bitte an, was Euch nach Somersetshire führt."

„Ich besuche meine Eltern."

„Ihr seid frisch verheiratet, nicht wahr?"

Sie neigte den Kopf. „In der Tat weniger als vierzehn Tage."

„Seltsame Hochzeitsreise", bemerkte der Untersuchungsrichter.

„Also wirklich, Hughes!", blaffte Sir Thaddeus. „Wollt Ihr andeuten, dass meine Tochter den ganzen Weg von London hierhergekommen ist, um meinen Stallmeister zu ermorden? Sie kannte den Kerl nicht einmal!"

„Sir Thaddeus, ich muss Euch bitten, still zu sein. Ich deute nichts Derartiges an." Er wandte sich wieder an Julia. „Stimmt es, was Euer Vater sagt, dass Ihr den Verstorbenen nicht kanntet?"

Sie zog die Brauen zusammen. „Nicht ganz. Ich erinnere mich daran, wie Tom Pratt in Lord Buckleighs Ställen beschäftigt war, denn ich sah ihn dort, wenn ich hinüber ritt, um meine Schwester zu besuchen. Sie war mit Lord Buckleigh verheiratet, wenn Ihr Euch erinnert."

Aller Augen schienen sich auf Lord Buckleigh zu

richten, der in der ersten Reihe saß. Sein Gesicht wirkte so hart und blass, als wäre es zu Stein geworden.

„Ja, danke, Mrs. Pickett", fuhr der Untersuchungs- richter fort. „Nun, würdet Ihr sagen, dass der Bericht Eures Vaters über die Entdeckung der Leiche korrekt war?"

„Ja."

„Habt Ihr den Verstorbenen erkannt?"

„Nein, denn ich hatte ihn seit vielen Jahren nicht mehr gesehen."

„Wie viele, würdet Ihr sagen?"

„Seit meiner Hochzeit nicht mehr – meiner ersten Hochzeit, meine ich. Sechs Jahre, fast sieben."

„Sehr gut. Und was tatet Ihr, nachdem Ihr die Leiche gesehen hattet? Seid Ihr vielleicht in Ohnmacht gefallen? Ich bin sicher, das würde Euch niemand verdenken können."

„Mit Sicherheit nicht! Ich habe meinem Mann Zeichen gemacht, sich zu beeilen, sich meinem Vater und mir anzuschließen."

„Warum legtet Ihr so viel Wert auf Mr. Picketts Anwesenheit in einem solchen Moment, Mrs. Pickett? Wenn Ihr mir die Bemerkung verzeihen wollt, die Gegenwart eines Toten scheint mir kaum zu ehelichem Glück beizutragen."

„Mein Mann ist Bow Street Läufer, Mr. Hughes. Tatsächlich war er es, der mich vom Verdacht der

Ermordung meines ersten Mannes befreit hat. Ohne ihn hätte ich vielleicht am Galgen geendet. Könnt Ihr Euch jemanden denken, dessen Anwesenheit unter diesen Umständen, denen mein Vater und ich uns gegenüber sahen, wünschenswerter hätte sein können?"

„Ich möchte Euch daran erinnern, dass ich derjenige bin, der die Befragung durchführt, Mylady – das heißt, Mrs. Pickett. Warum, wenn ich fragen darf, musstet Ihr ihn herbeirufen? Warum hat er sich nicht an diesem Wettreiten beteiligt?"

Julia runzelte die Stirn. „Ich verstehe nicht, was das zur Sache beitragen sollte."

„Trotzdem wollt Ihr die Frage bitte beantworten."

Du musst keine Frage beantworten, die du nicht beantworten möchtest, hatte er ihr gesagt. Obwohl sie keine Lust hatte, ihn öffentlich lächerlich zu machen, war sie sich sicher, dass ihr Mann ihr sagen würde, sie solle keinen Verdacht erregen, wenn es nicht nötig wäre.

„Mein Mann ist in London aufgewachsen, Mr. Hughes", sagte sie. „Er hatte wenig Gelegenheit zum Reiten."

„Verzeihung, Mrs. Pickett. Mir war nicht bewusst, dass es in London keine Pferde gibt."

Leises Gelächter begrüßte diese Bemerkung und Julia musste mühsam ihr Temperament in Zaum halten. „Ich hätte eher sagen sollen, dass Mr. Pickett wenig Zeit für

Müßiggang hatte und stattdessen damit beschäftigt war, den Frieden des Königs zu wahren."

„Mit anderen Worten, er muss für sein Brot arbeiten, ist das richtig?"

„Ja", räumte sie ein. „Ebenso wie Ihr, Mr. Hughes." *Aber er ist zehn von Eurer Sorte wert,* fügte sie im Geiste hinzu.

„Also gut, lasst uns Euren Bow Street Läufer hierher setzen und sehen, was er zu sagen hat. Ihr dürft Euch setzten, Ma'am." Er drehte sich zu den Zuschauern um. „Mr. John Pickett, würdet Ihr bitte in den Zeugenstand treten."

10

In dem die Untersuchung zu Ende geht

Als Pickett aufstand und sich dem von seiner Frau geräumten Stuhl näherte, spürte er eine subtile Veränderung in der allgemeinen Atmosphäre des Wirtshauses. Alle Anwesenden schienen aufrecht zu sitzen, einige beugten sich sogar auf ihren Plätzen vor, als hätten sie Angst, ein einziges Wort zu verpassen. Pickett war sich nicht ganz sicher, ob sie an den Aussagen interessiert waren, die er machen wollte, oder einfach nur neugierig einen guten Blick auf das plebejische Individuum werfen wollten, das die Tochter des Squire geheiratet hatte. Seltsamerweise, jetzt, wo jedes Auge in Norwood Green auf ihn gerichtet war, stellte er fest, dass es ihn überhaupt nicht störte. Er wusste, dass er sich mit Gerichtsverfahren besser auskannte als jeder andere Anwesende (mit der möglichen Ausnahme des Untersuchungsrichters selbst, aber Pickett vermutete, dass der

Old Bailey in London Tiefen der Verderbtheit sah, die sich ein Anwalt am ländlichen Geschworenengericht nie hätte träumen lassen) und daher auch eher in der Lage war, eine qualifizierte Zeugenaussage zu machen. Das Wissen gab ihm Selbstvertrauen, und wenn er es nur gewusst hätte, war sein Verhalten, als er sich dem provisorischen Zeugenstand näherte, so, dass mehr als eine junge Frau mit einem Stich von Neid zugeben musste, dass Julia Runyon sich nach alledem vielleicht doch nicht so sehr blamiert hatte. Sein Blick traf im Vorbeigehen den ihren, und er zwinkerte ihr ein klein wenig zu, bevor er sich auf den Stuhl setzte, der noch warm war von ihrem…

Er riss seine Gedanken von Ideen los, die für einen Gerichtssaal völlig unangebracht waren, und schaute den Untersuchungsrichter an, der Pickett finster beäugte, als ob er seine Gedanken lesen könnte.

„Gebt für die Jury Euren Namen und Eure Anschrift an", befahl Mr. Hughes.

„John Pickett, Drury Lane, London."

„Ihr steht, wie Eure Frau behauptet, im Dienste des Amtsgerichts Bow Street?"

Pickett nickte. „Ja."

„Wie lange, wenn ich fragen darf?"

„In meiner derzeitigen Position, fast anderthalb Jahre. Insgesamt fünf Jahre."

Mr. Hughes blickte erneut finster und betrachtete

Pickett mit Argwohn. „Ihr scheint für eine solche Position sehr jung zu sein, wenn ich so sagen darf. Wie alt seid Ihr?"

Pickett unterdrückte einen Anflug von Ärger bei einem weiteren Hinweis auf sein Alter oder den Mangel daran. „Ich werde nächste Woche fünfundzwanzig." Er sah, dass seine Frau leicht die Brauen hob und ihm wurde klar, dass sie nichts von seinem bevorstehenden Geburtstag gewusst hatte.

„Ein vielversprechender junger Mann, wie es scheint", bemerkte der Untersuchungsrichter.

„Oder vielleicht hatte ich Glück mit meinem Mentor", warf Pickett ein.

„Dann erzählt mir doch bitte von Eurem Anteil an diesem Sonntagsausflug. Ich habe es so verstanden, dass Ihr nicht mit Eurer Frau und ihrem Vater um die Wette reiten wolltet."

„Ein kluger Mann kennt seine Grenzen", sagte Pickett mit dem Hauch eines Lächelns.

Der Untersuchungsrichter nickte. „Genau. Beschreibt der Jury Eure Ankunft am Tatort."

„Als ich an dem Baum ankam, der als Ziel des Ritts gegolten hatte, war Sir Thaddeus bereits abgestiegen und beugte sich über etwas, das aus der Ferne wie ein Stein aussah. Ich konnte sofort sehen, dass etwas geschehen war, das meine Frau verängstigt hatte und bevor ich sie noch danach fragen konnte, teilte Sir Thaddeus mir mit, dass sein Stallmeister, Tom, tot wäre. Da ich in solchen Dingen nicht ganz unerfahren bin, übernahm ich es, die Leiche zu untersuchen."

„Dann beschreibt bitte Eure Feststellungen."

„Selbstverständlich." Pickett warf der Witwe des Stallmeisters einen um Verzeihung bittenden Blick zu. Es war vielleicht gut, dass das Kind auf ihrem Schoß zu jammern begonnen hatte und herumzappelte, sodass die Frau von der grausigen Beschreibung abgelenkt wurde, die er abgeben musste. „Der Körper von Tom Pratt lag rücklings in einer Blutlache. Sein Hals war beinahe von einem Ohr zum anderen aufgeschlitzt worden. Ich nahm mir die Freiheit, die Wunde des Mannes zu berühren, und fand das Blut getrocknet. Ich sah keine Spur von einer Waffe und habe daher mit Sir Thaddeus' Hilfe den Körper bewegt, um darunter nachzuschauen."

„Und habt Ihr etwas unter dem Körper gefunden?"

Pickett schüttelte den Kopf. „Nein, Sir, nichts."

Der kleinste Pratt begann ernsthaft zu weinen. In der kleinen Versammlung entstand leichte Unruhe, und etwas zu Picketts Überraschung erhob sich Lady Runyon, sprach flüsternd ein paar Worte mit der Witwe, nahm ihr dann das Kind ab und trug es aus dem Wirtshaus, wobei sie es beruhigend in ihren Armen schaukelte und ihm tröstend etwas vorgurrte.

„Nun, Mr. Pickett", sagte der Untersuchungsrichter, als die Störung beseitigt war, „was habt Ihr als Nächstes getan?"

„Ich war so frei, die Taschen des Mannes zu durchsuchen."

Der Untersuchungsrichter konnte anscheinend diese Vorgehensweise nicht billigen. „Ihr scheint Euch eine Menge Freiheiten herausgenommen zu haben, Mr. Pickett", sagte er stirnrunzelnd.

„Wenn es in Norwood Green einen Mann gibt, der dazu besser qualifiziert ist, zeigt ihn mir bitte und ich werde mich bei ihm entschuldigen."

„Ja, nun, was getan ist, kann wohl nicht ungeschehen gemacht werden", brummte Mr. Hughes. „Nachdem Ihr diese Durchsuchung durchgeführt habt, könnt Ihr uns ebenso gut sagen, was, wenn überhaupt etwas, Ihr gefunden habt."

„Ich fand eine Reihe von Münzen in seiner Tasche, einschließlich Guineen, die zusammen mehr als zehn Pfund ergaben."

Ein Murmeln von Vermutungen begrüßte diese Aussage, da es schien, dass jeder in Norwood Green seine oder ihre eigene Vorstellung davon hatte, wie Tom Pratt an eine solche Summe gekommen sein könnte.

„War da noch etwas?", fragte der Untersuchungs- richter.

Pickett schüttelte den Kopf. „Nein, obwohl ich ziemlich gründlich nachgesehen habe."

„Ich habe den Eindruck, dass Ihr etwas Bestimmtes im Sinn hattet. Wonach genau habt Ihr gesucht?"

„Nachdem Sir Thaddeus meinen eigenen Verdacht bestätigt hatte, dass ein Stallmeister wahrscheinlich nicht so viel Geld bei sich tragen würde, suchte ich nach einer Erklärung: einem Verkaufsbeleg, einem Erpressungsschreiben..."

Es schien, als wäre der Sohn des Pfarrers nicht der Einzige, der den Fuchs in den Hühnerstall lassen konnte, dachte Pickett, als Chaos ausbrach. Leider schien dieser Versuch, das Erpressungsopfer (wenn es ein solches Opfer gab) dazu zu bringen, sich selbst durch offenkundig werdende Angst oder Schuld zu verraten, zum Scheitern verurteilt. Auf den meisten Gesichtern in der Menge stand ein Ausdruck von skandalsüchtiger Schadenfreude. Seine Frau blickte ihn mit einer besorgten Frage in ihren Augen an, während ihr neben ihr sitzender Vater wegen des darin liegenden Verdachts gegen seinen Haushalt finster dreinschaute. Lord Buckleigh schien von dem ganzen Verfahren gelangweilt, während Lady Buckleigh das Verfahren mit einem Blick verfolgte, der eher höflich als interessiert schien, da sie es als eine Angelegenheit von lokalem Interesse betrachten konnte, die sie in keiner Weise selbst betraf. Major Pennington schaute mit nachdenklich gerunzelter Stirn geradeaus.

„Ein Erpresserschreiben?", wiederholte Mr. Hughes scharf und erhob seine Stimme, um über dem Lärm gehört zu werden. „Habt Ihr einen Grund zu der Annahme, dass Tom Pratt jemanden erpresste?"

„Wenn ein Mann mit einer unerklärlichen Geldsumme in seinem Besitz tot aufgefunden wird, muss diese Möglichkeit immer in Betracht gezogen werden", erklärte Pickett logisch.

„Beantwortet bitte nur die Frage", tadelte der Untersuchungsrichter.

Pickett seufzte. „Nein, Mr. Hughes, ich hatte keinen Grund anzunehmen, dass Tom Pratt irgendjemanden erpresst hat. Wie könnte ich das? Ich kannte den Mann nicht."

„Das wäre dann wohl alles, Mr. Pickett", sagte der Untersuchungsrichter mit einem bösen Blick. „Ihr dürft auf Euren Platz zurückkehren."

Als Pickett vom Zeugenstuhl aufstand, brach ein tosender Applaus aus und ein paar Leute schlichen sich sogar aus dem Wirtshaus, um als Erster die Nachricht zu verbreiten, dass Tom Pratt Böses im Schilde geführt hätte. Es schien, dass die Menge mit Picketts Auftritt zufrieden war, obwohl er den Verdacht hegte, dass der Untersuchungsrichter ihre Meinung nicht teilte.

„Würde Mr. Robert McAdams bitte in den Zeugenstand treten?", rief Mr. Hughes.

Der große, weißhaarige Mann in der ersten Reihe trat vor.

„Mr. McAdams", sagte der Untersuchungsrichter, nachdem der Eid geleistet worden war, „bitte gebt der Jury gegenüber Eure Referenzen an."

„Davon abgesehen, dass ich sie alle und auch ihre Familien irgendwann behandelt habe?", sagte der neue Zeuge mit dem Hauch eines Lächelns. Als er sah, dass der Untersuchungsrichter nicht erheitert wirkte, fuhr er ernster fort: „Sehr wohl, Mr. Hughes. Ich habe an der Universität Edinburgh sowohl Anatomie wie auch Chirurgie studiert und wurde von dem renommierten Arzt Mr. Geoffrey Woodford in Medizin unterrichtet. Ich praktiziere seit mehr als dreißig Jahren in Norwood Green Medizin und Chirurgie."

„Und Ihr habt den Leichnam von Tom Pratt untersucht, nachdem er in dieses Haus gebracht wurde, ist das richtig?"

Der Arzt nickte. „Richtig."

„Dann erklärt uns bitte die Ergebnisse dieser Untersuchung."

„Selbstverständlich. Mir war sofort klar, dass Tom Pratt an einem katastrophalen Blutverlust nach dem Durchschneiden seiner Halsader starb."

Der Untersuchungsrichter nickte, denn genau das

hatte er erwartet. „Und ist es Eurer professionellen Meinung nach möglich, dass er sich eine solche Verletzung selbst zugefügt haben könnte?"

Mr. McAdams runzelte die Stirn. „Selbstmord, meint Ihr? Unmöglich! In Anbetracht der Länge und Tiefe dieser Wunde würde jeder Mann, der das versuchen wollte, tot sein, oder zumindest bewusstlos, bevor er den Schnitt zu Ende bringen könnte."

„Hat Eure Untersuchung irgendeinen Beweis für einen Kampf erbracht?"

Der Arzt schwieg längere Zeit. „Keinen Kampf, nein, aber es gab verschiedene Anzeichen, die man so verstehen könnte, dass sie die Theorie eines vorsätzlichen Mordes glaubhaft machen."

„Beschreibt diese Anzeichen der Jury, wenn Ihr so gut sein wollt."

„Eine dicke Strähne der Haare des Opfers ..."

„Mr. McAdams, es ist noch nicht erwiesen, dass Mr. Pratt jemandes ‚Opfer' war. Verzichtet bitte darauf, ihn so zu nennen."

„Nun gut, Mr. Hughes", sagte der Arzt und akzeptierte diesen Befehl mit einem Nicken. „Eine dicke Strähne von *Mr. Pratts* Haaren stand von seiner Kopfhaut ab, und als ich seinen Kopf nach Zeichen von Verletzungen absuchte, entdeckte ich, dass eine kleine, aber erhebliche Menge von Haaren ringsum abgebrochen, zum Teil mit der Wurzel herausgerissen worden war."

„Lasst mich Euch daran erinnern, dass Mr. Pratt in den Dreißigern war. Viele Männer beginnen in diesem Alter, Haare zu verlieren."

„Dessen bin ich mir wohl bewusst, Mr. Hughes, denn ich habe auch einmal dazu gehört. Aber der Haarausfall, der mit dem Altern einhergeht, folgt in der Regel einem bestimmten Muster, dass sie an der Krone dünner werden und von der Stirn und den Schläfen zurückweichen. Dieses Muster fehlt im vorliegenden Fall völlig."

„Gut, wir wollen davon ausgehen, dass Tom Pratt nicht vorzeitig kahl wurde. Aber habt Ihr in Betracht gezogen, dass er dazu getrieben worden sein könnte, sich selbst die Haare auszuraufen? Schließlich hatte der Mann fünf Kinder."

Diese Vermutung wurde mit Lachen quittiert und aller Blicke richteten sich auf Martha Pratt, die nichts Komisches daran zu finden schien.

Mr. McAdams seufzte. „Natürlich hätte er sich diesen Schaden selbst zufügen können. Oder jemand könnte hinter ihm gestanden und sein Haar gepackt haben, daran gezogen, um den Kopf nach hinten zu biegen und ihm besseren Zugriff auf die Kehle zu gewähren."

„Vielleicht, Mr. McAdams, aber da der Zweck dieser Untersuchung nicht müßige Spekulation ist, wollen wir davon nicht mehr hören. Ihr dürft Euch setzen."

Der Arzt tat dies, zur offensichtlichen Enttäuschung der Menge, die seine Aussage fast so genossen hatte wie Picketts. Die nächste Person, die zum Aussagen aufgerufen wurde, war die Witwe des Toten, die ihren Kindern streng geflüsterte Anweisungen gab, bevor sie den vom Arzt geräumten Stuhl einnahm.

„Euer Name, bitte?", wollte der Untersuchungsrichter wissen.

„Martha Watkins Pratt", lautete die kaum hörbare Antwort.

„Wie lange wart Ihr mit dem Verstorbenen verheiratet?"

„Im kommenden Juni wären es elf Jahre gewesen."

„Erzählt der Jury, soweit Ihr Euch erinnern könntet, was Euer Mann am Sonntag getan hat."

„Das kann ich nicht, Sir, denn ich habe ihn am Sonntag gar nicht gesehen."

Der Untersuchungsrichter runzelte die Stirn. „Na gut, was hat er dann am Samstag getan?"

„Er ging für Sir Thaddeus arbeiten, wie immer", sagte sie und nickte in Richtung des Arbeitgebers ihres verstorbenen Mannes. „Er kam danach nicht nach Hause, aber das war nicht ungewöhnlich, da es ein Samstag war. Ich hatte angenommen, er wäre ins *Pig and Whistle* gegangen, aber dann kam er die ganze Nacht nicht nach Hause."

„War es ungewöhnlich, dass er die ganze Nacht fort blieb?"

„Oh ja, er kam sonst immer früher oder später nach Hause – trotz bestimmter Leute, die ihn zum Bleiben überreden wollten", fügte sie mit einem düsteren Blick auf Sadie hinzu.

„Verstehe", sagte Mr. Hughes und nickte. „Mrs. Pratt, hatte Euer Mann Feinde, soweit Euch bekannt war?"

Sie schüttelte den Kopf. „Nein, Sir."

„Und was ist mit diesem Geld, das in seinen Taschen gefunden wurde? Könnt Ihr Euch vorstellen, aus welcher Quelle es stammte?"

„Verzeihung, Sir?"

„Seine Quelle", wiederholte der Untersuchungsrichter. „Wisst Ihr, wie er daran gekommen ist?"

„Nein. Ich wusste, dass er plötzlich zu Geld gekommen war, aber er sagte nicht, woher. Ich nahm an, dass Sir Thaddeus ihm eine Lohnerhöhung gegeben hätte. Er war richtig aufgeregt deshalb. Er hat mir sogar diese Haube hier gekauft, ohne dass ich darum gebeten hätte", fügte sie hinzu, da sie offenbar meinte, es bedürfe einer Erklärung dafür, dass sie bei einer so ernsten Gelegenheit eine solch festliche Kopfbedeckung trug.

Ein Murmeln weiblicher Anerkennung quittierte diese Feststellung, und eine Frau ging so weit, ihrem Mann einen Rippenstoß zu versetzen und ihn im Flüsterton auszuschimpfen. Pickett vermutete, dass der Mann in nächster Zukunft eine Haube würde kaufen müssen.

„Vielen Dank, Mrs. Pratt, und darf ich Euch sagen, wie sehr ich Euren Verlust bedauere", schloss der Untersuchungsrichter.

Er erlaubte der Witwe, an ihren Platz zurückzukehren, und rief Sadie, das Schankmädchen des Wirtshauses, um ihren Platz einzunehmen.

„Bitte gebt Euren Namen für die Jury an."

„Sarah Cooper, Sir, aber alle nennen mich Sadie."

„Ihr arbeitet im *Pig and Whistle?*"

„Ja, Sir."

„Ja, aber sie verdient mehr auf dem Rücken!", rief eine männliche Stimme aus der Menge unter viel lautem Gelächter.

Mr. Hughes wandte sich in einer Stentorstimme an die Versammlung, die Old Bailey alle Ehre gemacht hätte. „Lasst mich Euch alle daran erinnern, dass ein Mann tot ist. Der Zweck dieser Untersuchung ist es, den Grund herauszufinden. Wenn Ihr Euch nicht in einer der Gelegenheit angemessenen Weise betragen könnt, muss ich Euch bitten zu gehen."

Da niemand die größte Aufregung verpassen wollte, die Norwood Green seit Jahren erlebt hatte, wurde es im Schankraum völlig still.

„Nun, Miss Cooper, ich möchte, dass Ihr Euch bitte

an den Abend und die Nacht des letzten Samstags erinnert War Mr. Pratt an diesem Abend unter den Gästen im *Pig and Whistle*?"

„Ja, das war er", sagte sie und nickte.

„War an seinem Verhalten etwas Ungewöhnliches?"

„Oh ja, es war ungewöhnlich, bestimmt! Er gab eine Runde nach der anderen aus, als wäre er Krösus."

„Ich verstehe. Und hat er eine Erklärung für diese untypische Großzügigkeit geliefert?"

„Er sagte, er wäre zu Geld kommen, und alle seine Sorgen wären vorbei, aber er sagte nicht, wie."

„Um welche Zeit ging er an diesem Abend?"

„Um elf. Ich erinnere mich deshalb genau, weil er immer wieder sagte, er müsste um Mitternacht jemanden treffen. Ich dachte für mich, dass das eine seltsame Zeit wäre, um ein Treffen zu planen."

„Seltsam, in der Tat", stimmte der Untersuchungs-richter zu. „War er betrunken?"

Ihre Stirn legte sich in nachdenkliche Falten. „Nicht zum Umfallen betrunken, nur etwas angeschlagen."

„Hatte sich vielleicht Mut angetrunken?"

Sie schüttelte den Kopf, was ihre ebenholzschwarzen Locken zum Tanzen brachte. „Nein, denn er schien gar keine Angst zu haben."

„Danke, Miss Cooper. Ihr dürft Euch setzen."

Nachdem Sadie an ihren Platz zurückgekehrt war,

wandte sich der Untersuchungsrichter an die Jury. „Lasst mich Euch daran erinnern, dass dies keine Gerichtsverhandlung ist. Niemand wird beschuldigt, Tom Pratt ermordet zu haben, und Ihr habt auch keine Spekulationen darüber anzustellen, wer dies getan haben könnte. Ihr sollt entscheiden, ob es ein Tod aus natürlicher Ursache, Unfall oder Missgeschick, Selbstmord oder vorsätzliche Tötung war."

Die sieben Männer der Jury schlurften aus dem Schankraum in das angrenzende Zimmer, wo sie nicht lange diskutierten. Knapp zehn Minuten waren vergangen, als sich die Tür zum Salon öffnete und die Jury wieder in den Raum einzog.

„Seid Ihr zu einer Entscheidung gelangt?", fragte Mr. Hughes.

Die sieben nickten, und einer, ein Ladenbesitzer, der anscheinend zum Sprecher auserwählt worden war, sagte: „Ja, Sir. Wir haben entschieden, dass Tom Pratt das Opfer eines vorsätzlichen Totschlags durch eine oder mehrere unbekannte Personen geworden ist."

11

In dem Mr. und Mrs. Pickett
verschiedene Ermittlungsansätze verfolgen

Ich muss sagen, es klingt alles ziemlich enttäuschend",
sagte Lady Runyon mit einem Seufzer, als sie über den
Dorfanger zurückgingen. Sie war, nachdem sie sich um
das jüngste Kind der Pratts gekümmert hatte, nicht wieder
zu der Verhandlung zurückgekehrt, und daher war es
Aufgabe ihres Mannes und ihrer Tochter gewesen, ihr von
den Aussagen, die sie verpasst hatte, zu berichten, ebenso
wie von der Entscheidung der Jury. „Mir scheint, dass wir
nicht mehr wissen als zuvor. Wie geht es weiter?"

Sir Thaddeus rieb sich die Seite seiner Nase, als er
über die Frage nachdachte. „Nachdem sie all diese Kinder
versorgen muss, ist es unwahrscheinlich, dass die arme
Martha Pratt die Kosten einer Ermittlung tragen kann. Ich
nehme an, dass es ganz von Buckleigh abhängen wird, und
ich fürchte, dass der Tod eines Stallmeisters für ihn nicht

so wichtig sein wird, da er gerade von seinen Flitterwochen zurückgekommen ist. Ich schätze, in zwei Wochen wird die ganze Sache vergessen sein."

„Ähm, vielleicht nicht", sagte Pickett.

Sir Thaddeus warf seinem Schwiegersohn einen scharfen Blick zu. „Was meint Ihr damit?"

„Ich sagte Lord Buckleigh bereits, dass ich Tom Pratts Tod gern untersuchen würde. Er schien keine Einwände zu haben, also…" Er zuckte mit den Schultern.

„Warum solltet Ihr so etwas tun?", fragte der Squire. „Buckleigh ist vielleicht gerade von seinen Flitterwochen zurückgekehrt, aber Ihr seid noch immer auf Hochzeitsreise, bei Gott."

„Ja, und der Ermordete stand bei der Familie meiner Frau im Dienst", betonte Pickett. „Unter diesen Umständen schien es das Mindeste, was ich tun konnte."

Sir Thaddeus betrachtete seinen Schwiegersohn in einer Weise, die fast Anerkennung auszudrücken schien. „Ich bin Euch sehr verbunden, Mr. Pickett."

„Was wird jetzt mit der Familie des Mannes geschehen?" Pickett fragte. „Mit Mrs. Pratt und den Kindern, meine ich?"

Sir Thaddeus seufzte. „Ich schätze, ich werde der Witwe des Mannes eine Art Rente zukommen lassen, oder dem ältesten Jungen einen Platz im Stall anbieten. In keinem Fall wird es auch nur annähernd so viel sein wie der Lohn des armen Tom – ganz zu schweigen von dem Geld, was der Kerl zu erwarten schien."

„Ich werde Martha Pratt heute Nachmittag einen Korb bringen", verkündete Lady Runyon in der Manier einer großzügigen Herrin und ließ den pragmatischen Pickett sich fragen, wie lange sie erwartete, dass diese milde Gabe reichen werde, da sie dazu dienen würde, nicht weniger als sechs Münder zu füttern. „Julia, würdest du mich gern begleiten?"

„Ja, danke, Mama", sagte Julia und tauschte einen vielsagenden Blick mit ihrem Mann. „John, wenn du keine Einwände hast …?"

„Überhaupt keine", versicherte Pickett ihr. „Ich bin sicher, dass ich etwas finden kann, um mir die Zeit zu vertreiben."

Tatsächlich wusste er bereits genau, was er zu tun beabsichtigte, und wünschte sich nur, er hätte es vierundzwanzig oder sogar achtundvierzig Stunden früher tun können. Und so, als Julia und ihre Mutter sich auf den Weg zum Haus der Pratts gemacht hatten, zog er wieder seinen alten braunen Sergerock und seine eigenen robusten Laufschuhe an (und dachte dabei darüber nach, dass er seit der Einführung in die Familie seiner Frau übermäßig viel Zeit damit zu verbringen schien, seine Kleidung zu wechseln) und machte sich auf den Weg in das Haus des Wildhüters, das er am Tag der Entdeckung so überstürzt hatte verlassen müssen.

An diesem Tag stieg kein Rauch aus dem Schornstein und es gab auch kein anderes Lebenszeichen. Mit einem wachsenden Gefühl der Vorahnung klopfte er an die Tür und, als er keine Antwort erhielt, drehte den Knopf und stellte fest, dass sich die Tür von seiner Hand öffnen ließ. Es war, dachte er, fast so, als wollte jemand ihn hineinkommen lassen.

„Hallo?", rief er in die Stille. „Ist da jemand?"

Es gab keine Antwort, nicht einmal das gedämpfte Geräusch einer Bewegung im Dachboden oben, das er bei dieser vorherigen Gelegenheit gehört hatte. Wie zuvor bewaffnete er sich mit dem Feuerhaken vom Kamin – es wäre absolut nicht angegangen, eine Pistole auf die Hochzeitsreise mitzunehmen – und ging die Treppe hoch.

Diesmal gab es keine Unterbrechung, weder von Major Pennington noch von sonst jemandem. Er erreichte das Ende der Treppe und fand sich in einem Raum, der sehr rudimentär als Schlafkammer eingerichtet war. Vor dem einzigen Fenster hing ein Vorhang aus verblasstem Musselin und zwischen den Traufen hatte man ein altes, eisernes Bettgestell mit einer dünnen Matratze aufgebaut. Ein gerissener, fleckiger Spiegel hing an einem in die Wand geschlagenen Nagel und darunter standen ein Krug und eine Schüssel aus angeschlagenem Porzellan auf einem wackeligen Waschtisch. Die Einrichtung war alles andere als luxuriös, doch das Häuschen enthielt alles, was zu einem längeren Aufenthalt notwendig war.

Alles, hieß das, außer der Person, die noch zwei Tage zuvor hier gelebt hatte. Wer auch immer es war – und Pickett hatte seinen eigenen Verdacht über diesen Punkt – war ausgezogen, hatte alle persönlichen Gegenstände, die einen Rückschluss auf die Identität dieses kürzlichen Bewohners zugelassen hätten, entfernt. Mit einem enttäuschten Seufzer ging Pickett durch den Dachboden zum Fenster und schob den Vorhang beiseite. Aus dieser Höhe konnte er über die Hügel schauen, über die er am Sonntagnachmittag mit Julia und ihrem Vater geritten war. In der Nähe, nahe der Vorderseite des Häuschens, bemerkte er einen Baum mit einem tief hängenden Ast, unter dem der zertretene Boden Zeichen von kürzlich dort trampelnden Pferdehufen zeigte.

Er wandte sich vom Fenster ab und ließ den Vorhang fallen, hielt dann aber abrupt inne. Direkt, bevor der verblasste Musselin die Sonne wieder ausgesperrt hatte, war ihm ein kurzes Aufblitzen von Licht in den Dielen aufgefallen. Ohne sich wieder zum Fenster herumzudrehen, streckte er den Arm hinter sich aus und hob den Vorhang wieder. Sonnenlicht fiel über die geschrubbten Dielen und dort, nahe der Treppe, glänzte ein winziger Lichtfunken. Er hielt seinen Blick fest auf diese Stelle gerichtet, um sie nicht zu verlieren, dann ließ er den

Vorhang los und ging langsam durch den Raum, bis er fand, was ihm beim ersten Betreten des Dachbodens entgangen war. Er bückte sich und hob ein kleines metallisches Objekt auf, das zwischen die Dielen gefallen war. Es war ein einzelner goldener Ohrring, an dem eine Perle baumelte. Er ließ sie in seiner Handfläche von einer Seite zur anderen rollen und schaute zu, als das Licht vom Fenster sich im Golddraht spiegelte.

„Ich könnte mich irren", sagte er in die Stille, „doch ich glaube nicht, dass der Lohn eines Wildhüters für Perlen reicht."

* * *

Julia und ihre Mutter luden Lady Runyons Korb auf den Sitz des Dogcarts des Squires und brachen zu Tom Pratts Häuschen auf. Als sie ankamen, fanden sie Mrs. Pratt angespannt und müde aussehend vor – kein Wunder, dachte Julia, nach dem, was sie in den letzten drei Tagen durchgemacht hatte.

„Das ist sehr gütig von Euch, Mylady", sagte Martha zu Lady Runyon und nahm den angebotenen Korb an. „Möchtet Ihr nicht eintreten?"

Weder Julia noch ihre Mutter wollten der Frau zu einem solchen Zeitpunkt lästig fallen, aber ihre angebotene Gastfreundschaft abzulehnen hätte beleidigend wirken können, als ob sie sich zu gut für ihre Gesellschaft hielten. Sie betraten das bescheidene Heim und setzten sich auf die

Stühle, die Mrs. Pratt ihnen anbot. Das Fehlen der Kinder fiel auf und Martha Pratt erklärte, dass sie oben wären und ihr Mittagsschläfchen hielten.

„Ich habe Euch noch nicht für Eure Hilfe bei der Untersuchung gedankt, Mylady", fuhr die Witwe fort, als sie saßen.

„Das war doch kein Problem", versicherte Lady Runyon ihr. „Ich war froh, helfen zu können."

„Meine Sally ist sonst nicht so weinerlich", sagte Mrs. Pratt entschuldigend. „Ich kann nicht verstehen, was in sie gefahren war."

„Kinder scheinen es zu spüren, wenn Ihre Eltern verzweifelt sind", bemerkte Lady Runyon und fügte dann mit einem Lächeln hinzu: „Außerdem scheinen sie instinktiv zu wissen, wann sie still und leise sein müssten und tun dann das genaue Gegenteil."

„Oh ja", stimmte Mrs. Pratt zu, deren Gesicht sich etwas aufhellte. „Wenn ich an einige Dinge denke, die meine in der Kirche veranstaltet haben, wundere ich mich, dass Mr. Pennington uns nicht schon vor die Tür gesetzt hat."

Dem folgte eine Reihe von Erinnerungen an die verschiedenen Nachkömmlinge und ihre Missetaten und Julia, obwohl sie sich an dem Gespräch nicht beteiligen konnte, musste bewundern, wie ihre Mutter Gemein-samkeiten zwischen zwei Frauen so völlig unterschiedlichen Standes fand. Als die Unterhaltung jedoch so weiterging, begann sie sich wie eine Außenseiterin zu fühlen. Ihre Mutter und Mrs. Pratt gehörten trotz aller Verschiedenheit zu einer Schwesternschaft, an der sie nie würde teilhaben können. Als jetzt Mrs. Pratt all ihre Ängste über die Zukunft ihrer Kinder in das mitfühlende Ohr ihrer Mutter goss, konnte Julia nicht umhin, von der Ungerechtigkeit des Ganzen erschüttert zu sein. Hier war Martha Pratt, die fünf Kinder zu füttern, aber keinerlei sichtbaren Einkünfte hatte, während sie, Julia Pickett, vierhundert Pfund pro Jahr hatte, mit denen sie für ein Kind hätte sorgen können, und nicht einmal eines haben durfte.

„Und das Schlimmste", schloss die Witwe Pratt, „ist, dass sie vielleicht nie erfahren werden, was mit ihrem Papa passiert ist. Wer auch immer meinen armen Tom getötet hat, muss vielleicht nie für sein Verbrechen bezahlen."

„Da wäre ich mir nicht so sicher", meldete sich Julia schließlich. „Mr. Pickett ist sehr gut bei seiner Arbeit, daher glaube ich, dass es durchaus eine Chance gibt, dass er herausfinden kann, wer Eurem Mann so etwas Schreckliches angetan hat."

Die Reaktion der Witwe war nicht so, wie sie sich erhofft hatte. „Ich hoffe, Euer Mann wird gut auf sich aufpassen", sagte sie zweifelnd. „Wir haben alle gesehen, wozu dieser Kerl fähig ist."

Das war eine unglückliche Bemerkung. Zum ersten Mal fragte sich Julia, ob es ein Fehler ihres Mannes gewesen war, sein Interesse an diesem Fall bekannt werden zu lassen. Wenn der Mörder von seinen Ermittlungen erführe, würde er den Bow Street Läufer wegen seiner Jugend nicht weiter beachten (wie andere es zu ihrem eigenen Schaden getan hatten), oder würde er sich gezwungen fühlen, eine potenzielle Bedrohung auszuschalten? Das Bild von Toms totem Gesicht mit seinen starren Augen und dem durchgeschnittenen Hals tauchte vor Julias innerem Auge auf, und sie hatte eine plötzliche und schreckliche Vision, dass ihren eigenen Ehemann das gleiche Schicksal ereilen könnte. Galle stieg ihre Kehle hoch und sie erhob sich.

„Bitte – bitte, entschuldigt mich", stammelte sie und rannte fast aus dem Raum.

Vor dem Haus ging sie in dem winzigen Garten auf und ab, holte tief, aber unregelmäßig Luft und dachte über ihre Möglichkeiten nach. Wieder einmal wurde ihr klar, dass der Beruf ihres Mannes durchaus gefährlich war. Doch sein gegenwärtiges Unterfangen, erinnerte sie sich, hatte nichts mit einer Verpflichtung gegenüber seinem Richter, Mr. Colquhoun, oder auch dem König zu tun, dessen Frieden zu wahren er beauftragt war. Stattdessen war es eine freiwillig übernommene Verpflichtung.

Würde sie ihn überreden können, sie aufzugeben? Sie

fürchtete, nicht, denn außer, dass er die Anerkennung ihrer Eltern verdienen wollte, schien er sich verpflichtet zu fühlen, ihrem Diener Gerechtigkeit zu verschaffen.

Wenn sie ihn nicht überreden könnte, wäre es vielleicht möglich, ihn dazu zu verführen, die Idee aufzugeben? Dieser Ansatz mochte wirksamer sein und sicher viel angenehmer in der Ausführung, ohne Rücksicht auf das Ergebnis. Trotzdem war die Tatsache, dass sie im Hause ihrer Eltern wohnten, zweifellos problematisch für eine solche Strategie. Nein, sie würde ihre Argumente auf Worte beschränken müssen und sie gab zu, dass das vermutlich seine Meinung nicht ändern würde. Er war nicht als Gentleman geboren, verfügte aber über seine eigene Vorstellung von Ehre, und würde sich daher mit nichts anderem zufriedengeben. Sie lächelte ein wenig bei dem Gedanken und räumte ein, dass sie ihn nicht hätte ändern wollen, selbst wenn sie dies vermocht hätte.

Langsam wurde sie sich einen leisen, jämmerlichen Lauts bewusst und ihr wurde klar, dass sie nicht allein war. Sie schaute sich suchend nach seiner Quelle um und sah einen kleinen Jungen zusammengerollt hinter einem neben der Haustür wachsenden Busch liegen.

„Verzeih mir", sagte sie. „Ich habe dich hier nicht gesehen."

Der Junge antwortete nicht, schniefte aber laut und wischte sich die Nase am Ärmel ab.

„War Tom Pratt dein Papa?" Sie kannte die Antwort, als sie die Frage stellte, denn der Junge hatte eine bemerkenswerte Ähnlichkeit mit seiner Mutter.

„Ja, M'lady."

Julia setzte sich auf die Stufe vor der Eingangstür. „Oh, ich bin keine Lady, nicht mehr. Ich bin eine ‚Missus', genau wie deine Mama." In ernsterem Ton fügte sie hinzu: „Es tut mir leid, was mit deinem Papa geschehen ist. Ich weiß, dass du ihn vermissen musst."

Der Junge nickte traurig. „Ja, ich vermisse ihn, aber er vermisst mich nicht. Er hat mich gehasst, wisst Ihr."

Julia war von dieser Aussage ziemlich überrascht, erholte sich aber schnell. „Er hasste einen feinen, großen Jungen wie dich? Wie konnte er das tun?"

„Es ist wahr", beharrte der Junge, aber er kroch hinter dem Busch hervor und setzte sich neben sie auf die Treppe, was sie als gutes Zeichen betrachtete. „Er hat mich angeschrien. Das war, als ich ihn zum letzten Mal gesehen habe", fügte er hinzu und eine dicke Träne rollte seine runde, weiche Wange hinunter.

Sie legte tröstend einen Arm um die dünnen Schultern des Jungen. „Er hat dich vielleicht angeschrien, aber das heißt nicht, dass er dich gehasst hat. Ich nehme an, es scheint sehr unfair zu sein, aber manchmal sind Eltern aus Gründen, die nichts mit den Kindern selbst zu tun haben, böse und unzufrieden."

Das Kind schüttelte den Kopf. „Papa war nicht böse oder unzufrieden. Er war glücklich und sagte, wir würden reich werden."

Julia erinnerte sich an bestimmte Aussagen, die bei der Untersuchung an diesem Morgen gemacht worden waren, und fragte sich, ob das Kind möglicherweise auf etwas gestoßen war, das Licht auf den Tod seines Vaters werfen könnte. Sicher hätte Tom das Kind angefahren, wenn es unwissentlich etwas getan hätte, was den neuerworbenen Reichtum des Mannes hätte gefährden können. „Reich? Das muss deinen Vater wirklich sehr glücklich gemacht haben!"

Der Junge nickte. „Ja, Ma'am, an den meisten Tagen war er das. Aber dann kam ich in sein und Mamas Zimmer, um ihn zum Essen zu holen, und er schrie mich an. Sagte mir, ich sollte verschwinden."

„Wie seltsam", murmelte Julia. „Was hat er gemacht, als du ihn holen kamst?"

„Nichts, jedenfalls nichts, das ich hätte sehen können. Er stand nur über den Rost gebeugt, als hätte er gerade etwas ins Feuer gelegt."

Eine Verkaufsquittung oder ein Erpressungs-schreiben... Die Worte ihres Mannes bei der Untersuchung fielen ihr wieder ein. Wenn dieses Kind, wie unschuldsvoll auch immer, seinen Vater dabei unterbrochen hatte, wie er etwas Belastendes verbrannte, konnte das sicher zu bösen Worten geführt haben.

„Das war es also", erklärte sie selbstsicher. „Er kann nicht böse auf dich gewesen sein, denn du hast ja nichts getan, und er auch nicht, um eine solche Reaktion hervorzurufen. Verlass dich darauf, er hat nur an seinen neuen Reichtum gedacht und wie er ihn am besten ausgeben könnte. Sollte er etwas Schönes kaufen oder es für etwas verwenden, das die Familie brauchte?"

„Er war gerade mit einer neuen Haube für Mama nach Hause gekommen", warf der Junge ein.

„War das die, die sie heute Morgen trug? Sie fiel mir auf, und ich dachte, wie hübsch sie darin aussieht. Aber was, wenn er, nachdem er ein Geschenk für deine Mutter gekauft hatte, entdeckte, dass zum Beispiel einer der Fensterläden ersetzt oder der Kamin gesäubert werden müsste? Ich kann dir versichern, solche Dinge passieren immer zum schlimmstmöglichen Zeitpunkt."

„Ihr meint, Papa könnte sich deshalb Sorgen gemacht und gewünscht haben, dass er das Geld nicht ausgegeben hätte?"

„Sehr wahrscheinlich, denn Erwachsene machen sich über die dümmsten Dinge Sorgen, weißt du. Schau, deine Mama kommt wahrscheinlich halb um vor Sorge darüber, wo du in diesem Moment sein könntest, wo doch jeder sehen kann, dass du recht sicher hier bei mir sitzt!"

Er blickte ziemlich schuldbewusst hinter sich zur

Rückseite des Hauses, was Julia annehmen ließ, dass er durch die Hintertür entwischt war.

„Ich möchte nicht, dass Mama sich Sorgen macht", sagte er.

„Nein, gar nicht! Wenn ich du wäre, würde ich in mein Bett zurückkehren und nicht weiter über die harten Worte deines Vaters nachdenken. Denke lieber an die schönen Zeiten, die ihr zusammen hattet."

„Ja, Ma'am." Der Junge stand auf und beugte sich nach einem Moment ungeschickten Zögerns vor und drückte ihr einen nassen, schallenden Kuss auf die Wange. „Vielen Dank, Missus."

„Gern geschehen."

Julia blieb im Garten, bis sie annahm, dass der Junge wieder sicher in seinem Zimmer sein musste, und betrat dann wieder das Häuschen, wo sie feststellte, dass ihre Mutter und Mrs. Pratt das Thema Mutterschaft noch nicht erschöpfend behandelt hatten. Lady Runyon schaute beim Eintreten ihrer Tochter auf und etwas in Julias Gesicht ließ sie sich erheben. „Ich fürchte, wir haben Eure Gastfreundschaft schon viel zu lange in Anspruch genommen, Mrs. Pratt. Ich werde von Zeit zu Zeit vorbeischauen, um zu sehen, wie es Euch und den Kindern geht."

„Wir kommen schon zurecht, Mylady", sagte die Witwe. „Es wird nicht einfach, ich weiß, fünf Mäuler zu stopfen, aber es kann mir nicht leidtun, die Kinder zu haben. Tom ist weg, aber zumindest habe ich etwas, das mich an ihn erinnert."

Julia und ihre Mutter verabschiedeten sich und bestiegen den Dogcart für die Rückfahrt nach Runyon Hall.

„Julia, meine Liebe, stimmt etwas nicht? Bist du krank?"

Julia schüttelte den Kopf. „Nein, Mama. Das heißt, ich fühlte mich für einen Moment nicht gut, aber jetzt habe ich mich ziemlich erholt."

Ihre Genesung erlitt einen Rückschlag, als sie das Haus erreichten und entdeckten, dass Pickett einen Spaziergang gemacht hatte, von dem er noch nicht zurückgekehrt war. Julia sagte sich, dass sie nur ungeduldig wäre, ihm über ihre Unterhaltung mit dem Pratt-Jungen zu berichten, aber tief in ihrem Herzen wusste sie es besser. *Ich hoffe, Euer Mann wird gut auf sich aufpassen... Wir wissen gesehen, wozu dieser Kerl fähig ist...* Martha Pratts Worte hallten in ihrem Kopf wider und wurden nicht vollständig zum Schweigen gebracht, selbst als Pickett eine halbe Stunde später den Kiesweg heraufkam. Jedoch dauerte es bis nach dem Abendessen, als sie sich in ihr Zimmer zurückzogen und eine vertrauliche Unterhaltung führen konnten.

„Ich hoffe, du hast dich heute Nachmittag nicht allzu sehr gelangweilt, weil du dir selbst überlassen wurdest, während ich mit Mama fort war", sagte Julia entschuldigend. „Was hast du mit dir angefangen?"

Pickett zuckte die Achseln. „Oh, dies und jenes", sagte er vage, nahm dann den Rock zur Hand, den er abgelegt hatte, und nahm etwas aus der inneren Brusttasche. „Sag mir, Mylady, erkennst du das?"

Sie schaute auf den goldenen Perlenohrring auf seiner Handfläche. „Aber ja, natürlich! Er hat meiner Schwester gehört. Hast du ihn oben gefunden?"

„Sozusagen."

„Ich gestehe, ich bin überrascht. Papa hat dieses Paar Claudia zu ihrem achtzehnten Geburtstag geschenkt. Ich hatte angenommen, sie hätte sie mitgenommen, als sie Lord Buckleigh heiratete. Willst du ihn Mama geben? Ich frage mich, ob sie sich darüber freuen oder gekränkt sein wird, dass Claudia sie nicht für wert fand, sie mit in ihr neues Zuhause zu nehmen."

„Ich wäre dir dankbar, wenn du noch nichts zu deiner Mutter darüber sagen würdest", sagte Pickett.

Julia betrachtete ihn mit einem verwirrten Stirnrunzeln und war sich bewusst, dass hinter dieser einfachen Bitte mehr stand, als er zugab. „Sicher, wenn es das ist, was du wünschst."

„Aber erzähle mir von eurem Besuch bei Mrs. Pratt", drängte er. „Hast du etwas Interessantes entdeckt?"

Sie war sich sehr wohl bewusst, dass er versuchte, das

Thema zu wechseln, aber da sie tatsächlich etwas Interessantes entdeckt hatte, war sie bereit, ihm seinen Willen zu lassen, wenn auch nicht, ohne ihn einen Preis zahlen zu lassen. Absichtlich langsam setzte sie sich an den Frisiertisch und begann, sich die Nadeln aus dem Haar zu ziehen.

„Ich denke, du könntest recht gehabt haben, als du vermutetest, Tom hätte vielleicht mit einer Erpressung zu tun gehabt", sagte sie und schaute zu seinem Spiegelbild. Kurz beschrieb sie ihre Begegnung mit dem Pratt-Jungen, einschließlich der Überzeugung, dass sein Vater ihn gehasst hätte und wie er zu diesem Schluss gekommen war.

„Und Tom war dabei, etwas zu verbrennen?", fragte Pickett scharf und lenkte seine Aufmerksamkeit von dem Anblick goldener Locken ab, die über nackte weiße Schultern fielen. „Hat der Junge gesagt – *woher* es kam?"

„Nein, denn er hat nicht eigentlich gesehen, dass sein Vater etwas ins Feuer gelegt hat", erinnerte sie ihn. „Nur, dass er sich vorgebeugt hätte, als wäre er dabei unterbrochen worden. Aber welchen Grund könnte jemand haben, einen Stallmeister zu erpressen?"

„Ich glaube, das musst du andersherum sehen, Mylady. Ich glaube, dass Tom der Erpresser war."

Sie sträubte sich gegen diese Beschuldigung. „Man denkt nicht gern, dass jemand, den man kennt, so etwas tun könnte."

„Man denkt auch nicht gern daran, dass jemand, den man kennt, ermordet werden könnte, aber es passiert – wie gerade du wissen solltest. Und wie gut kanntest du Tom Pratt wirklich? Was könnte jemand deines Standes wirklich über sein Leben wissen oder darüber, welche Dämonen ihn getrieben haben könnten?"

„Ja", sagte sie langsam und räumte den Punkt ein. „Ja, ich verstehe, was du meinst. Und der Brief, oder was auch immer Tom verbrannt hat?"

Pickett dachte über die Frage nach. „Es hätte eine Antwort seines Opfers sein können, die ihm sagte, was er mit seiner Drohung tun könnte, aber angesichts dessen, was später geschah, halte ich es für wahrscheinlicher, dass das Opfer seinen Forderungen zustimmte und anbot, ihn an einem bestimmten Ort und Zeitpunkt zu treffen. Und wir wissen beide, was mit Tom geschah, als er dort ankam."

Sie schauderte bei der Erinnerung, einer unwill-kürlichen Bewegung, die Picketts Konzentrationsfähigkeit keineswegs verbesserte. „Armer Tom! Wenn er tatsächlich so etwas getan hat, war es natürlich sehr falsch, aber ich kann nicht anders, als ein bisschen Mitleid mit ihm zu haben, weil seine Träume von Wohlstand für seine Familie so katastrophal schiefgingen. Was auch immer er entdeckt hatte, jemand wollte unbedingt, dass es ein Geheimnis bleibt."

„Ja, was uns zur nächsten Frage bringt: Mit welcher Person oder mit welchen Personen könnte Tom in Kontakt gekommen sein, die Geheimnisse haben könnten, die es wert wären, dafür zu zahlen oder – zu töten? Ich denke, wir können den Stallburschen deines Vaters, Will, als Verdächtigen beiseitelassen, denn es ist unwahrscheinlich, dass er über Geld verfügt, das einen Erpresser in Versuchung führen könnte." Als er den bestürzten Ausdruck auf ihrem Gesicht sah, fügte er sanfter hinzu: „Mylady? Julia, was denkst du denn?"

„Papa fährt zweimal im Jahr nach London. Er nennt sie Geschäftsreisen, aber Mama sagt, sie sind eigentlich für – für Liebesdinge." Als sie ihn verständnisvoll nicken sah, rief sie aus: „John! Du wusstest es?"

„Ich habe es gewusst, seit ich Lord Fieldhursts Mord untersucht habe. Dein Vater kam zu deiner Rettung herbeigeeilt, lange bevor ihn in Somersetshire die Nachricht hätte erreichen können. Als ich ihn mit der Diskrepanz konfrontierte, gab er zu, dass er bereits in London gewesen war und was ihn dorthin gebracht hatte. Aber", fügte er schnell hinzu, „wenn du denkst, Tom hätte ihn deshalb erpresst und wäre wegen seiner Bemühungen ermordet worden, lassen mich dich beruhigen. Wenn deine Mutter, wie du sagst, bereits von seinen Aktivitäten in der Hauptstadt wusste, fällt die Erpressungstheorie in sich zusammen. Warum sollte dein Vater bezahlen, um ein Geheimnis zu bewahren, das seine Frau bereits kannte?"

„Ja, aber er weiß nicht, dass sie es weiß." Julia zog ihre Schuhe aus, hob den Saum ihres Kleides bis über die Knie, löste ihre Strumpfbänder und begann, ihre Strümpfe auszuziehen.

„Vielleicht nicht", sagte Pickett und beobachtete diese Operation mit Interesse, „aber wenn sie weiß, dass er nicht weiß, dass sie es weiß, dann – dann – dann –"

„Dann was?", drängte sie ihn zum Weitersprechen.

„Egal", sagte er und zog sie heftig in die Arme.

„Auf jeden Fall", fuhr sie ein wenig atemlos fort, als sie überhaupt wieder sprechen konnte, „es scheint, dass Papa wusste, dass *du* es wusstest, also muss das allein ausreichen, um ihn auszuschließen."

Pickett hätte am liebsten Sir Thaddeus, Lady Runyon und eigentlich die gesamte Einwohnerschaft von Norwood Green zum Teufel geschickt, aber fürchtete, dass seine Frau für weitere Annäherungsversuche nicht empfänglich sein würde, bis sie nicht gesagt hatte, was ihr auf dem Herzen lag.

„Abgesehen von dem, was ein Erpresserschreiben gewesen sein könnte oder auch nicht", sagte er, „hast du sonst irgendetwas im Haus der Pratts festgestellt?"

„Nun, ich hoffe, ich konnte den kleinen Pratt-Jungen über die Zuneigung seines Vaters beruhigen", sagte sie und lächelte bei der Erinnerung. „In der Tat glaube ich, dass es mir gelungen sein muss, denn ich habe einen Kuss auf die Wange für meine Mühen erhalten."

Pickett musterte sie mit gespielter Strenge. „Und du meinst, Zeugen zu küssen wäre eine annehmbare Methode, um eine Untersuchung durchzuführen? Ich sehe, dass ich dich in Zukunft besser im Auge behalten muss."

„Ich habe keinen Zeugen geküsst; Ich wurde *von* einem Zeugen geküsst", gab sie neckend zurück. „Wirklich, John, sag mir nicht, dass du vorhast, *diese* Art von Ehemann zu werden! Wenn doch gerade du unter allen Menschen wissen musst, dass ich eine entschiedene Vorliebe für jüngere Männer habe."

Es war genau so, wie sie vermutet hatte: Verführung war unendlich angenehmer als Streit, obwohl sie sich selbst nicht über ihre Wirksamkeit täuschte. Sie nahm an, dass sie erleichtert sein sollte, dass er anscheinend nicht glaubte, dass ihr Vater in Toms Tod verwickelt war. Ob es nun die Erinnerung an die Worte ihrer Mutter bezüglich der Pflicht einer Ehefrau war, dafür zu sorgen, dass die Bedürfnisse ihres Mannes erfüllt wurden, oder der Besuch bei der vaterlosen Familie Pratt, Julia lag bis spät in die Nacht wach und dachte an die Kinder, die sie und ihr Ehemann nie haben würden.

Etwas, das mich an ihn erinnert... Als er schlafend in ihren Armen lag, fuhr sie mit ihren Fingern durch seine zerzausten braunen Locken und fand die kleine Stelle auf seiner Kopfhaut, an der die Haare gerade erst nachwuchsen. Dies, zusammen mit den gelegentlichen Kopfschmerzen, war alles, was von dem Angriff auf ihn vor dem Drury Lane Theater übrig geblieben war.

Aber was, wenn der nächste Anschlag auf sein Leben erfolgreich wäre? Das einzige, was einen solchen Verlust erträglich machen könnte, wäre, einen Teil von ihm zu behalten – nicht ein Haarlocke (eine solche besaß sie bereits, denn der Arzt hatte ihr erlaubt, die Haare zu behalten, die er an der Wunde abgeschnitten hatte), sondern ein lebendiges, atmendes Stück seiner selbst, das sie lieben durfte. Es wäre das Einzige, was ihre Trauer lindern könnte – und das einzige, wovon sie wusste, dass sie es nie haben würde.

Es gäbe einen anderen Weg, sicher, doch das Kind, das so entstünde, würde kein Stück ihrer selbst enthalten. Würde sie unter solchen Bedingungen Mutter werden wollen? Könnte sie ein solches Kind um seines Vaters willen lieben, oder könnte sie es nicht anschauen, ohne nach einem Zeichen der Frau zu suchen, die es geboren hatte?

Du machst dir völlig unnötige Sorgen, schalt sie sich innerlich. Er war vollkommen sicher. Es war doch nicht so, als hätte er noch nie eine Mordermittlung durchgeführt. Und doch schien Mord in der Hauptstadt so anonym;

solche Dinge hätten hier, unter Menschen, die sie kannte, an dem Ort, an dem sie aufgewachsen war, nicht geschehen dürfen.

Sie rutschte dichter an ihren Mann heran und fand Trost in der Wärme seines Atems auf ihrem Gesicht und bei dem Gefühl, wie sein Herz kräftig unter ihrer Hand schlug. Doch als sie die Augen schloss, schwamm Toms Gesicht vor ihren Augen, grausam in seinem Tod.

12

In dem sich John Picketts Vermutungen bestätigen

Der nächste Morgen verging über Tom Pratts Beerdigung, an der Pickett zusammen mit Sir Thaddeus teilnahm. Beim Gottesdienst am Grab ereignete sich nichts, was er nicht mehr oder weniger erwartet hatte. Was seine Untersuchung des Todes des Stallmeisters anbetraf, gab es nur sehr wenig, was Pickett tun konnte, bis er eine Antwort von seinem Richter erhielte. Er wagte es nicht, ohne weitere Bestätigung aufgrund seines Verdachts zu handeln, denn wenn sich herausstellte, dass er sich geirrt hätte, würde ganz Norwood Green ihn für einen rasenden Irren halten.

Julia, die seine Unruhe spürte, obwohl sie den Grund nur erraten konnte, schlug einen Spaziergang vor, auf dem sie Miss Milliken, ihrer früheren Gouvernante den versprochenen Besuch abstatten könnten. Er stimmte bereitwillig zu, denn außer der Tatsache, dass er für seine

Zeit keine nützlichere Verwendung hatte, würde dieser Ausflug es ihm erlauben, den kritischen Blicken seiner Schwiegermutter wenigstens zeitweise zu entgehen. Lady Runyon, als sie von ihren Plänen erfuhr, protestierte nicht gegen den Verlust der Gesellschaft ihres Schwiegersohns, sondern bat ihre Tochter, für sie ein Nadelbriefchen im Dorfladen zu kaufen. Julia versprach es ihr und machte sich mit Pickett im Schlepptau auf den Weg ins Dorf.

In stillschweigendem Einverständnis erwähnten sie die morgendliche Trauerfeier nicht. Stattdessen unterhielt Julia ihn mit einer unaufhörlichen Reihe von Anekdoten aus ihrer Kindheit, in denen Miss Milliken eine Rolle gespielt hatte. Für Pickett war klar, dass zwischen Lehrerin und früherer Schülerin eine tiefe Zuneigung bestand – ein Umstand, der die Begrüßung (wenn man sie so nennen wollte) durch die kleine Gouvernante bei ihrer Ankunft nur umso verblüffender machte. Als das einzige Hausmädchen sie meldete, schoss Miss Milliken, die auf einem mit karmesinrotem Brokat bezogenen Sofa gesessen hatte, auf die Füße, als wäre sie aus einem Katapult abgeschossen worden.

„Meine liebe Julia!", rief die kleine Dame und rang ihr Taschentuch in arthritischen Händen, während ihr Blick nervös über den Raum schweifte. „Und Mr. Pickett. Welche Überraschung, Euch zu sehen!"

„Warum, Millie, wie kannst du das sagen, nachdem

du uns erst vor drei Tagen eingeladen hast, dich zu besuchen?", schimpfte Julia lächelnd. „Hast du uns so schnell vergessen?"

„Natürlich nicht! Das heißt, ich hatte Euch nicht *vergessen*, um genau zu sein, aber ich hatte nicht erwartet, Euch so ... liebe Güte, was ich wieder schwätze! Wollt Ihr Euch nicht – wollt Ihr Euch nicht setzen?"

Sie deutete auf das Sofa, von dem sie sich gerade erhoben hatte, aber mit so offensichtlichem Zögern, dass die Geste komisch hätte wirken können, wenn sie nicht so erstaunlich gewesen wäre.

„Nein, leider nicht", sagte Julia und legte ihre Hand auf Picketts, um ihn aufzuhalten. „Ich sehe, dass wir zu einem schlechten Zeitpunkt gekommen sind. Wir werden an einem anderen Tag wiederkommen – vielleicht morgen oder übermorgen?"

„Nein, nein", beharrte Miss Milliken. „Es ist überhaupt keine schlechte Zeit, nur dass ich schlecht auf Gesellschaft vorbereitet bin, und –"

„Gesellschaft?", rief Julia in spöttischer Empörung. „Sicher kannst du mich doch nicht so bezeichnen, Millie! Doch ich möchte dir keine Umstände bereiten, wenn du es daher vorziehen würdest, dass wir unseren Besuch auf einen anderen Tag verschieben..."

„Ganz und gar nicht, meine Liebe, ich freue mich natürlich, dich zu sehen..."

„Ja, das sehe ich", bemerkte Julia deutlich doppeldeutig.

Am Ende war Miss Milliken, trotz ihrer offensichtlichen Aufregung, so beschämt über ihre eigene Unfreundlichkeit, dass Julia und Pickett genötigt waren, ihre Gastfreundschaft in Anspruch zu nehmen. Sie setzten sich nebeneinander auf das Sofa und erhielten die Tassen mit Tee, den die Gouvernante mit zitternden Händen eingoss.

„Ich nehme an, Ihr wart heute Morgen bei Tom Pratts Beerdigung anwesend, Mr. Pickett", bemerkte Miss Milliken und goss sich selbst eine Tasse ein. „Eine betrübliche Angelegenheit. Sagt, was haltet Ihr davon?"

„Es ist noch zu früh, um etwas zu sagen", wich er aus.

Eine sanfte, kaum spürbare Schwingung über ihren Köpfen war mehr zu spüren als zu hören, als ob jemand auf dem Boden des Zimmers darüber herumginge. Bevor Julia fragen konnte, ob sie andere Besucher hätte, begann Miss Milliken hastig zu sprechen.

„Sehr klug von Euch, Mr. Pickett, denn es ist gefährlich, voreilige Schlüsse zu ziehen." Sie hob ihre Stimme zu einer Lautstärke, die Julia sich hätte fragen lassen müssen, ob ihre frühere Lehrerin ihr Gehör verlöre, wenn diese scheinbare Behinderung nicht völlig gefehlt hätte, als sie sich erst drei Tage zuvor vor der Kirche begegnet waren. Angesichts der Plötzlichkeit dieser

Erscheinung vermutete Julia, dass Miss Milliken auch das schwache Geräusch von oben gehört hatte und versuchte, es zu übertönen – oder vielleicht ihren geheimnisvollen Gast zu warnen, dass sie nicht allein war. Arme Millie! Ihre vergeblichen Bemühungen wären vielleicht erheiternd gewesen, wenn sie nicht so offensichtlich verzweifelt gewesen wäre.

Julia beschloss, sich ihrer zu erbarmen. Sie stellte ihre Tasse wieder auf die Untertasse und besann sich auf die Besorgung, die sie ihrer Mutter versprochen hatte. Pickett folgte ihrem Hinweis und infolgedessen verließen sie das Haus kaum mehr als fünf Minuten, nachdem sie es betreten hatten.

„Nun!", rief Julia, nachdem die Tür sich hinter ihnen geschlossen hatte. „Was hältst du davon?"

„Ich würde sagen, deine Miss Milliken war überhaupt nicht erfreut, uns zu sehen", sagte Pickett. „In der Tat glaube ich, dass sie uns nicht einmal hereingelassen hätte, wenn ihr dafür eine Ausrede eingefallen wäre."

„Ja, in der Tat, und das sieht ihr überhaupt nicht ähnlich! In der Tat", fügte Julia hinzu, ihre Augen verengen sich misstrauisch, „wenn es jemand anders als Millie wäre, würde ich sagen, dass sie ihren Geliebten im Obergeschoss versteckt."

„Oder den eines anderen", warf Pickett kryptisch ein.

„Wie bitte?"

Er schüttelte den Kopf. „Nicht so wichtig."

Sie sprachen als Nächstes im Dorfladen vor, um die Nadeln zu kaufen, die Lady Runyon wünschte, nachdem es ihnen nicht gelungen war, zu einer zufriedenstellenden Begründung für Miss Millikens seltsames Verhalten zu gelangen. Julia suchte ein Nadelbriefchen aus und wollte es zur Theke mitnehmen, als sie von einer anderen Kundin angesprochen wurde.

„Ihr seid – Miss Julia – Sir Thaddeus zweite Tochter, nicht wahr?"

Als Julia sich umdrehte, sah Julia eine stämmige Frau in einem mit Bändern geschmückten, weißen Musselinkleid, das sich besser für ein Mädchen im Schulzimmer als für eine Frau von mindestens vierzig Jahren geeignet hätte. Gerade, als ihr einfiel, dass sie diese Frau neben Lady Buckleigh bei der Untersuchung hatte sitzen sehen, bemerkte sie Lord Buckleighs junge Frau, die sich hinter ihre Mutter duckte und heftig errötete, als sie ihre verängstigten Augen zu Julia hob. Da Julia sich an die Worte ihrer Mutter über die Familie der neuen Lady Buckleigh erinnerte, erbarmte sie sich des Mädchens und putzte die vulgäre Person nicht so herunter, wie sie es verdient gehabt hätte.

„Ja, ich bin Mrs. John Pickett, Sir Thaddeus' jüngere Tochter", sagte Julia, mit erhobenem Kopf und leicht hochgezogenen Augenbrauen. „Ich fürchte, ich hatte noch nicht das Vergnügen, Mrs. …?"

Leider war Lord Buckleighs neue Schwiegermutter für dezente Hinweise nicht empfänglich. Sie ergriff Julias Hand und schüttelte sie herzlich. „Mrs. Gubbins, Ma'am, Edna Gubbins. Das ist hier meine Tochter Betty, Lady Buckleigh."

„Lady Buckleigh." Julia knickste leicht und empfand eher Mitleid für das Mädchen, das so wenig dazu geeignet war, den Platz ihrer Schwester einzunehmen. „Natürlich erinnere ich mich daran, Euch beim Diner Mrs. Brantleys kennengelernt zu haben, obwohl wir keine Gelegenheit zu mehr als einer Begrüßung hatten. Wie geht es Euch?"

„Meine Betty sagt, Eure arme Schwester wäre die erste Lady Buckleigh gewesen", sagte Mrs. Gubbins, bevor ihre Tochter antworten konnte.

„Kaum die Erste, Mama", protestierte die jetzige Inhaberin des Titels. „Die Baronie existiert seit Jahrhunderten."

„Ja, na ja, Mrs. Pickett wird wissen, was ich meine, denn sie war früher selbst eine Lady, wie ich gehört habe", fuhr Mrs. Gubbins unbeeindruckt fort. „Und wir hatten alle gedacht, dass seine Lordschaft nie wieder heiraten würde, nachdem es ihm das Herz gebrochen hatte! Wohlgemerkt, er schlich um meine Betty herum, seit er sie bei einer Gesellschaft in Wells letzten September gesehen hatte. Ich hatte befürchtet, er hätte andere Absichten, und davon halte ich gar nichts, und werde es auch nie, ganz gleich, wie hoch so ein Lord die Nase trägt! Ihr hättet mich umpusten können, als er plötzlich eines Tages bei uns vor der Tür auftauchte und Mr. Gubbins um die Hand unseres kleinen Mädchens bat! Ich war so stolz bei dem Gedanken, dass meine Betty ‚Mylady' werden sollte, dass mir fast das Korsett geplatzt wäre!"

Sie lachte herzlich über ihre eigenen Witze und brachte damit das zuvor erwähnte Korsett wieder in Gefahr. „Was Euch angeht" – sie wandte sich zu Pickett und drohte ihm mit einem dicken Finger – „Betty sagte mir, Ihr hättet keine Zeit verloren und direkt vor Mr. Brantleys Nase angeboten, sie zu Tisch zu führen. Gott, ich wette, das hat sie alle umgehauen! Trotz und alledem, es war wirklich rücksichtsvoll von Euch, wo doch mein armes Mädchen sich unter diesen hochgestochenen Leuten so fehl am Platz fühlte und wenn ich mich nicht irre, bessert das meine Meinung über Euch nur."

„Äh, vielen Dank, Ma'am", stotterte Pickett.

„Ja, und darüber hinaus habe ich keinen Zweifel daran, dass mein Mädchen lieber neben einem gut aussehenden jungen Kerl wie Euch gesessen hätte statt neben einem Mann, der alt genug ist, um ihr Vater zu sein – obwohl ich nichts sagen will, denn mein Mr. Gubbins sah seinerzeit auch nicht so schlecht aus, also vielleicht war Mr. Brantley auch ein guter Fang als er noch grün hinter den Ohren war."

Julia, die es an der Zeit fand, die beiden durch diese Rede peinlich berührten Zuhörer aus ihrem jeweiligen Elend zu erlösen, warf Lady Buckleigh einen mitfühlenden Blick zu und musste zu ihrem Kummer feststellen, dass die junge Lady unter ihren Wimpern hervor Pickett scheue Blicke zuwarf.

„Und so besucht Ihr Eure Tochter, jetzt, da sie und Lord Buckleigh von ihrer Hochzeitsreise zurückgekehrt sind", bemerkte Julia. „Sagt, Mrs. Gubbins, wie lange wird sich Norwood Green Eurer Anwesenheit noch erfreuen dürfen?"

„Gottchen, ich weiß nicht – bis meine Tochter sich an das Eheleben gewöhnt hat, schätze ich. Oh, sie weiß, wie man einen Haushalt führt, wohlgemerkt, aber ich kann nicht leugnen, dass unser Haus nie so elegant war wie Buckleigh Manor. Man stelle sich nur vor, das Haus seiner Lordschaft hat vierzig Schlafzimmer! Wie, man könnte einen Monat lang jede Nacht in einem anderen Zimmer schlafen!" Ihr Kichern erstarb abrupt, als sie sich ihrer gegenwärtigen Zuhörerschaft wieder bewusst wurde. „Aber das wisst Ihr natürlich, da ja Eure eigene arme Schwester einmal seine Herrin war."

„Ja, aber das ist lange her", versicherte Julia. „Ich bin sicher, dass alle seine Freunde froh sein müssen, dass Lord Buckleigh eine zweite Chance auf Glück mit Eurer

Tochter gefunden hat."

„Ja, er ist so glücklich, er hat ihr freie Hand bei der Renovierung des Hauses gegeben", warf Mrs. Gubbins ein. „Und da ihr Vater Tuchhändler ist, wird es ihr nicht am Material fehlen, um alles hübsch herzurichten."

Julia machte zustimmende Geräusche, hoffte aber heimlich, dass Lady Buckleighs Geschmack besser wäre als der ihrer Mutter. „Sagt, Lady Buckleigh, habt Ihr vor, den Teppich auf der Treppe zu ersetzen? Ich erinnere mich, dass meine Schwester Claudia immer über ihn stolperte."

„Es ist noch zu früh, um Pläne zu machen", wich Lady Buckleigh aus. „Ich möchte die guten Leute von Norwood Green nicht beleidigen, indem ich meine neue Stellung in der Welt unnötig betone." Ihre sprechenden Blicke hingen um Zustimmung flehend an Pickett, und als ihre Mutter das bemerkte, griff sie schnell ein.

„Ja, ich bin sicher, dass Mr. Pickett dir da zustimmen wird, denn ihr habt viel gemeinsam, nicht wahr? Ich habe keinen Zweifel daran, dass Ihr alle gute Freunde sein werdet. Obwohl, wenn die Gerüchte nicht lügen, ist deine Herkunft besser als Mr. Picketts, Schätzchen. Wir haben vielleicht keinen Stammbaum, aber Mr. Gubbins und ich waren immer das, was man so ehrbar nennt."

„Ich fürchte, Mr. Pickett und ich werden den größten Teil des Jahres in London festgehalten werden", mischte sich Julia freundlich, aber bestimmt ein. „Und jetzt, wenn Ihr uns entschuldigen wollt, müssen wir gehen, bevor Mama beginnt, sich zu fragen, was aus uns geworden ist."

„Ja, und richtet Eurer Mama schöne Grüße aus, ja? Vielleicht wird Lady Runyon uns eines Tages die Ehre erweisen, zum Tee nach Buckleigh Manor zu kommen."

Julia gab eine vage Antwort, bezahlte dann ihre Nadeln und schob Pickett aus der Tür, bevor Mrs. Gubbins sich noch einen Vorwand einfallen lassen konnte, um sie aufzuhalten. Auf der Hauptstraße des Dorfes wandte sie sich ihrem Mann zu und sah, wie seine Schultern bebten. Ihre Mundwinkel verzogen sich nach oben, trotz ihrer Anstrengungen, ein ernstes Gesicht zu bewahren.

„Worüber lachst du?", fragte sie, obwohl sie sich die Antwort gut denken konnte.

„Ich stellte mir gerade vor, wie deine Mutter mit Mrs. Gubbins beim Tee sitzt."

Julia verdrehte die Augen. „Ach, lieber Himmel! Was für eine Vorstellung! Jetzt verstehe ich, warum Mama die Nachricht von Lord Buckleighs Wiederverheiratung so hart angekommen ist. Ihre eigene Tochter wurde ausgerechnet durch Mrs. Gubbins Kind ersetzt!"

„Es scheint für einen Mann seiner Stellung eine seltsame Wahl zu sein", gab Pickett zu. „Braucht seine Lordschaft Geld?"

Ihre Stirn legte sich in Falten, während sie über die

Frage nachdachte. „Nicht das ich wüsste. Nicht so sehr wie einen Erben, möchte ich meinen. Vielleicht", fügte sie mit seltsam ausdrucksloser Stimme hinzu, „hat er angesichts der schlechten Leistung der Runyon-Mädchen in diesem Bereich gedacht, dass sich ein Mädchen aus der Kaufmannsklasse als fruchtbarer erweisen könnte."

Pickett nahm ihre Hand und zog sie durch seinen Ellenbogen: „Oder vielleicht hat er sich so sehr in Betty Gubbins verliebt, dass solche Dinge wie Stand keine Rolle mehr spielten."

„Unmöglich", versicherte sie ihm und drückte seinen Arm ein wenig. „Das tut niemand."

„Mein Fehler", murmelte Pickett zur Entschuldigung. „Du musst meine Unwissenheit verzeihen. Schließlich bin ich nicht aus so gutem Haus wie Lady Buckleigh."

„Wofür ich zutiefst dankbar bin!"

Als sie nach Runyon-Hall zurückkehrten, wirkten sie sehr wie ein Liebespaar (wie der Butler später der Haushälterin anvertraute). Die Idylle wurde jedoch schnell zerstört, denn während sich Julia auf die Suche nach ihrer Mutter machte, um die Nadeln abzuliefern, trat der Butler mit einem gefalteten und versiegelten Papier auf Pickett zu.

„Bitte um Verzeihung, Mr. Pickett, aber während Ihr abwesend war, kam ein Brief für Euch aus London."

„Was, jetzt schon?", rief Pickett sehr überrascht aus.

„Die Post geht schneller, als ich hätte erwarten dürfen."

„Der Brief kam nicht per Post, Sir, sondern wurde von einem Boten zu Pferd gebracht."

Picketts Augenbrauen hoben sich, aber er befriedigte die Neugier des Butlers nicht, indem er eine Bemerkung darüber machte, warum ein solches Transportmittel als wünschenswert erachtet worden sein könnte. Er nahm den Brief nur mit Dank an und nahm ihn dann in das Schlafzimmer, das er mit seiner Frau teilte, wobei er darauf achtete, die Tür zu schließen, bevor er das Siegel aufbrach und das einzelne Blatt entfaltete.

„Mein lieber John", hieß es, „ich freue mich zu erfahren, dass Eure Einführung in die Familie Eurer Frau gut läuft, obwohl ich mir aus egoistischen Gründen wünschen könnte, dass Ihr sie weniger freundlich gefunden hättet, wenn das Eure Rückkehr nach London beschleunigen würde. Ich habe den Auftrag ausgeführt, worum Ihr gebeten hattet, und obwohl ich mir den Grund dafür nicht vorstellen kann, nehme ich mir die Freiheit, die Antwort mit einem Schnellkurier zu schicken, da ich annehme, dass es dringend ist, und der Zuverlässigkeit der Post nicht vertraue.

Um Eure Frage zu beantworten, Major James Pennington wurde tatsächlich von seiner Frau auf die Halbinsel begleitet, die der Trommel folgte, seit er 1796 sein Offizierspatent erwarb. Ich bedauere, das Hochzeitsdatum oder irgendeinen Anhaltspunkt wegen Mrs. Penningtons Mädchennamen nicht herausfinden zu können.

Wenn Ihr noch etwas benötigt, zögert bitte nicht zu fragen. Inzwischen freue ich mich auf die Erklärung, die, wie ich hoffe, Ihr mir nach Eurer Rückkehr in die Bow Street geben werdet. Bis dahin verbleibe ich

In Freundschaft Euer

Patrick Colquhoun, Esq.

Postskriptum: Ich weiß nicht, ob es Euch bei den Schwierigkeiten, in denen Ihr steckt, nützlich sein kann, aber Mrs. Penningtons Vorname lautet Claudia.

Pickett starrte diese letzte Zeile lange an.

„Beim Jupiter", hauchte er in unbewusster Nachahmung des Lieblingsfluch seines Mentors, „jetzt hab' ich dich."

13

In dem John Pickett den Major zur Rede stellt

Mylady, ich muss kurz ausgehen", sagte Pickett zu Julia, als er sie im Hinauseilen auf der Treppe traf. „Ich werde noch rechtzeitig vor dem Diner zurück sein."

„John, was ist los?" Sie hatte deutlich den Eindruck, dass er hinausgeschlüpft wäre, ohne ihr Bescheid zu geben, wenn ihr Zusammentreffen auf der Treppe das nicht verhindert hätte – und dass ihm das tatsächlich lieber gewesen wäre. „Ist etwas nicht in Ordnung?"

Seine Hand fuhr instinktiv zu der Rocktasche, in der der Brief seines Richters steckte. „Nicht direkt. Ich kann im Moment nicht darüber sprechen, aber ich werde es dir nach meiner Rückkehr erklären." Er bekräftigte dieses Versprechen mit einem raschen Kuss und verschwand, bevor sie ihm weitere Fragen stellen konnte.

„Feigling", murmelte sie liebevoll seinem entschwindenden Rücken hinterher.

Als Pickett im Pfarrhaus ankam, fragte er nach Major Pennington und erfuhr zu seiner Enttäuschung, dass der Major nicht zu Hause wäre.

„Seit er von der Halbinsel zurückgekommen ist, ist er mehr fort als zu Hause", klagte Mrs. Pennington. „Aber wenn Ihr warten möchtet, er kommt immer vor dem Essen zurück."

„Nun komm schon, Mary", tadelte der Pfarrer seine Frau sanft, „James ist ausdrücklich nach Hause gekommen, um nach seiner Erbschaft zu inspizieren, und ich bezweifle nicht, dass es da viel Arbeit gibt. Nachdem die Gesundheit meiner Schwester in den letzten Jahren so schwach war, fürchte ich, dass das Anwesen sehr reparaturbedürftig ist."

Pickett hatte eine sehr gute Vorstellung davon, wohin Jamie Pennington gegangen war, und er vermutete, dass der Zustand des Layton-Anwesens sehr wenig damit zu tun hatte. Dennoch gab er sich damit zufrieden, mit dem Pfarrer und seiner Frau zu plaudern, bis der Major zurückkehrte. Glücklicherweise hatte er nicht lange zu warten, bis Jamie ankam, der beim Anblick von Pickett, der im Salon saß, erstarrte.

„Ach, da bist du, James!", rief sein Vater. „Hier sitzt Julia Runyons junger Mann und wartet schon eine Ewigkeit auf dich."

„Aber sicher keine Ewigkeit", protestierte Pickett.

246

„Höchstens zehn Minuten."

„Ich bitte um Verzeihung, Mr. Pickett." Trotz dieser versöhnlichen Worte schien es Pickett, dass Jamie ihn eher misstrauisch beäugte. „Wie kann ich Euch helfen?"

„Ich möchte Eure Eltern nicht langweilen", sagte Pickett, obwohl er sich sicher war, dass der Pfarrer und seine Frau das Gespräch alles andere als langweilig finden würden. „Wenn es einen Ort gibt, wo wir uns ungestört unterhalten können?"

„Natürlich. Der Garten ist sehr schön zu dieser Tageszeit, wenn Ihr einen kleinen Rundgang machen möchtet?"

Jamie deutete auf die Tür an der Rückseite des Hauses und Pickett folgte ihm nach draußen in ein sonniges Viereck, das von steingepflasterten Pfaden geteilt wurde, an denen Kräuterbeete in einem Aufruhr von Frühlingsfarben blühten.

„Nun, Mr. Pickett, welchem Umstand verdanke ich dieser Ehre dieses Besuchs?"

„Ich fragte mich, wann ich das Vergnügen haben dürfte, Eurer Frau vorgestellt zu werden."

Jamie betrachtete ihn mit einem verschlossenen Gesichtsausdruck. „Ich fürchte, Ihr unterliegt einem Missverständnis, Mr. Pickett. Ich bin nicht verheiratet."

„Das ist es eben, Major. Vielleicht sollte die Frage besser lauten, wann Ihr beabsichtigt, dem Squire und seiner Frau mitzuteilen, dass ihre Tochter am Leben und wohlauf ist und die letzten dreizehn Jahre als Eure Marketenderin verbracht hat?"

Zur Antwort ballte Jamie Pennington seine Faust und schlug direkt gegen Picketts Kinn, was ihn rücklings in einen der blühenden Sträucher stürzen ließ.

„Das sollte wohl ‚niemals' heißen", murmelte Pickett und rieb sich das Kinn.

„Ich nehme an, ich muss um Verzeihung bitten", räumte Jamie widerwillig ein und streckte Pickett die Hand hin, um ihm auf die Beine zu helfen. „Ich pflege Gäste für gewöhnlich nicht anzugreifen, aber zu hören, wie das süßeste Wesen, das je atmete, mit einer so üblen Bezeichnung belegt wurde…"

„Dann leugnet Ihr nicht, dass Claudia Runyon – oder vielmehr, Lady Buckleigh – sehr lebendig ist und unter Eurem Schutz lebt?"

„Nein, verdammt, das leugne ich nicht! Und ich schulde Euch auch keine Erklärung."

„Vielleicht mir nicht, aber was ist mit meiner Frau? Was ist mit Sir Thaddeus und Lady Runyon? Ihr müsst euch bewusst sein, dass sie Claudia seit mehr als einem Jahrzehnt als tot betrauern."

Jamie zog eine Grimasse und rieb sich die Knöchel der rechten Hand in seiner linken Handfläche. Pickett tröstete sich mit dem Wissen, dass er in gewisser Hinsicht ebenso viel ausgeteilt wie eingesteckt hatte. „Dessen bin ich mir bewusst", gab Jamie zu. „Glaubt mir, wenn ich Euch sage, dass es keine andere Lösung gab."

Pickett schaute sich um und ließ seinen Blick über das gepflegte Haus und den schönen Garten wandern. „Euer Vater scheint ein angenehmes Leben hier zu genießen, aber Ihr habt die Gelegenheit aufgegeben, ihm nachzufolgen, und stattdessen die Strapazen eines Armeefeldzugs auf dem Kontinent auf Euch genommen."

Die Lippen des Majors verzogen sich zu einem freudlosen Lächeln. „Ich befürchte, die Kirche würde es nicht gern sehen, wenn einer ihrer Diener mit der Frau eines anderen Mannes in einer ehebrecherischen Beziehung lebt."

„Und in der Zwischenzeit glauben Lord Buckleigh und das kleine Gubbins-Mädchen, dass sie legal verheiratet wären", bemerkte Pickett.

„Wenn Ihr Mitgefühl von mir für die üble Lage seiner Lordschaft erwartet, Mr. Pickett, verschwendet Ihr Eure Spucke."

„Eine Scheidung, also…" Pickett erinnerte sich plötzlich an eine zufällige Bemerkung von Julia früher am Tage und sog hörbar den Atem ein, als ihm die Wahrheit klar wurde. „Er schlug sie, nicht wahr? Sie sagte, sie stolperte über den Teppich auf der Treppe, aber in Wahrheit schlug Lord Buckleigh sie."

„Ja. Wenn sie ihn gebeten hätte, beim Parlament eine Scheidung zu beantragen, hätte er sie wahrscheinlich umgebracht." Er lachte bitter auf. „Stellt Ihr Euch eine romantische Entführung bei Mondschein vor? Es war nichts in dieser Art, das kann ich Euch versichern. Als ich sie fortholte, hatte sie ein blaues Auge, eine dicke Lippe und ein paar angeknackste Rippen. Ich frage Euch, Mr. Pickett, was hättet Ihr an meiner Stelle getan?"

Pickett dachte an die dunklen Stunden nach Lord Fieldhursts Tod vor fast einem Jahr, als es so ausgesehen hatte, dass Julia – damals noch Lady Fieldhurst – für den Mord an ihrem Mann gehängt werden würde. „Ich weiß ein wenig, wie es ist", sagte er langsam, „die Frau, die man liebt, in Gefahr zu sehen und machtlos zu sein, sie zu beschützen. Wenn Euer Handeln für mich eine Möglichkeit dargestellt hätte, bin ich nicht sicher, dass ich nicht dasselbe getan hätte."

„Es sind diese Runyon-Mädchen", sagte Jamie mit einem reumütigen Grinsen. „Sie schauen einen mit diesen großen blauen Augen an und wir armen Teufel sind Wachs in ihren Händen."

Pickett erwiderte das Lächeln, da er nichts an dieser Bemerkung bestreiten konnte. „Ich kann mich nur darüber wundern, dass Ihr sie überhaupt nach Norwood Green zurückgebracht habt."

„Ich hatte das nicht geplant, aber dann starb meine

Tante Layton und ich musste mich um mein Erbe kümmern. Ich konnte Claudia kaum allein in Spanien lassen, also…" Er zuckte die Achseln.

„Also habt Ihr sie im Häuschen des Wildhüters untergebracht, wo niemand von ihrer Anwesenheit erfahren würde."

Jamie neigte den Kopf. „Wie Ihr sagt. Und das wäre auch gut gegangen, wenn nicht ihre Schwester sich den schlimmstmöglichen Ehemann ausgesucht hätte, was meine Absichten angeht."

„Es ging nicht darum, Euch einen Gefallen zu tun, als wir heirateten", gab Pickett mit einem Grinsen zurück. „Aber Claudia selbst ist zum Teil mit Schuld daran. Mein Verdacht wurde durch einen bestimmten Geist geweckt, der durch die Räumlichkeiten streifte."

„Ich habe ihr gesagt, dass es eine schlechte Idee wäre", grummelte Jamie. „Aber nachdem wir so nahe waren, half es nichts, sie musste ihre Eltern und ihre Schwester wiedersehen. Ihr habt Ihr einen schönen Schrecken eingejagt, als sie die Tür von Julias Zimmer öffnete und ihre kleine Schwester mit einem Mann im Bett fand!" Er lachte bei der Erinnerung auf.

„Nicht mehr, als sie mir", sagte Pickett, als er an das spätere Zusammentreffen im Kinderzimmer dachte. „Wer hat die Pferde gesattelt?"

„Wie bitte?"

„Als Ihr mit Claudia geflohen seid. Wer hat da die Pferde gesattelt?", fragte Pickett erneut.

„Lord Buckleighs Stallbursche, Tom..." Er runzelte die Stirn. „Schaut her, Mr. Pickett, was wollt Ihr andeuten?"

„Es gibt erhebliche Beweise dafür, dass Tom Pratt jemanden erpresst hat – jemanden, der ihn getötet hat, anstatt weiterhin sein Schweigen zu erkaufen. Ich konnte nicht verstehen, welche Geheimnisse ein Stallmeister haben könnte, die es wert wären, dafür zu zahlen oder zu töten, um sie weiter zu verbergen."

„Es ist wahr, dass ich Tom vor dreizehn Jahren ziemlich gut dafür bezahlt habe, dass er seinen Mund halten sollte, aber er hat nie versucht, mehr zu erpressen – und wenn er das getan hätte, hätte ich ihm gesagt, er könnte zum Teufel gehen! Ich schäme mich nicht dessen, was wir getan haben. Außerdem", fügte er düster hinzu, „hätte ich nicht dreizehn Jahre gewartet, wenn ich jemanden hätte töten wollen – und glaubt mir, Tom Pratt wäre nicht das Opfer gewesen, das ich mir ausgesucht hätte." Jamie bückte sich und riss eine der Blumen seiner Mutter an den Wurzeln heraus, dann begann er, ihr ein Blütenblatt nach dem anderen abzuzupfen, was bei Pickett den Eindruck erweckte, dass er genau das gern bei Lord Buckleigh getan hätte, würde man ihm nur eine Gelegenheit dazu geben.

„Habt Ihr kürzlich einen Blick in die Layton-

Stallungen geworfen?"

„Nein", gab Jamie zu und blinzelte bei dieser scheinbar abrupten Themenwechsel.

„Aber ich", sagte Pickett. „Ich habe den Umhang eines Mannes gefunden, blutgetränkt."

„Das an sich bedeutet nichts", sagte Jamie. „Habt Ihr je eine Stute fohlen sehen, Mr. Pickett? Das ist ein schmutziges Geschäft, kann ich Euch versichern."

Pickett schüttelte den Kopf. „Abgesehen von der Tatsache, dass das Blut ziemlich frisch war, während die Layton-Stallungen seit Jahren leer stehen, war der Umhang von der Art, wie ein Gentleman ihn tragen würde, keine Stallbursche."

„Ich verstehe", murmelte Jamie, als ihm die Bedeutung von Picketts Entdeckung langsam klar wurde. „Und er hat ihn auf meinem eigenen Anwesen versteckt, im Versuch, mich zu belasten. Verdammt soll er sein!"

„,Er'?", wiederholte Pickett, sicher, dass er die Antwort bereits kannte.

„Schaut her, Ihr müsst einsehen, dass es nur eine andere Person geben kann, die Grund hätte, den Mann tot sehen zu wollen, wenn ich Tom nicht getötet habe – und ich verspreche Euch, dass ich es nicht getan habe. Da ist seine Lordschaft, eben von der Hochzeitsreise zurück und er braucht einen Erben, nur lebt seine erste Frau noch, also ist seine neue Ehe ungültig und jedes der Kinder, die er mit dieser Frau haben könnte, die sich jetzt Lady Buckleigh nennt, wird illegitim sein und damit nicht erben können. Wenn Ihr Tom Pratt wäret und fünf Kinder zu ernähren hättet, wen würdet Ihr erpressen wollen: mich, oder Lord Buckleigh? Wer hat tiefere Taschen oder, vielleicht noch wichtiger: wer hat mehr zu verlieren, wenn dieses Geheimnis bekannt wird? Nein, wenn Ihr mich fragt, ist Claudias heimliche Anwesenheit in der Nähe nur ein unglücklicher Zufall. Es war die Rückkehr seiner Lordschaft, nicht ihre, die die Ursache für diesen ganzen Plan von Tom war."

„Ich hoffe, dass Ihr Euch irrt", sagte Pickett seufzend, „aber ich fürchte, Ihr habt wohl recht."

„Ihr hofft, ich irre mich?", wollte Jamie wissen. „Wenn Ihr Claudia an diesem Tag gesehen hättet, so wie ich, würdet Ihr wissen, dass Hängen noch zu gut wäre für seine Lordschaft. Seid Ihr wirklich so vom Rang eines Mannes geblendet, dass Ihr seinen wahren Wert nicht erkennen könnt – oder den Mangel daran?"

Pickett fuhr empört auf. „Ich bin wohl kaum vom Rang geblendet! Denkt daran, ich bin mit einer Viscountess verheiratet", fügte er nachdrücklich hinzu, wobei er bequemerweise die Tatsache ignorierte, dass er sich gerade erst daran zu gewöhnen begann, seine adlige Braut bei ihrem Vornamen zu nennen. „Aber ich bin hier nicht in der Bow Street und mein Richter hat hier keine

Befugnisse. Wenn ich genügend Beweise habe, muss ich beim örtlichen Friedensrichter einen Haftbefehl beantragen."

„Ja, und?"

„Ich glaube, Ihr seid Euch dessen nicht bewusst, weil Ihr so lange abwesend wart", gab Pickett zu, „aber der örtliche Friedensrichter ist Lord Buckleigh."

Jamie stieß einen langen, leisen Pfiff aus und fiel auf eine in der Nähe stehende Bank. „In anderen Worten, er wird ungeschoren davonkommen. Manche Dinge ändern sich niemals!", fügte er verbittert hinzu.

Pickett schüttelte den Kopf. „Nicht, wenn ich etwas bei der Sache zu sagen habe. Ich sagte Sir Thaddeus, ich würde Toms Tod untersuchen, da der Mord die Familie meiner Frau indirekt beträfe. Nachdem jetzt auch Claudia mit verwickelt ist, steigert das natürlich mein Gefühl der Verpflichtung. Leider weiß Lord Buckleigh von meinem Interesse an dem Fall. Tatsächlich habe ich ihn um Erlaubnis gebeten, ihn weiter zu verfolgen." Er schlug sich gegen die Stirn, als er seine eigene Naivität erkannte. „Von allen dämlichen... ich habe sogar zugestimmt, ihn über meine Fortschritte zu informieren!"

„Seid nicht zu hart gegenüber Euch selbst, Mr. Pickett. Ihr hattet zu dem Zeitpunkt schließlich keinen Grund, ihn zu verdächtigen. Die Frage ist, was Ihr jetzt tun werdet? Mir scheint, Ihr werdet ihm etwas sagen müssen."

Pickett dachte einen langen Moment nach. „Es ist ein Punkt ständigen Ärgernisses für mich, dass oft angenommen wird, dass ich wegen meines Alters, oder besser, des zu geringen Alters, unfähig wäre. Ich frage mich, ob ich das zu meinem Vorteil nutzen kann."

„Wie das?"

„Ich werde gehen, um seine Lordschaft wegen Tom zu befragen. Nein, nicht über Claudia – ich denke, es ist am besten, wenn ich mein Wissen über ihre Existenz nicht verrate, zumindest vorläufig nicht –, aber ich kann ihn nach seiner Bekanntschaft mit Tom fragen und ihn fragen, was er am Samstagabend nach dem Diner bei den Brantleys gemacht hat."

Jamie setzte nicht viel Hoffnung in diese Befragung. „Was gedenkt Ihr damit zu erreichen, außer ihn gegen Euch aufzubringen?"

„Genau das. Er mag mich einen Dummkopf schimpfen – in der Tat erwarte ich das – aber es ist trotzdem möglich, dass es ihn aufschrecken wird, wenn er sich selbst unter Verdacht sieht und er mehr verrät, als er beabsichtigt."

„Darauf würde ich mich an Eurer Stelle nicht verlassen", sagte Jamie grimmig voraus und schlug müßig mit dem abgepflückten Blütenstängel, den er noch immer in der Hand hielt, gegen seinen Stiefel. „Lord Buckleigh ist äußerst kaltschnäuzig, das muss man ihm lassen. Ich hoffe nur, dass Ihr nicht mit aufgeschlitztem Hals unter einem Baum auftaucht."

Pickett schüttelte den Kopf. „Ich glaube nicht, dass die Gefahr groß ist. Er wird nichts tun wollen, was meinen Verdacht glaubhaft erscheinen lassen könnte, und mein Tod würde nur die Art von Aufmerksamkeit auf sich ziehen, die er am meisten zu vermeiden wünscht. Nein, aus seiner Sicht wird es besser sein, mir meiner Anmaßung wegen böse Vorhaltungen zu machen und herumzuerzählen, dass ich unfähig bin." In ernsterem Ton fragte Pickett: „Es ist Euch klar, dass ich es Julia erzählen muss? Ich habe es unterlassen, solange ich mir nicht sicher war, aber jetzt..." Er zuckte die Achseln. „Ich kann so etwas nicht vor meiner Frau geheimhalten."

„Ich nehme an, das lässt sich nicht ändern", gab Jamie wenig begeistert zu, „aber ich wäre Euch dankbar, wenn Ihr ihren Eltern einstweilen nichts verraten würdet."

„In dieser Hinsicht habt Ihr nichts zu befürchten", sagte Pickett voller Mitgefühl. „Diese Aufgabe möchte ich nicht übernehmen, für kein Geld! Ich beneide Euch nicht, wenn Lady Runyon es herausfindet. Aber wenn ich Julia im Geringsten kenne, wird sie darauf bestehen, ihre Schwester zu sehen."

Jamie nickte. „Claudia ebenso, im Übrigen. Wenn Ihr Julia morgen früh zum Wildhüterhaus bringt, kann ich Euch beiden einen wärmeren Empfang versprechen, als Ihr heute erhalten habt."

„Sehr gut, aber wird das genug Zeit für Euch sein, um sie unbemerkt aus Miss Millikens Haus abzuholen?"

„Nun, wie zum Teufel habt Ihr das wieder herausgefunden?", wollte Jamie wissen.

„Ich bin sicher, Miss Milliken ist eine sehr nette Frau, die ihre ehemaligen Schülerinnen wirklich liebt, aber eine schlechtere Mitverschwörerin hättet Ihr kaum finden können! Jedes Wort von ihr verriet sie, und was ihr Verhalten anging, sagen wir nur, selbst, wenn ich nicht schon Verdacht geschöpft hätte, ihre Aufregung allein wäre dazu genug Anlass gewesen. Am besten holt Ihr Claudia dort so schnell wie möglich weg. Oh, und Ihr könnt ihr sagen, dass ich ihren Ohrring gefunden habe."

Jamie schüttelte verwirrt den Kopf. „Ich gestehe, ich bin ziemlich froh, Euch auf unserer Seite zu haben, Mr. Pickett. Und zu denken", fügte er mit einem Anflug von Bedauern für das hinzu, was gewesen sein könnte, „unter anderen Umständen hättet Ihr mein Bruder werden können."

14

In dem zwei Schwestern wieder vereint werden

Der Rückweg vom Pfarrhaus war nur zu schnell zu Ende, während dessen Pickett versuchte, einen Plan für das unvermeidliche Gespräch mit seiner Frau zu entwickeln. Wie konnte man die Nachricht überbringen, dass eine geliebte Schwester, die seit mehr als einem Jahrzehnt für tot gehalten wurde, gesund und munter war und mit dem Sohn des Pfarrers in Sünde lebte? *Mylady, ich habe eine gute und eine schlechte Nachricht...* Nein, so ging das nicht. Er suchte immer noch nach den richtigen Worten, als er Runyon Hall erreichte. Er warf einen verstohlenen Blick in den Salon (und seufzte erleichtert, als er ihn leer fand) und ging dann nach oben, um Hut und Handschuhe abzulegen

Das war ein taktischer Fehler. Seine Frau saß in dem Ohrensessel neben dem Feuer, und obwohl sie ein Buch in der Hand hielt, war es offensichtlich, dass ihre Gedanken nicht auf die gedruckten Seiten gerichtet waren. Er fragte sich, wie lange sie auf ihn gewartet hatte.

„Ach, endlich!", rief sie aus und erhob sich bei seinem Eintreten voller Eifer. „Ich war – mein Gott, John! Was ist denn mit dir passiert?"

Er hob eine Hand, um über die empfindliche Stelle an seinem Kinn zu streichen, wo sich zweifellos ein blauer Fleck zu bilden begann. „Ein kleines Geschenk von Major Pennington."

„Jamie hat dich *geschlagen*?", verlangte sie mit vor aufrichtigem Zorn wogenden Busen zu wissen.

„Ja, aber ich bin nicht sicher, ob ich es nicht verdient habe", gestand Pickett, dennoch erfreut über ihre Empörung in seinem Namen, geschweige denn die interessante Wirkung dieser Emotion auf ihre Anatomie.

„Ich wünschte, du würdest mir sagen, was das alles soll! Ich warte hier seit einer Ewigkeit!"

Er warf Hut und Handschuhe auf das Bett und nahm sie in seine Arme. „Ich habe dich auch vermisst", sagte er und verstand sie absichtlich falsch.

„Natürlich habe ich dich vermisst", erklärte sie, obwohl sie ihm nur einen äußerst raschen Kuss gab, „aber du musst wissen, dass ich vor Neugier fast umgekommen bin!"

Etwas in seinem Gesichtsausdruck musste ihn verraten haben, denn ihr Lächeln stockte, und als sie wieder sprach, war es in einem ganz anderen Ton. „Was ist denn los, John? Hast du Toms Mörder gefunden? Ist es jemand, den ich kenne?"

Er schüttelte den Kopf. „Nein, das ist es nicht. Setz dich – setz dich, Julia."

Er nahm ihre Hand und zog sie nach unten, damit sich neben ihn auf die Bettkante setzen sollte. Sie hob ironisch erwartungsvoll die Augenbrauen, obwohl sie erkannte, dass in seinen Augen kein verliebtes Leuchten stand.

„John?", fragte sie noch einmal. „Was ist denn das Problem?"

„Nein – eigentlich kein Problem, aber" – er holte tief Luft – „du musst dich auf einen Schock gefasst machen, Mylady. Es geht um deine Schwester Claudia. Sie ist doch nicht tot."

Ihr Gesicht wurde hart. „Wenn das ein Witz sein soll, muss ich dir sagen, dass ich ihn nicht lustig finde!"

„Du solltest wissen, dass ich über so etwas nicht scherze. Ich versichere dir, dass Claudia lebt und wohlauf ist und die letzten dreizehn Jahre lang unter dem Schutz von Jamie Pennington der Trommel gefolgt ist."

Sie riss ihre Hand aus der seinen und sprang auf. „Wie kannst du es wagen, so etwas zu sagen? Wie kannst du da sitzen und jemanden, den du nie kennengelernt hast, beschuldigen – ihre Familie angelogen zu haben – Ehebruch begangen zu haben – in Sünde zu leben – und –

und..." Ihre Stimme wurde mit jedem angeblichen Vorwurf schriller.

„Du hast selbst gesagt, dass sie keine Heilige wäre", erinnerte Pickett sie.

„Ich habe gesagt, sie wäre nie die Heilige gewesen, als die Mama sie darstellt. Ich habe nie gesagt, dass sie – dass sie eine Frau von *lockeren Sitten* wäre!"

Pickett hätte seine Frau vielleicht daran erinnern können, dass sie in der Nacht, in der sie sich das erste Mal begegneten, kurz davor gestanden hatte, eine eigene außereheliche Beziehung zu beginnen, aber anscheinend gab es einen Unterschied dabei, eine diskrete *Affäre* zu haben oder offen mit einem Mann zu leben, solange man legal mit einem anderen verheiratet war. Es schien, dass es viel in ihrer Welt gab, was er nicht verstand, aber ein fein geschliffener Selbsterhaltungstrieb warnte ihn davor, auf diese Diskrepanz hinzuweisen. Mit einem Seufzer der Resignation stand er auf und zog sie zu einer tröstlichen Umarmung an sich – oder so tröstlich wie möglich, wie man eine Dame halten konnte, die steif und gerade wie ein Ladestock stand. „Es tut mir leid, dass ich dir das so beibringen muss. Glaube mir, ich würde dir so etwas nicht sagen, ohne ausreichende Beweise dafür zu haben."

„,Beweise'?" Sie hob den Kopf und sah ihn an, ihre blauen Augen blitzen vor Zorn. „Welchen ,Beweis' könntest du mir dafür bringen? Es ist eine widerliche

Lüge!"

„Ich habe einen Brief von Mr. Colquhoun, der für mich Auskünfte beim Kriegsministerium eingeholt hat, und ich komme gerade aus dem Pfarrhaus, wo mir Major Pennington die ganze Geschichte erzählt hat." Dazu kam die Tatsache, dass er Claudia gesehen – und geküsst – hatte, oben im Kinderzimmer, aber das, beschloss er, konnte bis zu einem anderen Zeitpunkt warten.

„*Jamie* hat das gesagt?", sagte sie verwundert und löste sich von seiner Umarmung. „Dann schätze ich, dass man es wohl nicht leugnen kann."

Pickett runzelte die Stirn. „Wenn du seinem Wort mehr Glauben schenkst als meinem."

„Bei keinem anderen Thema, nein", sagte sie hastig. „Aber du hast Claudia nie gekannt, während Jamie sie anbetete und niemals – zumindest *dachte* ich, er würde niemals – oh, wie konnten sie so etwas Schlimmes tun?"

„Vielleicht doch nicht so schlimm, wenn du die ganze Geschichte kennst."

Er war sich nicht sicher gewesen, wie viel von der Geschichte ihrer Schwester er Julia erzählen sollte, aber er wusste jetzt, dass nichts weniger als die ganze Wahrheit ausreichen würde. Und so erzählte er ihr alles, von Lord Buckleighs Grausamkeit bis zu Jamie Penningtons tapferer Rettung und den Jahren seitdem.

„Ach, arme Claudia!", hauchte sie am Ende dieses

Berichts, und in ihrer Stimme war kein Urteil mehr zu hören.

„Jamie hat darum gebeten, dass deine Eltern nicht informiert werden, zumindest noch nicht", warnte er sie.

„Lieber Himmel, nein! Mama würde es nie verstehen! Aber jetzt, wo ich weiß, dass sie lebt, und hier in Norwood Green ist – John, ich muss sie sehen!"

„Und das sollst du auch, morgen früh." Er nahm ihre Hand und hob sie an seine Lippen, froh, dass er wieder in Gnaden aufgenommen war. „Ich wusste, dass du das sagen würdest."

* * *

Sie machten sich am nächsten Morgen recht eilig auf den Weg, darauf bedacht, zu entkommen, bevor Lady Runyon sich nach ihren Plänen für den Tag erkundigen könnte. Sie hätten sich jedoch darum keine Sorgen zu machen brauchen; Julias Mama mochte ihren Schwiegersohn nicht so sehr, dass ihr seine Abwesenheit aufgefallen wäre. Sie ritten nicht, sondern machten sich zu Fuß auf den Weg (eine Tatsache, die Lucifer wahrscheinlich genauso gefiel wie Pickett) und erreichten eine halbe Stunde später das Häuschen des Wildhüters. Wie zuvor stieg eine Rauchwolke aus dem Steinschornstein auf.

„Also hattest du recht mit der Annahme, dass jemand hier wohnte!", rief Julia aus, die ihrem Mann in Anbetracht des bevorstehenden Wiedersehens bereitwillig verziehen hatte.

„Ja, nur an dem einen Tag, als ich nachschauen kam, war sie sicher bei Miss Milliken untergebracht."

„Arme Millie! Kein Wunder, dass sie sich bei unserem Besuch so aufgeregt hat. Ich frage mich, wie Jamie so etwas von ihr verlangen konnte!"

„Ich vermute, dass er niemanden hatte, dem er vertrauen konnte, und er wusste sehr wohl, dass ich kommen würde, um mir dieses Häuschen genauer anzusehen, denn er hatte mich schon einmal dabei angetroffen. Der Major und ich haben ein sehr schönes Katz-und-Maus-Spiel gespielt – und ich jedenfalls bin froh, dass es vorbei ist, denn er ist ein nicht zu unterschätzender Gegner."

Sie drückte seinen Arm. „Ich vermute, er würde dasselbe über dich sagen."

Inzwischen waren sie an der Tür des Häuschens angekommen und Pickett klopfte in der mit dem Major vereinbarten Art. Die Tür öffnete sich, und Jamie Pennington stand in der Öffnung und grinste sie mit seinem jungenhaften Lächeln an.

„Gott sei Dank! Claudia war während der letzten Stunde außer sich! Möchtet Ihr nicht eintreten?"

Er trat zurück und riss die Tür weit auf. Pickett ließ Julia eintreten und beobachtete die Szene, als seine Frau die Schwester erblickte, die sie seit dreizehn Jahren für tot gehalten hatte. In der Mitte des Raumes stand eine blonde Frau in ihren frühen Dreißigern, die gleiche Frau, die er im Kinderzimmer von Runyon Hall gesehen hatte. Im Sonnenlicht, das durch die Fenster strömte, war die Ähnlichkeit zwischen den beiden Damen noch ausgeprägter, wobei der größte Unterschied (von ihrem Alter abgesehen) der Hauch von Sommersprossen auf den Wangenknochen der älteren war, ein Überbleibsel ihrer Jahre auf der sonnenverwöhnten Halbinsel.

„Claudia?" Julias Stimme brach bei dem einzigen Wort.

„Meine liebe kleine Julia! Wie groß du geworden bist!"

Wie in unausgesprochenem Einverständnis bewegten sich beide gleichzeitig vorwärts, um in der Mitte des Raums zusammenzutreffen und sich in die Arme zu fallen.

„Oh, wie ich dich vermisst habe…"

„…habe jeden Tag an dich gedacht…"

„…hättest Nachricht senden können…"

„…mich nicht getraut, jemandem etwas zu sagen…"

Sie redeten und weinten gleichzeitig, und Pickett, der sich sehr *de trop* fühlte, schaute Jamie ziemlich hilflos an. Major Pennington verdrehte vielsagend die Augen, dann machte er mit seinem Kopf ein Zeichen in Richtung der Tür. Pickett interpretierte diese Geste richtig, dass sie bedeute, ihre Anwesenheit wäre nicht mehr benötigt oder auch nur erwünscht, und folgte seinem Gastgeber nach draußen.

Allein mit ihrer Schwester legte Claudia ihre Hände um Julias Gesicht und musterte sie mit einem langen, prüfenden Blick. „Schau dich nur an, so erwachsen und verheiratet!"

„Zum zweiten Mal verheiratet", gestand Julia mit einem wackeligen Lachen.

„Ja, wir haben natürlich von deiner Heirat mit Lord Fieldhurst gehört – und das, was folgte, obwohl die Londoner Zeitungen Wochen alt waren, bevor sie uns erreichten. Meine Gedanken waren ständig bei dir, obwohl ich nicht wagte, zu eifrig nachzufragen, damit niemand sich über mein Interesse wundern und misstrauisch werden könnte." Sie verzog spöttisch das Gesicht. „Wir haben es mit unseren brillanten Ehen nicht so gut getroffen, oder?"

„Nein, aber obwohl Fieldhurst ziemlich gemein sein konnte, war er nie derart grausam wie Lord Buckleigh. John erzählte mir alles, und – oh, meine arme Claudia, ich wünschte nur, ich hätte es gewusst! Vielleicht hätte ich dir helfen können."

„Du warst erst vierzehn Jahre alt", betonte Claudia. „Was hättest du schon tun können?"

„Ich hätte es Mama erzählen können…"

Claudia lachte bitter. „Mama, die einen so liebevollen

Ehemann hat, kann sich nicht vorstellen, was für ein Gefängnis eine unglückliche Ehe sein kann. Sie hätte mir gesagt, dass ich nicht genug täte, um Buckleigh zu gefallen, dass, wenn ich es nur besser versuchen würde, alles gut werden würde."

Julia, die selbst eine sehr ähnliche Version dieser Rede gehört hatte, konnte dies nicht bestreiten. Sie ließ zu, dass ihre Schwester sie zu dem abgenutzten Rosshaarsofa führte, wo sie sich nebeneinander hinsetzen und an den Händen hielten. Julia schaute sie in den Wohnräumen ihrer Schwester mit Missfallen um.

„Und du bleibst *hier*, während Jamie mit seinen Eltern im Pfarrhaus wohnt?", fragte sie in Tönen tiefster Abscheu und vergaß dabei völlig ihre eigenen glückseligen Tage in einer schäbigen kleinen Wohnung in der Drury Lane.

„Es ist nicht schlimmer als einige der Häuser, in denen wir in Spanien einquartiert wurden", sagte Claudia und fuhr dann fröhlich fort. „Aber erzähle mir von deinem neuen Ehemann! Ich habe mitbekommen, dass ihr noch gar nicht lange verheiratet seid?"

Julia nickte. „Erst seit zwei Wochen. Und du kannst genauso gut gleich erfahren, dass ich mich in den Augen der Gesellschaft ziemlich ruiniert habe, weil John ein Bow Street Läufer ist. Tatsächlich war er es, der mich davor bewahrt hat, wegen Fieldhursts Mord an den Galgen zu kommen."

Claudias blaue Augen, die denen ihrer Schwester so glichen, wurden groß. „Ein Bow Street Läufer? Ich kann mir vorstellen, was Mama *dazu* zu sagen hatte!"

„Ja, ich schätze, das kannst du", sagte Julia und schnitt eine Grimasse. „Ich tröste mich mit dem Wissen, dass ihre Meinung über John sich sehr verbessern wird, wenn sie bedenkt, dass er und ich zumindest richtig verheiratet sind! Aber *du*, meine Liebe! Ich habe immer gewusst, dass du und Jamie zusammen gehörten, schon als junges Mädchen. Aber wie kann man es ertragen, in einer Weise zu leben, die gegen alles verstößt, das wir aufgrund unserer Erziehung für richtig halten müssen?"

Claudia gab ein kleines, bitteres Lachen von sich, das keine Spur von Fröhlichkeit enthielt. „Ich habe kaum eine Wahl. Glaube mir, wenn es eine Möglichkeit für uns gäbe, zu heiraten, hätten wir sie vor dreizehn Jahren genutzt. Tatsächlich ist es so lange her, dass ich manchmal vergesse" – sie blinzelte Tränen zurück – „vergesse, dass wir nicht wirklich verheiratet sind. Jamie ist alles, was ein Ehemann sein sollte, und alles, was Lord Buckleigh nicht war."

„Ich wollte dich nicht zum Weinen bringen, Liebste, und du weißt, dass ich nur das Beste für dich will. Aber – wenn ihr Kinder haben solltet –"

„Diese Gefahr besteht natürlich immer. Und obwohl

wir versucht haben, sehr vorsichtig zu sein, um so etwas zu vermeiden, waren wir nicht immer erfolgreich."

Julias Augen wurden rund. „Claudia! Ihr *habt* Kinder?"

„Ein Kind – eine Tochter." Der zweideutige Rechtsstatus des Kindes tat nichts, um das Leuchten mütterlichen Stolzes in ihrem Gesicht zu dämpfen. „Und vielleicht bin ich voreingenommen, aber ich denke, sie ist ein außergewöhnlich schönes kleines Mädchen."

„Aber – wo ist sie?"

Claudias Leuchten erstarb und ihr Gesicht wurde nachdenklich. „Wir konnten sie natürlich nicht bei uns behalten. Die Härten des Lebens bei der Armee sind nichts für Kinder. Jamie arrangierte es bei einer Bauernfamilie nicht weit von hier, dass sie sie aufnahmen, und natürlich schicken wir jeden Monat Geld für ihren Unterhalt."

„Ich glaube, wir haben sie gesehen!", rief Julia. „Nach der Kirche am vergangenen Sonntag – Mama hat sogar die Ähnlichkeit bemerkt!"

„Mama?" Weit davon entfernt, sich zu freuen, klang Claudia durch diese Offenbarung beunruhigt.

„Oh, nicht, dass sie für einen Moment vermutete, dass das kleine Mädchen dir gehört könnte – wie könnte sie so etwas denken, wenn sie dich für tot hält? – aber sie sagte, das Kind hätte sie an dich im selben Alter erinnert. Ich gestehe, es hat mich überrascht, denn ich dachte, sie sähe

270

aus wie Jamie. In der Tat..." Als Julia sich genau an das erinnern, was sie gedacht hatte, brach sie ab und errötete.

„Eigentlich dachtest du, Jamie müsste die Zeit bei seinem letzten Urlaub fleißig genutzt haben", sagte Claudia lächelnd. „Ich habe ihn gewarnt, wie es ankommen würde, denn sie sieht aus wie er!"

„Aber Claudia, was werdet ihr tun?", fragte Julia, wieder ernst geworden. „Der Krieg wird nicht ewig dauern, und früher oder später müsst ihr nach Hause zurückkehren."

Claudia schüttelte traurig den Kopf. „Nicht nach Norwood Green. Nie wieder. In der Tat hätte ich nie auch nur mit einem solch kurzen Besuch gerechnet. Ich wünschte, wir könnten uns in Greenwillows niederlassen und unsere Tochter bei uns behalten, aber es kann nicht sein, nicht, solange Lord Buckleigh lebt. Jamie beabsichtigt, das Anwesen zu verkaufen und etwas weit weg zu erwerben, vielleicht im Norden, wo uns niemand kennen wird. Wir müssen notwendigerweise ein sehr ruhiges Leben führen, aber zumindest könnten wir als Familie zusammen sein, alle drei."

Julia sprang vom Sofa auf und begann, aufgeregt auf und ab zu gehen. „Es scheint alles so ungerecht! Ihr seid gezwungen, euch zu verstecken, während Lord Buckleigh immer noch überall empfangen wird." Sie hielt im Herumlaufen inne, um ihrer Schwester einen scharfen

Blick zuzuwerfen. „Ich nehme an, du hast gehört, dass er wieder geheiratet hat?"

„Ja, Jamie hat es mir gesagt, aber das macht mich nicht bitter. Jamie und ich sind sehr glücklich zusammen, und wenn ich überhaupt an Buckleighs neue Frau denke, dann nur, um das arme Mädchen von ganzem Herzen zu bemitleiden." Sie seufzte. „Ich weiß nur zu gut, dass sie ihre hohe Position zu einem schrecklichen Preis gekauft hat. Wenn sie es noch nicht weiß, wird sie bald genug erfahren."

Die Vordertür öffnete sich und Jamie trat ein, gefolgt von Pickett.

„Ich hasse es, Euer Wiedersehen zu stören", sagte er, „aber ich muss zum Pfarrhaus zurück, bevor Mama und Papa anfangen, sich über meine lange Abwesenheit zu wundern."

„Jetzt schon?" Claudia wandte sich an Pickett. „Ihr werdet sie wieder herbringen, ja?"

Pickett versprach dies, und nach einem langen und tränenreichen Abschied übergab Claudia Julia in seine Obhut. Sie verließen das Häuschen und gingen schweigend ein Stück, bevor Julia abrupt fragte: „Sag mir, John, hat Claudias Auftauchen irgendeine Verbindung mit Tom Pratts Tod?"

Er nahm ihre Hand und hob sie an seine Lippen. „Du bist viel zu scharfsinnig für meinen Seelenfrieden,

Mylady! Ich vermute, dass ihr *Auftauchen* nicht mehr als ein unglückliches Zusammentreffen war. Aber was ihre *Existenz* und Toms Wissen darüber angeht – ja, das halte ich für sehr wahrscheinlich."

„Dann – sicher nicht *Jamie* –?"

„Das glaube ich nicht", versicherte er ihr. „Oh, ich habe mich zuerst dasselbe gefragt, aber wie der Major selbst betonte, für wen steht am meisten auf dem Spiel? Wenn der Stallmeister jemanden erpressen wollte, wer wäre das vielversprechendste Opfer: ein Kavallerieoffizier, der sich den größten Teil der Zeit außerhalb Toms Reichweite befinden würde, oder ein Adliger, der gerade eine bigamistische Ehe geschlossen hatte in der Hoffnung, einen Erben zu zeugen?"

„Dann hat *Lord Buckleigh* Tom getötet?"

„Ich würde meinen Ruf darauf setzen – obwohl es etwas völlig anderes sein wird, ob ich es jemals beweisen werden kann."

„Vielleicht solltest du die Ermittlungen ganz einstellen", sagte sie drängend. „Es scheint, dass du nicht gewinnen kannst, und wenn seine Lordschaft erraten sollte, dass du ihn verdächtigst…"

„Er wird nicht raten müssen; er wird es erfahren." Pickett hielt an und drehte sich zu ihr, um ihr ins Gesicht zu sehen und ihre andere Hand in seine zu nehmen. „Verstehst du nicht, Mylady, um wie viel es hier geht?

Wenn seine Lordschaft schuldig ist – und wenn ich es beweisen kann –, dann wird er hingerichtet, und deine Schwester und Jamie werden endlich frei sein, um zu heiraten."

„Es ist so, wie ich immer geahnt habe: Du, meine Lieber, bist ein hoffnungsloser Romantiker." Sie hob sich auf Zehenspitzen, um diesen Vorwurf mit einem Kuss zu unterstreichen, und fügte dann mit einem Seufzer hinzu: „Trotzdem stellt sich dies nicht als die Hochzeitsreise heraus, die ich mir erhofft hatte."

„Aber das ist mein Leben, Julia", erklärte er. „Selbst wenn Tom Pratt ein völlig Fremder gewesen wäre, hätte ich mich verpflichtet gefühlt, alles zu tun, was ich konnte, um zu helfen. Aber so wie die Dinge jetzt stehen, wo ich weiß, wie er mit der Geschichte deiner Familie verbunden ist –"

Er brach mit einem Achselzucken ab, und sie drängte ihn nicht weiter. Sein Pflichtgefühl – vielleicht ein Vermächtnis des Richters, der ihn aus einem Lebens als Verbrecher gerettet hatte, vielleicht eine Sühne für diese frühen Jahre – war eines der Dinge, die ihn zu dem Mann machten, der er war.

„Es wäre gut, wenn Claudia und Jamie endlich heiraten könnten", räumte sie ein. „John, es war wunderbar, Claudia wiederzusehen, aber emotional trotzdem sehr belastend. Ich glaube nicht, dass ich Mama schon gegenübertreten kann. Müssen wir sofort zurückgehen?"

Pickett war keineswegs dieser Meinung, und sie verbrachten daher, nachdem sie eine leichte Mahlzeit im privaten Salon des *Pig and Whistle* zu sich genommen hatten, einen sehr angenehmen Nachmittag damit, im Dorf herumzuwandern, wo Julia Pickett die Orte zeigte, die ihr in ihrer Kindheit wichtig gewesen waren. Als sie die Kirche bewunderten, Teile derer aus dem vierzehnten Jahrhundert stammten, wurden sie vom Pfarrer, Mr. Pennington, unterbrochen, der darauf bestand, dass sie ihn zurück ins Pfarrhaus begleiteten. Hier beobachtete Julia mit Schrecken, der sich allmählich in Bewunderung verwandelte, wie ihr Mann sich Jamie vorstellen ließ und die beiden Männer sich so höflich unterhielten, als hätten sie nicht eben erst den ganzen Morgen in der Gesellschaft des anderen verbracht.

„Ich saß die ganze Zeit wie auf glühenden Kohlen, aus Angst, dem einen oder anderen von euch würde etwas herausrutschen und uns alle verraten", stöhnte sie, nachdem sie sich von den Penningtons verabschiedet hatten und sich auf den Heimweg machten. „Aber ich glaube, dass du dich großartig amüsiert hast. Und Jamie auch, was das angeht. Ich bin davon überzeugt, dass ihr beide aus demselben Holz geschnitzt seid."

Pickett lachte, bestritt den Vorwurf aber nicht. Erst als sie das langgestreckte Grasland, das Runyon Hall vom

Dorf trennte, zur Hälfte hinter sich gebracht hatten, wurde sie nachdenklich und sprach schließlich das Thema an, das ihr seit ihrem Gespräch mit Claudia nicht aus dem Sinn ging.

„Sie haben ein Kind, wusstest du das?"

„Wer?"

„Claudia und Jamie. Sie haben eine Tochter."

Er zog ihre Hand durch seinen angewinkelten Arm und sie gingen weiter. „Ja, das kleine Mädchen vor der Kirche am vergangenen Sonntag. Jamie erzählte es mir, während du und Claudia euer Wiedersehen genossen habt."

Sie hatte sich flüchtig gefragt, worüber sie sich würden unterhalten können; anscheinend hatten sie vieles gefunden. „Es scheint ziemlich ungerecht, nicht wahr? Obwohl sie versuchten, es zu vermeiden, ein Kind zu bekommen, schafften sie es, während ich andererseits..."

„Bitte, Mylady, reg dich nicht auf..."

„Nein, höre mich bis zum Ende an, John! Ich habe intensiv darüber nachgedacht, und ich habe erkannt, dass ich dir nicht die Chance rauben darf, Kinder zu bekommen, nur weil ich in diesem Bereich... zu nichts tauge. Für dich ist es einfacher als für meinen ersten Mann, denn während Frederick einen legitimen, leiblichen Erben brauchte, musst du nur eine willige Frau finden und... und... und du kannst sicher sein, dass ich jedes Kind von dir lieben würde, als wäre es mein eigenes", endete sie kläglich.

Das Schweigen des Mannes an ihrer Seite war ohrenbetäubend, aber sie wagte es nicht, ihn anzuschauen, um zu sehen, wie er diesen Vorschlag annahm; denn davon, ihm in die Augen zu sehen, war es nur ein kurzer Schritt, ihn sich in den Armen einer anderen Frau vorzustellen, und dann, so befürchtete sie, würde ihre Entschlossenheit sie verlassen.

„Soll ich das so verstehen", sagte er schließlich mit großer Beherrschung, „dass du mich *ermutigen* willst, mir eine Geliebte zu nehmen?"

„Nur für so lange, wie es braucht, damit sie ein Kind bekommt", sagte sie hastig. „Dieser Punkt sollte völlig klar sein."

„Oh, natürlich", stimmte er trocken zu.

„Es gibt noch ein paar andere Bedingungen, auf denen ich auch bestehen muss."

„Die würde ich gern hören", sagte er, obwohl etwas in seinem Tonfall das Gegenteil vermuten ließ.

„Zunächst, es wäre mir lieber, wenn die Frau braune Haare und braune Augen hätte, also von den Farben her so ähnlich aussähe wie du. Auf diese Weise, wenn das Kind zufällig seiner Mutter ähneln sollte, würde ich immer noch dich sehen und nicht sie, wenn ich es anschaue."

„Ich verstehe. Und die andere Bedingung?"

„Dass die Frau nicht Lucy sein darf", sagte sie und

nannte das Flittchen aus Covent Garden, das immer Absichten auf John Picketts Tugend gehabt hatte, lange bevor sie, Julia, ihm jemals begegnet war. Es wäre zu bitter, diese spezielle Schlacht gewonnen zu haben, nur, um den Krieg zu verlieren.

„In diesem Fall fürchte ich, dass aus diesem Vorhaben nichts wird, denn du musst wissen, dass es immer mein Lebensziel war, mit Lucy zu schlafen." Pickett blieb plötzlich stehen und packte seine Frau an den Schultern. „Wie ist es möglich, dass eine sonst vernünftige Frau solchen unglaublichen Unsinn von sich gibt? Habe ich Ihnen jemals den geringsten Hinweis gegeben, dass ich unter solchen Bedingungen Kinder haben wollte?"

„Ich – ich wollte dich nicht wütend machen…"

„Ich bin nicht wütend!", verkündete Pickett mit solcher Vehemenz, dass zwei Schafe von der Weide aufblickten, zweifellos erfüllt von Bewunderung für ein so ruhiges und vernünftiges Auftreten. „Ich bin zutiefst verletzt von dem Wissen, dass du das, was uns verbindet, für so billig hältst, dass du in Betracht ziehst, es auf irgendjemanden zu übertragen, der zufällig die richtigen Körperteile hat!"

„Nein, nein! Eigentlich macht mich die Vorstellung, dass du mit einer anderen Frau ins Bett gehen könntest, ganz krank! Aber in letzter Zeit habe ich erkannt, dass ich dir einen schlechten Dienst erwiesen habe, indem ich dir versage, Kinder zu haben."

Seine Augen verengten sich, als ihm eine mögliche Erklärung einfiel. „Hast du zufällig mit deiner Mutter gesprochen?"

„Nein, nicht darüber", antwortete sie schnell. „So etwas könnte ich mit Mama nicht besprechen! Aber als sie mir von Papas Reisen nach London erzählte, sagte sie, dass es die Pflicht einer Ehefrau sei, dafür zu sorgen, dass die Bedürfnisse ihres Mannes erfüllt würden…"

„Wenn du meine noch besser erfüllen würdest, könnte ich nicht mehr laufen", sagte Pickett mit einem Aufleuchten der Erinnerung in seinen Augen. „Mylady, ich bin mir sehr wohl bewusst, dass ein Kerl wie ich niemals eine Frau wie dich haben sollte. Normalerweise hätte ich dir nie über den Weg laufen sollen, geschweige denn, gewünscht haben, dich zu heiraten. Ja, ich dachte immer, ich würde eines Tages Kinder wollen – welcher Mann nicht? Aber wenn der Preis für ein so großes Glück ist, keine Kinder zu haben, schätze ich, dass ich ein sehr gutes Geschäft gemacht habe, denn ich will keine andere Frau als dich."

Es gab nur eine Antwort, die sie auf eine solche Erklärung geben konnte, und so gab sie sie. „Aber John", sagte sie, als sie sich schließlich zerzaust aus einer längeren Umarmung löste, „wenn dir etwas zustieße, hätte ich nichts, keinen Teil von dir, der mich an dich erinnern würde."

„Mir wird nichts passieren, Mylady", versicherte er ihr.

„Das sagt der Mann, der vor weniger als einem Monat einen Schlag auf den Kopf erhielt!", spottete sie. „Ich habe bereits einen Ehemann durch einen gewaltsamen Tod verloren; ist es so undenkbar, dass ich einen anderen verlieren könnte?"

„Ich wette eigentlich nicht, aber ich möchte annehmen, dass die Tatsache, dass es dir einmal zugestoßen ist, die Wahrscheinlichkeit, dass es noch einmal geschehen könnte, verringert."

„Vielleicht, wenn mein zweiter Mann nicht darauf bestehen würde, dem Ärger nachzulaufen", betonte sie mit einiger Gelassenheit. „Ich mag Lord Buckleigh nicht, John. Ich mochte ihn nicht, als ich ein Kind war, und er Claudia den Hof machte, und jetzt, da ich alles weiß, mag ich ihn noch weniger."

„Ich mag ihn auch nicht", sagte Pickett, „aber wie du selbst sagtest, hat Lord Buckleigh bei diesem Spiel alle Karten in der Hand. Er kann vielleicht versuchen, mich zu diskreditieren, aber wenn er einen Anschlag auf mein Leben versuchen wollte, würde das meinen Verdacht nur glaubhafter machen. Eigentlich stehen wir uns in einem Patt gegenüber – und ich habe vor, derjenige zu sein, der es durchbricht. Und was das angeht, dass du etwas möchtest, das mich an dich erinnert" – er beugte sich vor, um ihr ins Ohr zu flüstern – „gibt es eine Chance, dass wir gleich nach dem Diner nach oben verschwinden könnten?"

Die Antwort auf diese hoffnungsvolle Frage erwies sich als klares „Nein".

„Da seid ihr ja!", rief Lady Runyon nach ihrer Rückkehr aus. „Wo wart ihr den ganzen Tag? Direkt nach eurem Aufbruch erhielten wir eine Einladung, heute Abend mit Lord und Lady Buckleigh zu essen. Lady Buckleigh hält sich an ländliche Sitten – höchst unelegant, aber was kann man bei einer solchen Mutter erwarten? – daher werden wir uns um fünf zum Diner setzen. Ihr solltet beide besser nach oben gehen, um euch umzuziehen, denn Papa hat die Kutsche für vier Uhr bestellt."

Die Picketts, er wie sie, tauschten einen Blick gegenseitigen Bedauerns, bevor sie nach oben gingen, um ihre Kleidung zu wechseln und sich auf alles vorzubereiten, was der Abend bringen könnte.

15

In dem John Pickett seinen ersten Zug macht

Genau um vier Uhr an diesem späten Nachmittag bestiegen die Bewohner von Runyon Hall die Kutsche des Squire und machten sich auf den Weg in Lord Buckleighs elegantes, palatinisches Herrenhaus. Pickett hätte sich mehr Zeit gewünscht, um zu entscheiden, wie er sich seiner Lordschaft nähern sollte; schließlich war er nicht jeden Tag mit der Aussicht konfrontiert, seinen Hauptverdächtigen über seinen Fortschritt bei den Ermittlungen zu benachrichtigen. Er tröstete sich so gut es ging mit dem Wissen, dass seine Schwiegermutter die Abendeinladung keineswegs besser gefiel als ihm selbst.

„Und wenn ich daran denke, dass beim letzten Mal, als ich an Lord Buckleighs Tisch saß, meine liebe Claudia als Gastgeberin dort war", seufzte Lady Runyon. „Und was ich zu dieser schockierend vulgären Kreatur, die seine Schwiegermutter ist, sagen soll, weiß ich ganz bestimmt nicht!"

„Wenn du so empfindest, Mama, frage ich mich, warum du uns nicht einfach entschuldigst hast", sagte Julia.

„Oh, das hätte ich so gern! Doch es wäre erschreckend unhöflich gewesen. Ich vermute, dass sich die neue Lady Buckleigh ihrer Vorgängerin ziemlich unterlegen fühlt, und so muss es für sie einfacher sein, wenn sie sich mit der Familie der ersten Frau ihres Mannes einig ist, um besser zurechtzukommen." Sie seufzte wieder. „Ich nehme an, wir schulden Lord Buckleigh zu viel, um seiner neuen Ehefrau diese kleine Höflichkeit zu verweigern."

Um Julias Mund entstand ein harter Zug und Pickett, der ihren Blick auffing, runzelte warnend die Stirn. Julia hielt gehorsam den Mund, aber als er ihr kurze Zeit später aus dem Wagen half, flüsterte sie: „Selbst wenn Lord Buckleigh Tom nicht getötet hat, werde ich ihm niemals verzeihen, wie er Claudia behandelt hat! Wie soll ich an einem Tisch sitzen und mit ihm Höflichkeiten austauschen, wenn ich Mama und Papa *solche* Dinge erzählen könnte?"

„Das wirst du ebenso fertigbringen, wie du deinen Londoner Bekannten entgegengetreten bist, als sie noch hinter deinem Rücken darüber spekulierten, ob du deinen Mann ermordet hättest oder nicht", erinnerte Pickett sie.

„Ja, aber ich war mir meiner eigenen Unschuld sicher", erinnerte sie ihn. „Außerdem hatte ich einen hingebungsvollen Fürsprecher, wenn du dich erinnerst."

Seine Hand fasste ihre fester. „Den wirst du immer haben."

„Kommt schon, Julia, Mr. Pickett", rief Lady Runyon vom Portikus her, wo der Butler vor der Haustür stand, um sie anzukündigen. „Wir dürfen Lord und Lady Buckleigh nicht warten lassen."

Julia zog in Richtung ihres Mannes eine lustige Grimasse, wischte dann eine winzige Fluse von seinem Aufschlag, nahm seinen Arm und erlaubte ihm, sie hinter ihren Eltern die Stufen hinaufzubegleiten. Einige Minuten später wurden sie in einen elegant eingerichteten Salon geführt, dessen griechisch inspirierte Einrichtung keine Spur der gewalttätigen Szene bewahrte, die sich dort vor fast dreizehn Jahren abgespielt hatte. Lord Buckleigh stand mit einer Hand auf dem Kaminsims in der Nähe des Kamins und präsentierte jedem, der den Raum betrat, ein gemeißeltes Profil. Seine jugendliche Braut saß steif auf der Kante ihres Stuhls und sah aus wie ein Vogel, der jeden Moment fortfliegen wollte. Der rotgesichtige Mann mittleren Alters, den sie bei der Untersuchung gesehen und als Lady Buckleighs Vater identifiziert hatten, saß neben ihr, wischte sich die Stirn und sah kläglich fehl am Platz aus. Tatsächlich war Mrs. Gubbins die einzige der in Lord

Buckleighs Salon Wartenden, die sich völlig wohlfühlte. Wieder trug sie ein Kleid, das sich weit besser für eine viel jüngere Frau geeignet hätte, und lehnte sich mit überschlagenen Beinen auf einem Sofa zurück, was klobige Knöchel in rosa Strümpfen sehen ließ.

„Ach, da ist ja der Squire mit seiner Familie!", verkündete sie, bevor der Butler sie anmelden konnte, nahm ihr übergeschlagenes Bein herunter und kam mühsam auf die Füße. „Ich habe Eure Tochter und ihren Mann gestern im Dorf getroffen, müsst Ihr wissen, aber ich hatte noch nicht das Vergnügen, den Rest von…"

„In diesem Falle müsst Ihr mir erlauben", unterbrach seine Lordschaft geschickt und brachte seine Schwiegermutter damit zum Schweigen. „Sir Thaddeus, Lady Runyon, Mr. und Mrs. Pickett, darf ich Lady Buckleighs Eltern vorstellen, Mr. und Mrs. Horace Gubbins? Ich bin sicher, ich muss meine Frau nicht vorstellen, denn Ihr werdet Euch an sie von der Abendgesellschaft bei Brantleys erinnern." Der ziemlich gequälte Blick, den er auf Pickett richtete, machte deutlich, dass die Präsentation von Lady Buckleigh nicht das einzige denkwürdige Ereignis jenes Abends gewesen war. „Mutter Gubbins, wie Ihr richtig vermutet habt, sind dies Sir Thaddeus und Lady Runyon, und Mr. und Mrs. John – Ihr sagtet, es war John, nicht wahr? – Pickett."

Die Männer reichten sich die Hände und obwohl Lady

Runyon es nicht ganz fertigbrachte zu knicksen, neigte sie den Kopf, während sie dabei auf eine Weise Augenkontakt mit Mrs. Gubbins aufrechterhielt, wie ein Kaninchen es bei einer Kobra tun mochte. Beim Essen war es nicht besser, denn es war unvermeidlich, dass eine so schlecht zueinanderpassende Gruppe von Menschen einander wenig zu sagen haben würde. Pickett wunderte sich darüber, dass Lord Buckleigh diese unpassende junge Frau geheiratet hatte und beschloss, wenn ihm jetzt die offensichtliche Vulgarität seiner neuen Schwiegereltern peinlich wäre, hätte er das sehr wohl verdient.

„Und jetzt, Mr. Pickett, würde ich gern ein bisschen mehr über Euch wissen", sagte Mrs. Gubbins, als das verlässliche Thema des Wetters erschöpft war. „Ich bin sicher, ich übertreibe nicht, wenn ich sage, dass Ihr ein seltsamer Ehemann für eine Lady seid – seid Ihr immer noch eine Lady, Ma'am oder nur eine einfache Missus wie ich?"

Eine Missus, dachte Pickett, *aber glücklicherweise gar nicht wie Ihr.*

„Nun, Edna", tadelte Mr. Gubbins seine Frau, „ich bin sicher, dass jeder das Gleiche über unsere Betty sagen könnte, weil sie seine Lordschaft geheiratet hat."

„Das meine ich ja", beharrte Mrs. Gubbins unerschrocken. „Ihr, Mr. Pickett, scheint mir die Art von Mann zu sein, der unsere Betty hätte nehmen können, wenn sie nicht das Auge unseres lieben Lord Buckleighs auf sich gezogen hätte." Sie strahlte ihren am Kopf des Tisches sitzenden Schwiegersohn bewundernd an.

„Leider bedeutet ein großartiger Titel nicht immer eine gute Ehe", warf Sir Thaddeus ein, was Pickett darüber nachgrübeln ließ, wie viel er von Claudias Ehe wusste, bis der Squire dieses Thema weiter ausführte. „Lord Field-hurst, müsst Ihr wissen, ruinierte sich selbst und wurde deshalb noch getötet und hätte verd... äh, verflixt beinahe noch Julia mitgerissen. Wäre Mr. Pickett hier nicht gewesen, hätte sie wegen seiner Ermordung am Galgen enden können."

„Ist das so?" Mrs. Gubbins warf Julia einen scharfen Blick zu. „Ich hoffe, Ihr habt nicht nur aus Dankbarkeit eine so schlechte Partie akzeptiert, meine Liebe, denn das hält gewöhnlich nicht lange vor."

Julia warf den Kopf in den Nacken. „Nein, gar nicht! Mr. Pickett wird weithin für seine Klugheit bewundert und hat viele Fälle gelöst, in denen es den Anschein hatte, als würde der Schurke ungestraft davonkommen. Erst kürzlich wurde er von der russischen Regierung für seine Bemühungen für die Prinzessin Olga Fjodorowna in der Nacht des Brandes im Drury Lane Theater belohnt."

Pickett spürte, wie er rot wurde und sah seine Aussichten, Lord Buckleigh in Sicherheit zu wiegen, verblassen. „Es klingt weit weniger beeindruckend, wenn man bedenkt, dass meine ,Bemühungen' größtenteils darin bestanden, mir einen Schlag auf den Kopf geben zu lassen", widersprach er.

„Ich bin sicher, Ihr seid zu bescheiden, Mr. Pickett", beharrte Mrs. Gubbins. „Ich schätze, Ihr seht viele interessante Dinge bei Eurer Arbeit – interessanter als Mr. Gubbins dort, denn obwohl er ein nettes Sümmchen verdient, ist das Leben eines Tuchhändlers alles andere als aufregend."

„Es ist sicherlich überraschend, wie tief ein Mensch sinken kann", stimmte Pickett zu und sah seine Chance. „Erst kürzlich erfuhr ich von einem Fall, wo ein Ehemann seine arme Frau so misshandelte, dass sie gezwungen war, zu fliehen, um ihr Leben zu retten. Und zeigte der Mann Reue wegen seiner Misshandlungen? Nicht doch! In der Tat schloss er eine bigamistische Ehe mit einer anderen Frau."

Einen Moment herrschte schockierte Stille, die von Sir Thaddeus unterbrochen wurde, der fragte: „Wusste der Mann, dass seine erste Ehefrau noch lebte?"

„Das habe ich mich auch gefragt, Sir", antwortete Pickett.

„Es ist einfach, die Handlungen anderer zu verurteilen, wenn wir nicht alle Fakten kennen", bemerkte Lord Buckleigh. „Vielleicht wünschte er sich verzweifelt einen Sohn, der seinen Titel erben sollte."

Picketts Augenbrauen wanderten nach oben. „Habe ich erwähnt, dass er einen Titel trug?"

„*Touché*, Mr. Pickett." Seine Lordschaft lächelte dünn. „Ich schätze, es ist menschlich, wenn man annimmt, dass die Lage eines anderen Ähnlichkeit mit der eigenen haben muss. Da ich einen Erben brauche, muss ich es bei jedem anderen Mann auch für wichtig halten."

„In der Tat, Mylord, Ihr habt völlig recht", bestätigte Pickett, hob sein Weinglas und nahm einen Schluck. „Da war ein Titel – eine Baronie, wenn ich es richtig verstanden habe."

„Aber wie schrecklich für seine arme, zweite Frau!", rief Lady Runyon aus. „Zweifellos glaubt sie, legal mit diesem Baron verheiratet zu sein, obwohl sie tatsächlich ziemlich ruiniert sein muss, wenn die Wahrheit über ihre Situation bekannt wird."

„Ja, in der Tat", stimmte Mrs. Gubbins zu und versetzte die Lady des Squire unbewusst in die überraschende Lage, die Ansicht einer so vulgären Person zu teilen. „Wenn jemand mein Kind so schäbig behandeln würde, *ich* wüsste, was ich mit ihm täte!"

„Ich bin sicher, das könnte Euch niemand verübeln, Mrs. Gubbins", sagte Pickett, und nachdem er seinen Standpunkt klargemacht hatte, hielt er es für an der Zeit, das Thema zu wechseln. „Aber ich kann Eure Meinung, dass die Arbeit Eures Gatten im Gegensatz zu meiner langweilig sein muss, nicht teilen. Man neigt dazu, an Brandy zu denken, wenn das Thema Schmuggel auftaucht, aber ich glaube, dass in England mehr als ein paar Ballen Seide zum Verkauf gelangen, für die nie Zoll bezahlt wurde, nicht wahr, Sir?"

„Ja, das gibt es, und für diejenigen von uns, die versuchen, ehrlichen Handel zu betreiben, verderben sie die Preise", sagte Gubbins ausgesprochen erfreut. Er ertappte sich bei dem Wunsch, seine Tochter hätte so einen Kerl geheiratet – ja, einen besonnenen jungen Mann, dem er eines Tages sein Geschäft hätte hinterlassen können, keinen hochnäsigen Lord, in dessen Nähe man sich nicht bewegen konnte, aus Angst, etwas Falsches zu tun. Nicht dass Lord Buckleigh jemals etwas gesagt hätte, aber er hatte eine Art, einen von oben herab zu betrachten, die mehr sagte als alle Worte. Zugegeben, Mrs. Gubbins schien es nicht zu bemerken, und die kleine Betty war überglücklich, eine Lady zu sein. Wenn seine Frauen glücklich waren, nahm er an, dass er es auch sein musste.

Schließlich (und erst nachdem ihre Mutter sie leicht angestoßen hatte) gab Lady Buckleigh den Damen das Zeichen, sich zurückzuziehen, und die Herren blieben am Tisch für den Portwein nach dem Essen. Das Gespräch zwischen den Männern war eher unzusammenhängend, und Pickett hatte den Eindruck, dass sein Gastgeber die Unterhaltung nur aus Höflichkeit aufrechterhielt, bis er die kleine Gesellschaft taktvoll aufheben konnte – ein Verdacht, der bestätigt wurde, als sie aufstanden, um sich den Damen anzuschließen.

„Ich hätte gern ein Wort mit Euch gesprochen, Mr. Pickett", sagte seine Lordschaft, und das Glitzern in seinen Augen verriet Pickett, dass er diese Unterhaltung vermutlich nicht genießen würde. „Sir Thaddeus, Mr. Gubbins, ich bin sicher, Ihr werdet uns bei den Damen entschuldigen."

Mr. Gubbins wagte es nicht, seinem Schwiegersohn in irgendetwas zu widersprechen, und Sir Thaddeus sah in dem Wunsch seiner Lordschaft nach einem *tête-à-tête* nichts Verwunderliches, da er sich Lord Buckleighs Bitte bewusst war, dass Pickett ihn über seine Fortschritte bei der Ermittlung wegen Tom Pratts Tod auf dem Laufenden halten sollte. Daher stimmten beide Männer diesem Vorgehen zu und überließen Pickett seinem Schicksal.

„Wenn Ihr mir in mein Arbeitszimmer folgen wollt, Mr. Pickett, dort sind wir ungestört", sagte Lord Buckleigh und ging vom Speisesaal durch den Flur zu einem quadratischen Raum, der männlichem Geschmack entsprechend mit viel Holz und Leder eingerichtet war, dazu bronzefarbenen Samtvorhänge an den hohen Fenstern. Er bot Pickett einen messingverzierten Stuhl an und setzte sich dann hinter seinen langen Mahagoni-schreibtisch. Pickett fühlte sich eher wie ein unartiger

Schüler, der zu einem strengen Lehrer gerufen wurde; in der Tat war es nur die Erkenntnis, dass genau dies die Absicht seiner Lordschaft war, die es ihm ermöglichte, dem unangenehmen Impuls zu widerstehen, auf seinem Stuhl herumzurutschen.

„Ihr seid noch nicht auf mich zugekommen, um einen Haftbefehl ausstellen zu lassen", war Lord Buckleighs Eröffnungszug. „Soll ich daraus schließen, dass Ihr noch nicht herausgefunden habt, wer Sir Thaddeus' Stallmeister getötet hat?"

Pickett hielt inne, um die Frage seiner Lordschaft für einen langen Moment zu prüfen, bevor er antwortete. „Sagen wir vielmehr, dass ich noch nicht genügend Beweise gefunden habe, um dies zur Zufriedenheit einer Jury zu beweisen."

Lord Buckleighs Augenbrauen hoben sich leicht. „Eine vorsichtige Antwort, Mr. Pickett, und zweifellos eine weise."

„Ich habe ein paar Fragen, die ich Euch stellen muss, Mylord, wenn ich darf."

„Alles, was ich tun kann, um Euer Streben nach Gerechtigkeit zu beschleunigen, steht Euch natürlich zur Verfügung", versicherte ihm der Baron mit Bewegung einer gut gepflegten Hand.

„Es ist mir aufgefallen, dass Tom Pratt, bevor Sir Thaddeus ihn anstellte, in Euren eigenen Ställen arbeitete.

Ist das richtig?"

„Ja, und?"

„Wann schied er aus Euren Diensten aus, und warum?"

Lord Buckleigh nahm einen Brieföffner zur Hand und drehte ihn müßig in seiner Hand hin und her, während er das Spiegeln des Feuerlichts auf der Klinge beobachtete. Wenn er Pickett damit an den Anblick von Tom Pratts von einem Ohr zum anderen aufgeschlitzten Hals erinnern wollte, gelang ihm das aufs Beste. „Wann? Das müsste im Sommer '96 gewesen sein, wenn ich mich recht erinnere. Warum, nun, ich schätze, das dürfte Euer Schwiegervater besser wissen als ich. Wenn Ihr etwas über Sir Thaddeus erfahren habt, dürftet Ihr bemerkt haben, dass er sehr viel Wert auf seine Pferde legt und für ihre Pflege keine Kosten scheuen würde. Ich schätze, er muss von Tom Pratts Fähigkeiten beeindruckt gewesen sein und ihm einen höheren Lohn angeboten haben, als er bei mir bekam."

„Sommer '96", wiederholte Pickett nachdenklich. „Vor fast dreizehn Jahren. Das wäre ungefähr zur gleichen Zeit, als die erste Lady Buckleigh verschwand, nicht wahr?"

Lord Buckleigh hob den Kopf und sah Pickett von oben herab an, seine hellblauen Augen kalt wie Eisstücke. „Mein guter Mann, ist es möglich, dass Ihr die Unverschämtheit besitzt, *mich* zu verhören? Was zum

Teufel könnte ein bloßer Stallbursche mit dem Verschwinden meiner Frau zu tun haben?"

„Vielleicht nichts", gab Pickett zu. „Oder vielleicht wusste er Dinge über dieses Verschwinden, die ihn dazu veranlassten, es für sicherer zu halten, nicht in Euren Diensten zu bleiben."

Lord Buckleigh lachte in sich hinein und schüttelte verwundert den Kopf. „Ich muss sagen, Mr. Pickett, Ihr habt eine blühende Fantasie. Selbst wenn ich dazu neigen würde, einen Stallburschen für den Verlust meiner Frau verantwortlich zu machen, ist es wahrscheinlich, dass ich dreizehn Jahre warten würde, um mich an ihm zu rächen?"

Seine Lordschaft warf den Brieföffner beiseite und beugte sich mit finsterem Gesicht über den Schreibtisch; seine Stimme klang tief und bedrohlich. „Macht keinen Fehler, Mr. Pickett: in London mögt Ihr als so etwas wie ein *enfant prodige* gelten, aber zwischen diesen alten Familien des Landadels seid Ihr nichts als ein Emporkömmling, der es durch schäbige Tricks geschafft hat, über seinen Stand zu heiraten. Wenn Ihr den Versuch macht, auch nur den leisesten Ansatz, meinen Namen zu beschmutzen, wird das für Euch sehr, sehr übel enden. Habe ich mich deutlich ausgedrückt?"

Pickett, der sich nicht einschüchtern ließ, schaute ihm direkt ins Auge. „Absolut deutlich, Euer Lordschaft."

„Ausgezeichnet." Lord Buckleigh stand mit

katzenhafter Anmut auf, wieder der angenehme Gastgeber. „Jetzt, wo wir uns einig sind, schlage ich vor, dass wir uns den Damen anschließen."

16

In dem eine Falle gestellt wird

E r hat sich nicht einmal die Mühe gemacht, es zu leugnen, abgesehen davon, dass er pro forma gegen meine Unverschämtheit protestierte, ihn zu befragen", erzählte Pickett am nächsten Morgen bitter.

Er und Julia hatten eine weitere Wanderung zum Wildhüterhaus gemacht, und Julia saß jetzt neben ihrer Schwester auf dem abgenutzten Rosshaarsofa. Jamie stand neben dem Kamin und lehnte seine breiten Schultern an den Kaminsims, während Pickett auf und ab ging und über seinen nächsten Schritt nachdachte.

„Wie Ihr sagtet, Major, er ist ausgesprochen kaltschnäuzig." Er lachte kurz und freudlos auf. „Und warum auch nicht? Selbst wenn ich morgen unwiderlegliche Beweise vorlegen könnte, kann ich ihn kaum um einen Haftbefehl bitten – und er das weiß er."

„Dann wird Buckleigh niemals für seine Verbrechen

büßen müssen", sagte Claudia mit einem resignierten Seufzer. „Manche Dinge ändern sich nie."

Pickett machte noch eine Runde durch den Raum, das Kinn in eine Hand gestützt. „Vielleicht nicht, zumindest nicht, soweit es Tom Pratt betrifft", sagte er langsam. „Aber wenn er sich bedroht fühlte, wenn er sich gezwungen fühlte, erneut zu handeln, und wenn Zeugen zur Stelle wären, um ihn bei dem Versuch zu ertappen…"

„John, du denkst doch nicht daran, ihn öffentlich zu beschuldigen!", rief Julia aus.

Er schüttelte ungeduldig den Kopf. „Nein, denn ich glaube nicht, dass es das Geringste bewirken würde, wenn ich das täte. Er würde nur darüber lachen und mich als – ich zitiere hier – ‚einen Emporkömmling aus London' abtun, der über seinem Stand geheiratet hat."

„Aber er hat dir gedroht! Sicher hätte er das nicht getan, wenn er nicht gedacht hätte, er hätte etwas von dir zu befürchten."

„Ich bin überzeugt, dass er nur daran gedacht hat, mir genug Angst zu machen, um die Ermittlungen einzustellen. Ich glaube nicht, dass er etwas gegen mich unternehmen würde, denn er ist überzeugt, dass ich keine ausreichend große Gefahr darstelle, um das Risiko wert zu sein. Aber wenn es jemanden gäbe, den er wirklich fürchten müsste, jemanden, bei dem er es für notwendig hielte, ihn um jeden Preis loszuwerden…"

Jamie runzelte die Stirn. „An wen denkt Ihr, Mr. Pickett?"

Pickett antwortete nicht, sondern wandte sich stattdessen dem Sofa zu, auf dem Claudia saß. „Ich hasse es, Euch um so etwas zu bitten, Lady Buckleigh ..."

Sie schauderte vor Abscheu. „Bitte, nennt mich nicht bei diesem abscheulichen Namen! ‚Claudia' reicht völlig."

„Gut, Claudia. Lord Buckleigh weiß dank Tom Pratt, dass Ihr am Leben seid, aber wenn er herausfinden würde, dass Ihr ausgerechnet hier in Norwood Green seid und beabsichtigt, Eure Anwesenheit bekannt zu machen ..."

„Nein!" Jamies Schultern lösten sich vom Kaminsims. „Nein, das lasse ich nicht zu! Ich werde nicht erlauben, dass Ihr Claudia in Gefahr bringt."

„Sie ist in Gefahr, seit Lord Buckleigh von ihrem Überleben erfahren hat", betonte Pickett.

„Er hat ganz recht, Jamie", stimmte Claudia zu.

„Ja, und seine Lordschaft könnte trotzdem hierher kommen, um nach ihr zu suchen", sagte Pickett. „Wir können uns glücklich schätzen, dass die Anwesenheit seiner Schwiegereltern seine Zeit in Anspruch nimmt, sonst hätte er dies möglicherweise bereits getan. Schließlich habe ich ihm gesagt, dass ich glaubte, jemand würde hier leben."

„Warum zum Teufel habt Ihr das getan?", verlangte Jamie zu wissen.

„Ich hatte zu jenem Zeitpunkt keinen Grund, ihn zu verdächtigen. Immerhin ist er der Friedensrichter. Er hatte mir gerade die Erlaubnis gegeben, Nachforschungen anzustellen – ziemlich widerstrebend, wenn ich jetzt darüber nachdenke – und darum gebeten, über meine Ergebnisse auf dem Laufenden gehalten zu werden. Woher hätte ich wissen sollen, dass er mich nur ausfragen wollte? Außerdem", fügte er in wachsender Empörung hinzu, „wenn bestimmte Personen nicht darauf bestanden hätten, so geheimnisvoll zu sein, als ich an diesem Tag nachforschen wollte, und mir deutlich von der Gefahr erzählt hätten, die seine Lordschaft darstellte, wäre ich möglicherweise vor ihm gewarnt gewesen."

„Ich hatte Euch erst am Abend zuvor kennengelernt!", protestierte Jamie. „Warum hätte ich Euch vertrauen sollen?"

„Jungs, Jungs! Seid nett zueinander", tadelte Claudia mit einem Zwinkern. Sie sah zu Pickett auf. „Sagt mir, Mr. Pickett, was soll ich tun?"

„Wenn Ihr nach Lord Buckleigh schicken könntet, dafür sorgen, dass er hierher kommt", sagte Pickett und ignorierte Jamies Protestgeräusche. „Der Major und ich würden außer Sichtweite warten, beide bewaffnet – Ihr habt doch eine Pistole, die Ihr mir borgen könntet, nicht wahr, Major? – und wenn Ihr ihm dann klarmachen würdet, dass Ihr es müde wäret, Euch zu verstecken, würde er etwas unternehmen müssen, um Euch auf Dauer loszuwerden…"

„Was er meint ist, dass Buckleigh versuchen wird, dich zu töten", unterbrach ihn Jamie. „Ich sage Euch, Mr. Pickett, ich werde das nicht erlauben."

„Vielleicht *du* nicht, Jamie, aber *ich* habe kein Gelübde abgelegt, dir zu gehorchen, zumindest noch nicht", erinnerte ihn Claudia. „Zufällig habe ich eine alte Rechnung mit seiner Lordschaft zu begleichen, und er könnte überrascht sein zu entdecken, dass ich kein verängstigtes und eingeschüchtertes junges Mädchen mehr bin. Aber welchen Vorwand sollte ich nennen, Mr. Pickett? Sicher keine Erpressung, denn das wurde bereits versucht – ich weiß! Ich werde ihn bitten, beim Parlament eine Scheidung zu beantragen! Er kann dem nicht zustimmen, denn dies würde bedeuten, einzugestehen, dass seine erste Ehefrau noch lebt und seine Ehe mit diesem Mädchen nicht gültig ist."

Jamie schaute finster. „Das würde ihn auf jeden Fall provozieren." Er wandte sich an Pickett. „Ich bin eher daran gewöhnt, Befehle zu erteilen, als sie zu befolgen, aber da Claudia anscheinend entschlossen ist, diesen Weg zu einzuschlagen, muss ich alles tun, um seinen Erfolg sicherzustellen. Wo sollen wir uns aufstellen? Ich sehe nicht, dass dieser Ort viele Möglichkeiten bietet, wo wir uns verstecken und still warten könnten, um seine

Lordschaft zu überwachen."

Pickett warf einen Blick auf den kleinen Raum und musste die Berechtigung von Major Penningtons Einwand zugeben; die Möbel hätten nicht einmal ausgereicht, um einer Katze ein Versteck zu bieten. Der Dachboden würde ihnen ein passendes Versteck bieten, aber auch Lord Buckleigh aus der Reichweite ihrer Pistolen bringen. Eine schmale Tür im Hintergrund bot eine Möglichkeit; Pickett durchquerte den Raum, um sie zu öffnen und entdeckte einen zweiten Raum, der als Küche diente. Er trat in die Küche und schloss die Tür hinter sich, legte dann sein Auge an den schmalen Spalt zwischen Tür und Rahmen. Er konnte Claudia und Jamie sehen, doch von Julia keine Spur, obwohl sie direkt neben ihrer Schwester auf dem Sofa saß. Von der anderen Seite der Tür, wo die Scharniere sich befanden, ergab sich ein etwas anderer Ausblick. Von diesem Standpunkt aus konnte er Julia und Jamies linken Arm und Schulter sehen, aber der Blick auf Claudia wurde ihm vom Türfutter versperrt.

Er öffnete die Tür wieder. „Wir können uns hinter der Tür verstecken, aber der Winkel ist nicht gut. Wenn wir einen gutes Schussfeld auf seine Lordschaft haben wollen, muss er direkt in unserer Sichtlinie stehen, die schmaler sein wird, als ich es mir wünschen könnte." Er schaute Claudia an. „Wenn wir die Linien berechnen und auf dem Boden markieren würden, glauben Sie, dass Sie ihn davon abhalten könnten, sich über sie hinaus zu bewegen?"

„Nein, wir dürfen nicht so viel dem Zufall überlassen", protestierte Jamie. „Wir werden das Fenster
benutzen müssen."

Alle drehten sich um, um das einzelne Fenster in der
Wand neben der Haustür zu betrachten. Es sah nicht
vielversprechend aus, vor ihm hingen dünne Gardinen aus
Musselin, die volle drei Fuß über dem Boden aufhörten.

„Ich bin sicher, dass Lord Buckleigh keine Wölbung
hinter dem Vorhang bemerken würde, ganz zu schweigen
von der Tatsache, dass dem Fenster Beine gewachsen
sind", sagte Pickett, seine Stimme triefte vor Ironie.

„Nein, wird er nicht, denn er wird sie nicht sehen",
antwortete der Major. „Wir werden aus dem Bettüberwurf
von dem Bett oben einen dickeren Vorhang machen, der
bis ganz auf den Boden reicht. Ich werde eine
Gardinenstange anbringen, die weiter von der Wand
absteht, sodass dahinter ein Zwischenraum entsteht."

„Könnt Ihr das?", fragte Pickett widerwillig beeindruckt.

„Ich bin seit fast dreizehn Jahren in der Armee",
erinnerte Jamie ihn. „Wenn ich in dieser Zeit etwas gelernt
habe, ist es, wie man improvisiert."

„Aber was ist mit Claudias Bett?" Julia protestierte.
„Sie wird ohne Decke frieren."

„Du vergisst, dass Claudia eine erfahrene Soldatin ist.

Sie hat schon weit Schlimmeres durchgehalten. Wohlgemerkt", fügte er hinzu und warf Pickett einen strengen Blick zu, „es gefällt mir immer noch nicht."

Pickett nickte verständnisvoll. „Ich weiß, dass es Euch nicht gefällt, Major, aber ich verspreche Euch, wir werden alle Vorsichtsmaßnahmen treffen, um dafür zu sorgen, dass Eurer Frau kein Leid geschieht."

Jamies Stirnrunzeln verschwand, und als er wieder sprach, klang seine Stimme völlig verändert. „Ich danke Euch dafür, Mr. Pickett."

„Wofür?"

„Dass Ihr sie meine Frau genannt habt."

Pickett zuckte mit den Achseln, plötzlich verlegen. „Ich sage nur, was ich sehe, Major."

* * *

Als Pickett und Julia eine halbe Stunde später das Haus verließen, waren alle Pläne besprochen. Leider war ein kleines Detail noch nicht angesprochen worden, von dem Pickett nichts wusste, bis die beiden über die Hügel wieder in Richtung Runyon Hall wanderten.

„Eines ist mir noch nicht klar", sagte Julia. „Was soll ich tun?"

„Was meinst du?", fragte Pickett völlig ahnungslos.

„Während Claudia mit Buckleigh spricht und du und Jamie euch mit Pistolen hinter dem Vorhang versteckt und auf ihn zielt, wo soll ich sein?"

„Ich weiß es nicht", sagte er, etwas erstaunt über die Frage. „Ich nehme an, du wirst bei deinen Eltern sein und tun, was immer sie an diesem Tag tun."

„John!" Sie blieb plötzlich stehen und wirbelte zu ihm herum. „Du kannst nicht vorhaben, mich völlig außen vor zu lassen!"

„Genau das beabsichtige ich! Mylady, wir sprechen über eine Konfrontation mit einem Mörder! Glaubst du wirklich, ich würde dich dem aussetzen?"

„Du hast nicht zweimal darüber nachgedacht, Claudia dem auszusetzen!"

„Das ist etwas anderes."

„Oh?" Ihre Stimme hätte Wasser zu Eis gefrieren lassen können. „Inwiefern?"

„Sie ist ohnehin weit mehr darin verwickelt", erklärte er. „Schließlich ist der Mann ihr Ehemann."

„Und ich bin ihre Schwester!"

„Und du bist meine Frau." Als er sah, dass diese Aufrechnung von familiären Beziehungen zu nichts führte, versuchte er es auf andere Weise. „Der ganze Zweck dieses Treffens ist, seine Lordschaft dazu zu provozieren, Claudia anzugreifen. Er wird das kaum tun, wenn ihre jüngere Schwester anwesend ist."

„Aber ich könnte mich verstecken, so wie du und Jamie", sagte sie flehend. „Ich weiß, dass das Fenster nicht groß ist, aber ich nehme nicht viel Platz ein."

Nein, das wohl nicht. Tatsächlich passte sie genau unter seinen Arm, während dabei ihr Haar sein Kinn kitzelte – „Darum geht es nicht", sagte er und schob alle zu ablenkenden Gedanken beiseite. „Ich werde dich nicht unnötig in Gefahr bringen."

„Du hast Jamie gesagt, dass Claudia absolut sicher sein würde!"

„Ja, wenn er und ich zusammen auf sie aufpassen. Aber wenn du da bist, werde ich nicht an Claudia denken, jedenfalls nicht nur. Wenn du da bist, wird mir deine Sicherheit am wichtigsten sein, nicht ihre."

Ihr Gesicht wurde sanfter. „Das ist schrecklich lieb von dir John, aber vielleicht könnte ich auf dem Dachboden bleiben, abseits jeder Gefahr …"

„Ich bin fest entschlossen, Julia. Anders als Claudia *hast* du geschworen, mich zu lieben, zu ehren und mir zu gehorchen. Ich habe nicht vor, das zu missbrauchen, aber ich fürchte, dieses Mal muss ich darauf bestehen, dass du mir gehorchst."

Sie öffnete ihren Mund, um einen empörten Protest gegen eine solche hochmütige Behandlung zu äußern, aber die Worte blieben ihr im Hals stecken. Es war genauso, wie sie ihrer Mutter gesagt hatte: Er war kein Junge, dieser junge Mann, den sie geheiratet hatte. Er würde sich nicht einschüchtern lassen, weder durch Lord Buckleighs Drohungen noch auch durch ihr liebevolles Drängen. Und seltsamerweise entdeckte sie, dass ihr das lieber war.

„Na gut, wenn du darauf bestehst", räumte sie widerwillig ein. „Ich schätze, es wird sogar besser sein, wenn ich dieses Mal zu Hause bleibe, damit Mama oder Papa nicht zu neugierig darauf werden, wohin wir jeden Morgen gehen. Doch du musst mir versprechen, mir alles zu erzählen, sobald du zurückgekehrt bist!"

Er nahm den Finger, den sie gerade in seine Brust gebohrt hatte, und hob die Hand an die Lippen. „Jedes Wort", sagte er, dann gingen sie Hand in Hand weiter.

17

In dem eine Falle zuklappt.

Sie waren volle fünfzehn Minuten vor zehn Uhr am nächsten Morgen in Stellung, zu dem Zeitpunkt, der für dieses Treffen angegeben worden war. Jamie hatte seine scharlachrote Uniform gegen ländlichen Tweet eingetauscht und stand Schulter an Schulter mit Pickett in der Nische, die durch den dicken, behelfsmäßigen Vorhang entstanden war; von dort aus konnten sie die Vorgänge durch strategisch im Stoff angebrachte Schlitze verfolgen. Diese waren Jamies Idee gewesen. Tatsächlich schien es Pickett, dass der Major, nachdem er sich mit dem Plan abgefunden hatte, die gesamte Operation übernommen hatte; offenbar hatte Jamie nicht übertrieben, als er gesagt hatte, er sei eher daran gewöhnt, Befehle zu geben, als sie zu befolgen. Jedoch fand Pickett, dass er Major Pennington das kaum vorwerfen konnte: wenn es seine eigene Ehefrau gewesen wäre, die als Köder vor der

Nase eines Mörders baumelte, um diesen zu ergreifen, bezweifelte er, dass er sich damit zufriedengegeben hätte, die Einzelheiten einem relativ Fremden zu überlassen.

„Ich wünschte, er würde sich beeilen", klagte Claudia. Durch die Schlitze im Vorhang konnte Pickett sie auf dem abgenutzten Sofa sitzen und mit nervösen Händen ihre Röcke zerknüllen sehen. „Ich will es nur hinter mir haben."

„Claudia, meine Liebe, du darfst nicht sprechen. Wir können nicht riskieren, dass Lord Buckleigh uns hört, sollte er unerwartet hereinkommen."

Obwohl Jamies Stimme sanft war, konnte Pickett die Spannung spüren, die von dem Mann an seiner Seite ausging. Er vermutete, dass sie alle Claudias Gefühle teilten, auch wenn sie nicht frei waren, darüber zu diskutieren.

Und so warteten sie schweigend, bis schließlich, nach dem, was wie Stunden schien, obwohl es nicht mehr als zehn Minuten hätte sein können, ein festes Klopfen an der hölzernen Haustür ertönte. Pickett und Jamie tauschten einen Blick und zückten ihre Pistolen.

„Herein", rief Claudia mit fester Stimme, ihr innerer Aufruhr wurde nur durch das zwanghafte Glätten ihrer Röcke verraten.

Die Tür öffnete sich, und Lord Buckleigh betrat den Raum, jeden Zoll der ländliche Aristokrat in einer rostroten Reitjacke, rehledernen Reithosen und hohen Stiefeln. „Also ist es wahr", sagte er und stand schließlich die Frau gegenüber, die er seit mehr als einem Jahrzehnt nicht mehr gesehen hatte. „Es ist lange her, Claudia."

Sie erhob sich anmutig bei seinem Erscheinen, trat aber nicht vor, um ihn zu begrüßen. „Meiner Meinung nach nicht lange genug."

„Und doch hast du nach mir geschickt, nicht umgekehrt." Sein langer, anerkennender Blick wanderte über ihre noch jugendliche Gestalt, ihre blonden Haare, unberührt von Grau, ihre goldene, sonnenverwöhnte Haut. „Du siehst gut aus, meine Liebe."

„Tatsächlich?", fragte sie leicht überrascht. „Ich schätze, es muss daran liegen, dass ich keine blauen Flecke habe."

Der vertraute Zorn huschte über sein Gesicht und sie zwang sich, nicht instinktiv zusammenzuzucken, wie sie es in früheren Zeiten getan hatte. Sie war kein verängstigtes Mädchen mehr, und obwohl er legal noch ihr Ehemann war, hatte er keine wirkliche Macht über sie, nicht mehr. Hinter dem Vorhang verbarg sich ein Mann – eigentlich sogar zwei – der dafür sorgen würde.

„Sicherlich bist du nach all den Jahren nicht auf mich zugekommen, nur um Worte über irgendeinen vermeintlichen Groll zu verlieren", beklagte sich Lord Buckleigh.

Jamies Arm, der die Pistole hielt, zuckte, als Lord
Buckleigh seine Misshandlung Claudias so leichtfertig
abtat, und Pickett legte ihm beruhigend die Hand auf den
Ärmel.

„Nein, Worte will ich nicht verschwenden, aber ich
habe eine Forderung." Sie holte tief Atem und presste ihre
Hände fest vor ihrem Bauch zusammen. „Ich möchte, dass
du beim Parlament die Scheidung beantragst."

Wenn sie gehofft hatte, seine bedrückende Ruhe zu
stören, hatte sie die Genugtuung zu sehen, dass sie es
geschafft hatte, wenn auch nur für einen Moment. „Eine
Scheidung? Warum zum Teufel sollte ich das tun?"

„Weil ich es satt habe, mich zu verstecken. Ich
möchte mein Leben weiterführen, und ich bin sicher, dass
du das auch wünschen musst. Ich habe erfahren, dass du
dir eine neue Frau gesucht hast, Buckleigh. Ich frage mich,
was sie sagen würde, wenn sie erführe, dass ihre Ehe mit
dir ungültig ist? Ich weiß aus guter Quelle, dass du dir nie
die Mühe gemacht hast, mich rechtmäßig für tot erklären
zu lassen."

„Nein, denn obwohl ich fast sicher war, dass du tot
warst – dein Schal wurde in der Schlucht gefunden, weißt
du, blutdurchtränkt – bestand immer noch die Möglichkeit,
dass du nur geflohen warst und deinen Schal mit dem Blut
eines Kaninchens oder eines Eichhörnchens getränkt
hattest, um mich von deiner Spur abzulenken. Ich wagte es

nicht, rechtliche Schritte zu unternehmen, weil ich befürchtete, es könnte dich aus deinem Versteck holen, wo auch immer du warst."

„Du ‚fürchtetest‘, Buckleigh? Du hattest Angst vor mir?" Sie schnaubte verächtlich. „Ich wünschte, ich wäre hier gewesen, um das zu sehen!"

Er schaute finster bei ihrer Unterbrechung. „Ich fand eine wohlhabende Kaufmannstochter, deren Eltern zu begeistert waren von der Aussicht, dass ihr Kind in den Adel einheiraten würde, als dass sie sich über einen Skandal von vor dreizehn Jahren Gedanken gemacht hätten. Ich bin fünfzig Jahre alt, wie du weißt. Ich brauche einen Erben." Sein Gesicht wurde finster, als ein neuer Gedanke – oder vielmehr ein alter, längst vergessener – ihm kam. „Da war ein Kind, Claudia. Er wäre jetzt ungefähr zwölf Jahre alt. *Was hast du mit meinem Kind gemacht?*"

„Kannst du es dir nicht denken?", fragte sie mit einem bitteren Lachen. „Das Blut, das du auf meinem Schal gefunden hast, war alles, was von deinem Erben übrig geblieben ist. Ich hoffe, du hast ihm ein ordentliches Begräbnis gegeben."

„Verdammt sollst du sein!" Er wollte auf sie losgehen und Pickett war gezwungen, Jamie am Arm zu packen, um ihn zurückzuhalten. „Das hast du absichtlich getan, ja? Du hast dich meines Kindes entledigt, damit du frei warst, um

Gott weiß wohin zu verschwinden!"

Sie schüttelte den Kopf in einer Mischung aus Erstaunen und Resignation. „Du hast dich nicht verändert, nicht wahr, Buckleigh? Nichts ist jemals deine Schuld. Immer ist jemand anderes schuld, und das war gewöhnlich ich. Darf ich dich daran erinnern, dass du mich an jenem Tag in den Bauch getreten hast? *Du* hast das getan, Buckleigh. Du hast unser Kind umgebracht, ebenso sicher, als hättest du ihm die Kehle genauso aufgeschlitzt wie diesem armen Tom Pratt!"

Wenn Lord Buckleigh diese letzte Anschuldigung überhaupt hörte, reagierte er nicht darauf, so voller Wut war er über die erstere. „Du lügst!"

„Glaube doch, was du willst, aber es wird nichts an der Wahrheit ändern."

„Lasst mich dich daran erinnern, Claudia, dass du immer noch meine rechtmäßig angetraute Ehefrau bist", presste seine Lordschaft durch zusammengebissene Zähne heraus. „Es ist nicht zu spät für mich, einen Erben von dir zu bekommen, und bei Gott, ich habe Lust, dafür zu sorgen!"

Er packte ihren Arm und schleuderte sie auf das Sofa. Obwohl sie wie eine Wahnsinnige kämpfte, hielt er sie mit einem Knie auf den Röcken nieder, während er an seiner Hosenklappe fummelte. Hinter dem Vorhang wischte Jamie Picketts Arm von seinem Ärmel, als wäre es eine

Fliege. Er sicherte den Abzug seiner Pistole und warf sie beiseite, um sich dann auf Lord Buckleigh zu stürzen. Während seiner dreizehnjährigen Abwesenheit von Norwood Green hatte die Zeit die Verhältnisse zu Jamies Gunsten verändert. Einst war er ein bloßer Hänfling gewesen, der versuchte, eine junge Frau gegen einen erwachsenen Mann zu verteidigen, jetzt jedoch war Major Pennington, in der Blüte seiner Jahre und dazu noch kampferprobt, während Lord Buckleigh die Fünfzig überschritten hatte. Jamie packte seine Lordschaft am Rockkragen und am Hosenboden und hob ihn einfach von seiner sich wehrenden Frau herunter.

„Es ist Zeit für Euch zu gehen, Mylord", sagte der Major, drückte die Tür mit der Schulter auf und ließ Lord Buckleigh formlos auf die Vordertreppe fallen.

„Na, na, sieh an, der tapfere Soldat, der sich hinter einem Vorhang versteckt und einem unbewaffneten Mann auflauert", sagte Buckleigh höhnisch, rappelte sich auf und bürstete sich so würdevoll ab, wie er konnte. „Was dich betrifft, Claudia, meine Liebe, ich denke, ich sollte nicht überrascht sein zu erfahren, dass du die letzten dreizehn Jahre damit verbracht hast, für den Sohn des Pfarrers die Hure zu spielen."

Weit davon entfernt, von diesem Vorwurf beschämt zu werden, hob Claudia ihr Kinn in einer Weise, die stark an ihre jüngere Schwester erinnerte. „Nein, gar nicht!

Warum solltest du überrascht sein, wenn du mich ihm förmlich in die Arme getrieben hast? Warum sollte ich nicht die Sünde begehen, deren ich so lange beschuldigt worden war? Jamie und ich sind vielleicht nicht legal verheiratet, aber er war ein besserer Ehemann für mich, als du es je warst!"

„‚Ehemann'?", spottete seine Lordschaft. „Nenn dich seine Frau, solange du willst, meine Liebe, aber ich weiß, was du wirklich bist. Und was das angeht, dass ich mich scheiden lasse, damit du den Pfarrersbalg heiraten kannst, musst du wissen: Du bist meine Ehefrau, ‚bis das der Tod uns scheidet'. Und wer weiß? Der Tod, der uns schließlich scheidet, wird vielleicht nicht meiner sein."

„Ist das eine Drohung, Buckleigh?", fragte Claudia.

„Nein, nur eine Bemerkung darüber, dass das Leben manchmal unerwartete Wendungen nimmt." Er warf ihr einen langen Blick zu, mit etwas, das überraschenderweise wie Bedauern wirkte, in seinen Augen. „Ich habe dich geliebt, weißt du."

Es hatte eine Zeit gegeben, vor mehr als einem Dutzend Jahre, als eine solche Behauptung sie mit Tränen der Reue in den Augen hätte um Verzeihung flehen lassen. Aber in den Jahren seither hatte sie aus erster Hand erlebt, wie ein Mann die Frau behandeln sollte, die er liebte, und so hatte sie jetzt keine Schwierigkeiten, Lord Buckleighs Versuch der Manipulation als das zu erkennen, was er war.

„‚Geliebt'?, Buckleigh? Du wirst mir verzeihen, wenn ich sagen muss, dass du seltsame Methoden hattest, es zu zeigen", sagte sie, schlug dann seiner Lordschaft die Tür vor der Nase zu, fiel dagegen und vergrub ihr Gesicht in ihren Händen.

Jamie war im nächsten Augenblick neben ihr und zog sie in seine Arme, und Pickett, der hinter dem Vorhang auftauchte, dachte, er hätte noch nie einen Mann und eine Frau gesehen, die vollständiger zueinander gehörten als diese beiden.

„Nun?", fragte der Major, und sah ihn mit einem leicht anklagenden Heben einer Augenbraue an. „Noch eine glänzende Idee des jungen Genies?"

Pickett fuhr bei der Ungerechtigkeit dieser Anschuldigung auf. „Ich sehe nicht, wie Ihr *mich* für das Scheitern des Plans verantwortlich machen könnt, wo doch *Ihr* derjenige wart, der seinen Posten verlassen hat!"

„Ich nehme an, wenn *Eure* Frau von ihrem ersten Ehemann angegriffen würde, würdet Ihr nur zuschauen und Euch Notizen machen", entgegnete Jamie.

„Nein", sagte Pickett nachdenklich. „Nein, ich hätte ihn wahrscheinlich erschossen."

„Und das hätte ich vielleicht auch getan, wenn da nicht ein gewisser Umstand gewesen wäre."

„Und was war das?"

„Dass ein Bow Street Läufer bereitstand, um mich

wegen Mordes zu verhaften", erläuterte Jamie.

Pickett grinste zerknirscht. „Ich bezweifle, dass ich das unter den gegebenen Umständen fertiggebracht hätte."

„*Jetzt* sagt er mir das!", sagte Jamie laut stöhnend zu niemandem im Besonderen.

„Mr. Pickett ist ein ehrlicher und ehrenwerter Mann", sagte Claudia zu ihrem Geliebten. „Vielleicht ist es gut, dass du ihn nicht in die Lage gebracht hast, gezwungen zu sein, seine Prinzipien zu verraten."

Sie lächelte jetzt, wenn auch etwas zittrig, und Pickett erkannte mit einiger Bewunderung für die Methoden des Majors, dass dies genau das Ergebnis war, auf das Jamie hingearbeitet hatte, seit sie die Tür hinter ihrem Mann zugeschlagen hatte. Vielleicht sollte er es in seinem Berichtsheft unter der Überschrift „Wie man mit Frauen umgeht" notieren. Schließlich war er jetzt ein verheirateter Mann; er brauchte alle Hilfe, die er bekommen konnte.

„Seine Sünden gegen Euch sind zweifellos groß, Lady – äh, Claudia, doch ich würde es vorziehen, wenn er rechtmäßig hingerichtet würde", erklärte Pickett ihr. „Ihr beide habt genug gelitten, ohne dass Major Pennington für seinen Tod verantwortlich gemacht würde, auch wenn es nur vor dem Gericht der öffentlichen Meinung wäre."

„Also was wollt Ihr jetzt tun, Mr. Pickett?", fragte sie.

Er seufzte. „Ich wünschte, ich wüsste es. Ich nehme an, ich könnte Lady Buckleigh – Miss Gubbins – befragen, vorausgesetzt, ich könnte sie von ihrer Mutter trennen. Vielleicht hat sie etwas gesehen oder gehört, ohne sich zu der Zeit der Bedeutung bewusst zu sein, etwas, das Lord Buckleigh mit Tom Pratts Ermordung in Zusammenhang bringen könnte."

„Aber würde sie bereit sein, gegen ihn auszusagen?"

Pickett zuckte die Achseln. „Wer weiß? Wenn sie glaubt, dass er sie mit einem Trick in eine bigamistischen Ehe gelockt hat, könnte sie nur zu glücklich sein, es ihm heimzuzahlen. Ich werde versuchen, sie heute Nachmittag zu sehen, aber das Wichtigste ist zunächst, Julia wissen zu lassen, dass Ihr" – er wandte sich zu Claudia – „unverletzt seid. Sie war gar nicht glücklich darüber, zurückbleiben zu müssen, wisst Ihr."

„Daran habe ich keinen Zweifel!", sagte Jamie grinsend. „Ich frage mich, ob ich Euch damit belasten kann, den langen Weg durchs Dorf zurück zu wählen, um im Pfarrhaus Halt zu machen und eine Nachricht zu überbringen."

„Natürlich", stimmte Pickett zu, und der Major schlug ihm mit der Hand auf die Schulter und ging mit ihm bis zur Tür.

„Lasst meine Eltern wissen, dass ich heute Abend nicht nach Hause kommen werde", sagte er und senkte seine Stimme zu einem verschwörerischen Murmeln. „Ich kann nicht sicher sein, ob Lord Buckleigh nicht zurückkehren wird, jetzt, da er weiß, wo er Claudia finden kann. Ich werde sie nicht allein lassen, bis ich sie an einen sichereren Ort gebracht habe."

„Sehr gut, aber welche Entschuldigung soll ich ihnen geben?"

„Ich wage es nicht, eine Einladung zum Essen mit den Runyons vorzutäuschen, aus Angst, Mama würde Lady Runyon gegenüber die Lüge auffliegen lassen. Wartet, ich hab's! Ihr könnt sagen, dass ich im *Pig and Whistle* alte Freunde getroffen habe – Mama hasst das Wirtshaus, wegen eines gewissen Schankmädchens, das etwas zu entgegenkommend ist – und eine spontane Einladung angenommen habe, über Nacht zu bleiben."

„Aber ohne Gepäck ...", widersprach Pickett.

„Wenn Mama fragt, erinnert sie daran, dass ich am Spanienfeldzug teilgenommen habe und mit sehr wenig auskomme." Er runzelte die Stirn, als der Klang eines Schusses aus der Ferne zu hören war. „Und passt auf die Wilderer auf! Greenwillows Wild ist schon viel zu lange ohne richtige Aufsicht gewesen, und es scheint, dass die Eingeborenen mutiger werden."

Pickett stimmte diesen Anweisungen zu und machte sich, nachdem er sich von Jamie und Claudia verabschiedet hatte, auf den Weg. Er nahm nicht wieder den gleichen Weg nach Runyon Hall zurück, wo seine Frau wartete, sondern schlug stattdessen einen schmalen, überwucherten Pfad ein, der sich irgendwann zu einem Karrenweg verbreitern würde, bevor er schließlich in die Hauptstraße des Dorfes mündete. Er war nicht weit auf dem Weg gegangen, als ihm ein Farbtupfer ins Auge fiel, und er erkannte im Gras das Rotbraun von Lord Buckleighs Rock, dessen herbstliche Farbe in scharfem Kontrast von den hellen Grüns des Frühlings abvorstach. Schon aus großer Entfernung war klar, dass der Rock noch die Person seiner Lordschaft umhüllte. Pickett, der sich an die Szene erinnerte, deren Zeuge er nur Minuten zuvor geworden war, wäre am liebsten dem biblischen Beispiel von Priester und Levit gefolgt und an der anderen Seite des Weges vorbeigegangen; der Ruf der Pflicht jedoch übertönte den der Neigung und er schritt widerwillig vorwärts, um, wenn nötig, Hilfe anzubieten.

Dies war, wie er feststellte, als er seine Lordschaft erreichte, nicht mehr erforderlich, denn Lord Buckleigh benötigte keinerlei irdische Hilfe mehr. Der Baron lag ausgestreckt auf dem Rücken, den linken Arm zur Seite geworfen, während die rechte Hand seine Brust umklammerte. Seine zuvor makellose Krawatte war großzügig mit Blut bespritzt, das durch seine gespreizten Finger sickerte und von dort in Rinnsalen in seine gelbliche Weste floss. Zwischen Mittel- und Ringfinger waren die ausgefransten Ränder eines kleinen, runden Lochs in der Weste zu sehen. Die glasigen Augen seiner Lordschaft starrten ausdruckslos zu Pickett auf, der nicht umhin konnte, eine gewisse Befriedigung darüber zu verspüren, dass Claudia sich nie wieder vor diesem Mann würde fürchten müssen.

Pickett wollte in die Hütte des Wildhüters zurückkehren, um Claudia die Nachricht zu bringen, und begann sich abzuwenden, als eine seltsame Wölbung unter Lord Buckleighs Rock seinen Blick anzog und er sich hinunter beugte, um den Stoff zurückzuschlagen. In dem Bund der Reithosen seiner Lordschaft steckte eine Pistole.

Der tapfere Soldat, der einem unbewaffneten Mann auflauert... Lord Buckleigh war vielleicht nicht so hilflos gewesen, wie er Jamie glauben gemacht hatte. Aber nein, dachte Pickett mit wachsender Überzeugung, wenn seine Lordschaft eine Pistole zur Hand gehabt hätte, hätte er Jamie sicherlich damit gedroht, auch wenn er sie nicht vorhatte, sie zu benutzen. Es musste so gewesen sein, wie er gesagt hatte: Er war unbewaffnet zum Treffen mit Claudia gekommen, da er sich seiner Fähigkeit, mit den Fäusten jeden Widerstand zu überwinden, den sie hätte bieten können, voll und ganz sicher war. Schließlich hatte er in der Vergangenheit keine Probleme damit gehabt.

Er zog die Pistole heraus und schnupperte am Lauf, woraufhin er wegen des scharfen Geruchs nach verbranntem Pulver die Nase rümpfte. Die Waffe war benutzt worden, und erst vor Kurzem; die einzige logische Schlussfolgerung war, dass die Person, die seine Lordschaft erschossen hatte, dann die Waffe bei seiner Leiche zurückgelassen hatte. Pickett war sich nicht ganz sicher, ob dies ein Geniestreich oder ein Zeichen völligen Unverstands war. Hätte der Mörder beabsichtigt, den Tod wie einen Selbstmord aussehen zu lassen, dann wäre er kläglich gescheitert: Abgesehen von der Unwahrscheinlichkeit, dass jemand versuchen würde, Selbstmord zu begehen, indem er sich in die Brust schoss, wäre er tot gewesen, lange bevor er die Waffe ordentlich in seinen Hosenbund stecken konnte. Nein, das war kein Selbstmord, sondern ein Mord – und einer, der von einer Person begangen worden war, von der seine Lordschaft keine Bedrohung erwartet hatte, denn es gab keinen Hinweis darauf, dass Lord Buckleigh versucht hatte, dem Schützen zu entgehen, geschweige denn, ihn zu überwältigen.

Was die Waffe selbst betraf, so war Pickett kein Experte für Schusswaffen; glücklicherweise gab es einen Mann in der Nähe, der wahrscheinlich viel sachkundiger wäre als er, und der seine eigenen Gründe haben würde, sich für den Tod seiner Lordschaft zu interessieren. So war Pickett doppelt ungeduldig, in die Hütte des Wildhüters zurückzukehren, und innerhalb weniger Minuten stand er auf der Vordertreppe und hämmerte an die Tür.

„So bald zurück, Mr. Pickett?" Jamies ausdrucksstarkes Gesicht zeigte Überraschung, als er die Tür öffnete.

„Ist etwas nicht in Ordnung?"

„Das hängt von Eurem Standpunkt ab", sagte Pickett und blickte an ihm vorbei in den Raum, in dem Claudia gerade vom Sofa aufgestanden war. „Ich komme gerade von Lord Buckleigh. Er wurde offenbar erschossen, als er den Weg in Richtung Dorf zurückging. Ma'am, Euer Ehemann ist tot."

„Tot?" Claudia wurde ziemlich blass und tastete nach der Rückenlehne des Sofas, um Halt zu finden. „Seid Ihr sicher?"

Pickett nickte. „Ganz sicher."

„Dann bin ich frei", murmelte sie ungläubig vor sich hin. „Nach all den Jahren bin ich endlich frei."

„Aber nicht lange." Jamie war mit zwei langen Schritten bei ihr, nahm ihre Hand und fiel auf ein Knie vor ihr. „Mylady Buckleigh", sagte er und blickte in ihr verblüfftes Antlitz, „werdet Ihr mir die unendliche Ehre erweisen, mir Eure Hand zur Ehe zu reichen?"

Zur Antwort zog sie seinen Kopf an ihren Busen und brach überwältigt in Tränen aus.

18

Lady Buckleighs Rückkehr

Ich werde um eine Sonderlizenz nach London schicken, sobald ich ins Pfarrhaus zurückkomme", versprach Jamie Claudia zwischen Küssen und dem Abwischen ihrer Tränen.

Pickett räusperte sich; er fühlte sich äußerst *de trop*.

„Wenn Ihr zum Dorf zurückgeht, Major, frage ich mich, ob ich Euch überreden könnte, mit mir zu kommen und einen Blick auf die Waffe zu werfen."

„Sicher, Mr. Pickett, wenn Ihr meint, dass Ihr Hilfe braucht. Obwohl ich darauf hinweisen muss, dass ich ein Kavallerieoffizier bin und mich daher besser mit Säbeln auskenne als mit Schusswaffen." Er ließ Claudia mit offensichtlichem Zögern los. „Ich komme zurück, sobald ich kann."

Sie klammerte sich an seinen Ärmel. „Du hast doch nicht vor, mich hier allein zu lassen!"

„Er ist tot, Liebste", wiederholte Jamie. „Du wirst ihn nie mehr fürchten müssen."

„Das ist es eben. Ich muss ihn sehen. Ich muss einfach!"

„Es ist kein schöner Anblick", warnte Pickett sie.

„Vielleicht umso besser", sagte sie mit einem wackeligen Lächeln. „Wenigstens werde ich wissen, dass er wirklich tot ist."

Jamie schüttelte den Kopf. „Claudia, ich glaube nicht..."

„Nein, Major, lasst sie mitkommen, wenn sie will", sagte Pickett. Er lächelte seine Schwägerin an. „Sie sind zäher, als uns klar ist, diese Runyon-Mädchen."

Jamie, der gesehen hatte, wie die behütet aufgewachsene Claudia Runyon den Missbrauch eines brutalen Ehemannes überlebte und dann die Strapazen eines Feldzugs ertrug, konnte dieser Bemerkung kaum widersprechen. Und so machten sich die drei auf den Weg und kamen bald an den Ort, an dem Lord Buckleighs Leichnam lag.

„Nun, er ist sicher tot", bemerkte Claudia, mit nur einem winzigen Zittern in ihrer Stimme. „Ich kann mich nicht über seinen Tod freuen, aber es tut mir auch nicht leid. In der Tat fühle ich – nichts. Es ist eher, als würde ich wie aus einem Alptraum erwachen und entdecken, dass nichts davon echt war."

„Das war es auch", sagte Jamie und drückte sie kurz fester an sich, bevor er den Arm von ihrer Taille löste und sich neben den Körper kniete. Er schnupperte an der Waffe, genau wie Pickett es getan hatte, und drehte sie dann in seinen Händen um. „Das war mit ziemlicher Sicherheit die Mordwaffe, Mr. Pickett, aber denke, dass Ihr das schon festgestellt habt. Sie ist von Manton – Ihr könnt hier das Zeichen des Herstellers sehen – hallo, was ist denn das?"

„Was habt Ihr gefunden?", fragte Pickett und beugte sich näher, um genauer hinzusehen.

„Lord Buckleighs Wappen. Er hat es in den Griff gravieren lassen." Er hielt sie Pickett hin, damit er das sehen konnte. „Tatsächlich ist dies eine von einem Paar Duellpistolen, die er kurz nach seiner Hochzeit mit Claudia bei Manton bestellt hat. Ich erinnere mich daran, wie er sie kaufte, denn er hat darauf bestanden, sie mir vorzuführen. Ich nehme an, Ihr könnt erraten, warum", fügte er kryptisch hinzu.

Ja, Pickett konnte sich vorstellen, dass seine Lordschaft seinen besiegten Rivalen verspottet und einen jungen Mann, der kaum erwachsen gewesen war, damit verlockt hatte, ihn zu einem Duell herauszufordern. Aber Jamie hatte am Ende gewonnen, und das, ohne einen Schuss abzufeuern. Was natürlich die Frage aufwarf: Wenn Jamie nicht geschossen hatte, wer dann?

„Weiß einer von Euch, wo seine Lordschaft seine Waffen aufbewahrt?"

Claudia nickte. „Es gibt das Waffenzimmer, in dem seine Jagdwaffen hingen, aber er hat die Duellpistolen in seinem Arbeitszimmer aufbewahrt, denn er war unheimlich stolz auf sie." Sie lächelte zerknirscht. „Zumindest war das vor dreizehn Jahren so. Ich könnte mir vorstellen, dass seine Gewohnheiten sich inzwischen geändert haben."

„Dann muss man davon ausgehen, dass nur jemand aus dem Haus einfach Zugang zu ihnen gehabt haben könnte", überlegte Pickett.

„Das nehme ich an."

„Wartet." Jamie hob widersprechend die Hand. „Wollt Ihr sagen, dass Ihr zu versuchen beabsichtigt, herauszufinden, wer das getan hat?"

„Möchtet Ihr selbst es denn nicht wissen?", fragte Pickett überrascht.

„Ja, aber nur, damit ich ihm die Hand schütteln kann", entgegnete Jamie. „Wenn Ihr wüsstet, wer ihn getötet hat, würdet Ihr ihn wegen Mordes verhaften?"

„Mir bliebe nichts anderes übrig", antwortete Pickett. „Ich habe eine Pflicht…"

„Vor einer halben Stunde sagtet Ihr, Ihr würdet es nicht über Euch bringen, mich zu verhaften, wenn ich ihn erschossen hätte!"

„Um Claudia vor einem Angriff zu retten, ja, aber soweit ich sehe, tat Lord Buckleigh nichts, außer nach Hause zu wandern. Schaut Euch um: kein Anzeichen für einen Kampf, von Verletzungen – der Mann ging einfach seines Weges."

„Nach allem, was wir wissen, plante er bereits den nächsten Angriff auf Claudia!"

„Aber da können wir uns nicht sicher sein, nicht wahr? Ja, seine Lordschaft war ein Schuft und ein Schurke, aber selbst Schufte und Schurken haben gesetzliche Rechte."

Claudia schob jedem der Männer eine Hand unter dem Arm durch. „Ich schlage vor, meine Herren, dass wir nicht hier streiten, sondern unser weiteres Vorgehen planen. Mr. Pickett wird die Nachricht diesem armen kleinen Geschöpf überbringen müssen, das sich für Buckleighs Frau hält, während wir" – damit wandte sie sich Jamie – „nun, ich gebe zu, dass ich bereit bin, das Versteckspiel aufzugeben. Sollen wir uns deinen Eltern aufdrängen oder meinen?"

„Keins von beidem", verkündete Jamie. „Oder beides, je nachdem, wie man es betrachtet. Du, meine Liebste, wirst in das Haus deines Vaters zurückkehren, bis wir unsere Gelübde ablegen können, während ich…"

„Können wir nicht zusammen bleiben?", protestierte Claudia. „Vielleicht im Wildhüterhäuschen, bis in Greenwillows Zimmer für uns vorbereitet werden können?"

„Ohne den Segen der Kirche zusammenleben?", rief Jamie im Ton tiefsten Abscheus aus, obwohl seine Augen funkelten. „Meine liebe Lady Buckleigh, Ihr erschüttert mich zutiefst!"

„Schließlich haben wir die letzten dreizehn Jahre nichts anderes getan!"

„Ja, aber da hatten wir keine andere Wahl", sagte Jamie jetzt ernsthafter. „Jetzt haben wir die Wahl und ich habe vor, dafür zu sorgen, dass alles so offen und ehrlich wie möglich abläuft. Alles andere würde dich entehren, meine Liebste."

„Vielleicht, aber" – sie sah auf den Toten zu ihren Füßen hinunter und schüttelte den Kopf, als wollte sie einen Gedanken vertreiben – „Ich habe so lange von diesem Moment geträumt. Jetzt, wo es soweit ist, weiß ich – weiß ich nicht recht, was ich tun soll. Ich fürchte mich."

Pickett, der ihre Mutter kennengelernt hatte, fand dieses Geständnis nicht überraschend. „Ich denke, es wäre am besten, wenn der Major nicht anwesend wäre, zumindest zunächst nicht."

„Nein, wirklich!", sagten Jamie und Claudia wie aus einem Mund.

„Tatsächlich denke ich, das Beste wäre, es ganz meiner Frau zu überlassen."

„Julia?" Claudia zog skeptisch die Brauen zusammen.

„Seid Ihr sicher?"

„Eure kleine Schwester ist in Eurer Abwesenheit erwachsen geworden", erinnerte Pickett sie. „Habt Ihr eine Haube mit einem Schleier oder so etwas, um Euer Gesicht zu verbergen? Major Pennington und ich werden Euch bis nach Runyon Hall begleiten, dann lasse ich den Butler Julia holen. Sie kann Eurer Mama die Nachricht sanft beibringen, während der Major mich nach Buckleigh Manor begleitet. Bis wir zurückkommen, wird Lady Runyon Zeit gehabt haben, sich an die Situation zu gewöhnen."

„Was er meint", sagte Jamie in seiner unverbesserlichen Art, „ist, dass er hofft, dass das Feuerwerk vorbei ist."

Pickett musterte ihn mit hochgezogenen Augenbrauen. „Natürlich, wenn Ihr es vorziehen würdet, Lady Runyon die Neuigkeiten persönlich beizubringen…"

„Im Gegenteil, Mr. Pickett, nachdem ich die schöne Jungfrau gewonnen habe, fühle ich mich von einem brennenden Verlangen erfüllt, meinem besiegten Rivalen Gerechtigkeit zuteilwerden zu lassen. Ich werde Euch begleiten."

„Soll ich das so verstehen, Major, nachdem Ihr Bonaparte im Feld gegenübergestanden habt, fürchtet Ihr Euch vor Lady Runyon?"

„Bonaparte musste niemals Lady Runyon gestehen,

dass er in Sünde mit ihrer Tochter gelebt hätte", gab Jamie zurück. „Nein, Mr. Pickett, Ihr braucht einen Assistenten, und ich biete mich zu Euren Diensten an. Ihr könnt über mich verfügen!"

* * *

Und so kam es, dass wenig später Pickett und der Major in Runyon Hall ankamen, begleitet von einer durch eine schwarze Spitzenmantilla, wie sie von spanischen Damen getragen wurde, völlig verschleierten Frau. Wenn Parks, der Butler, überhaupt von dem Aussehen dieser Frau überrascht war, versteckte er es bewundernswert und hielt nur für einen kurzen Moment inne, bevor er fragte, ob er ihr den Umhang abnehmen dürfte – ein Angebot, das sie mit heftigem Kopfschütteln ablehnte.

„Ah, Parks", wandte sich Pickett an den Butler, „würdet Ihr Mrs. Pickett zu mir herunterschicken?"

„Ähm, Miss Julia ist mit Mylady im Salon", sagte Parks und deutete auf eine Tür gegenüber im Foyer. „Soll ich Euch melden?"

„Auf keinen Fall! Ihr könnt Miss Julia mitteilen, dass ihr Mann hier draußen ihre Hilfe benötigt."

Mit einem letzten, zweifelnden Blick auf die verschleierte Dame machte sich Parks auf, um diesem Befehl zu gehorchen. Einen Moment später eilte Julia auf sie zu. Pickett war erleichtert zu bemerken, dass Parks sie nicht begleitete; anscheinend verfügte der Butler über genügend gesunden Menschenverstand, um zu wissen, wann Diskretion erforderlich war.

„Ja, John, was ist – *Clau* –" Sie brach abrupt ab, als Pickett einen Finger an seine Lippen legte und dringend um Schweigen bat. Als sie wieder sprach, war ihre Stimme kaum mehr als ein Flüstern. „Claudia, was machst du denn hier? John, Jamie, glaubt ihr, das ist klug?"

„Es war ein aufregender Morgen und ich habe keine Zeit, dir alle Einzelheiten zu erklären", sagte Pickett ebenso leise. „Es muss genügen, dir zu sagen, dass Lord Buckleigh tot ist. Nein, Jamie hat ihn nicht getötet", fügte er schnell hinzu, als er sah, dass ihr Blick mit großen Augen von ihm zum Major wanderte.

„Aber – wer denn dann?"

„Das wissen wir nicht, jedenfalls noch nicht. Major Pennington geht mit mir, um Lady Buckleigh zu benachrichtigen – oder vielmehr, Miss Gubbins – und Claudia kann endlich wieder auftauchen. Ich brauche dich, um deiner Mutter die Neuigkeit beizubringen."

„Das werde ich nur zu gern tun! Aber – oh je, das wird eine heikle Aufgabe, nicht wahr?" Sie warf einen Blick auf ihre Schwester oder auf so viel von ihr, wie durch die Lagen schwarzer Spitze zu sehen war.

„Ja, das wird es, weshalb ich die Aufgabe niemandem außer dir anvertrauen würde", sagte er.

Ihre Lippen verzogen sich zu einem freundlichen,

aber wissenden Lächeln. „Du kannst mir schmeicheln, so viel du willst, John, aber ich werde nach deiner Rückkehr trotzdem einen ausführlichen Bericht erwarten."

„Den sollst du auch bekommen", versprach er und gab ihr einen raschen Kuss, bevor er sich zu Jamie umdrehte. „Wenn Ihr bereit seid, Major, können wir uns auf den Weg machen."

Nachdem sie fort waren, nahm Claudia die Hand ihrer Schwester und stieß einen langen Seufzer aus, der die Spitzen, die ihr Gesicht verbargen, bewegte. „Ich schätze, wir sollten es am besten hinter uns bringen."

Julia drückte ihre Hand und führte sie dann in den Salon. Parks stand unauffällig in der Ecke herum und verzog sich nach einem vielsagenden Blick von Julia schnell, wobei er die Tür leise hinter sich schloss.

„Was soll das alles hier, Julia?", fragte Lady Runyon und musterte die verschleierte Gestalt mit zusammengekniffenen Augen. „Wer ist diese Person?"

Julia fiel vor dem Stuhl ihrer Mutter auf die Knie und nahm Lady Runyons zarte Hände in ihre. „Du musst dich auf einen Schock vorbereiten, Mama. Es ist nur so – sie ist nach Hause gekommen, siehst du."

Claudia erkannte ihr Stichwort und schob die Falten ihrer Mantilla zurück. „Es ist schön, dich wiederzusehen, Mama."

„*Claudia*?" Die arthritischen Finger klammerten sich

krampfhaft um Julias. Im nächsten Moment war Lady Runyon auf den Beinen und umarmte ihre lang verloren geglaubte ältere Tochter. „Oh mein liebes Kind, mein kostbares Mädchen! Wir dachten, du bist tot!"

„Ich weiß, Mama", sagte Claudia unter Tränen. „Aber wie du siehst, bin ich sehr lebendig, und – und mit deiner Erlaubnis möchte ich nach Hause kommen."

„*Meine* Erlaubnis? Ich kann dir nichts abschlagen, mein Schatz, aber es ist sicherlich Lord Buckleigh, den du fragen solltest. Ach du liebe Güte, und er hat wieder geheiratet! Was auch immer er sagen wird, wenn – aber du warst *dreizehn Jahre* fort, Schätzchen! Wo warst du die ganze Zeit?"

„Ja – ich weiß – es tut mir leid, Mama, aber – aber ich war bei Jamie. Er – er hat mich mitgenommen."

Lady Runyon ließ ihre Erstgeborenen los, aber nur, damit sie Claudias Gesicht in ihre Hände nehmen und in ihre Augen schauen konnte. „Er hat dich *mitgenommen*? Das sollte mich nicht erstaunen, denn er konnte Lord Buckleigh nie leiden. Gott sei Dank konntest du ihm endlich entkommen!"

„Nein, nein, Mama, das war überhaupt nicht so", protestierte Claudia, und bei der Vorstellung, dass der Sohn des Pfarrers sie entführt und sie mehr als ein Jahrzehnt lang gegen ihren Willen festgehalten haben sollte, wurden die Tränen auf ihren Wangen durch ein zittriges Lachen abgelöst. „Er hatte keine bösen Absichten. Tatsächlich hat er – mich gerettet. Vor Buckleigh."

Lady Runyons Hände fielen abrupt herunter und sie trat zurück, als ob sie gestochen worden wäre. „Claudia! Willst du mir sagen, dass du die ganze Zeit, während wir dich als tot betrauert haben, mit diesem Pennington–Jungen in Sünde gelebt hast?"

Julia, die befürchtet hatte, dass das freudige Wiedersehen eine solche Wendung nehmen könnte, stand auf und trat schützend an die Seite ihrer Schwester. „Wenn wir von Sünde sprechen wollen, Mama, sollten wir vielleicht über Lord Buckleigh sprechen. Sicherlich hast du nicht all die Sonntage vergessen, an denen Claudia mit blauen Flecken im Gesicht in die Kirche kam, nachdem sie über den Teppich auf der Treppe gestolpert war! Du sagtest selbst – mehr als einmal, wenn ich mich richtig erinnere – dass sie ihn austauschen lassen sollte, bevor sie sich ernsthaft verletzte. Es war aber nicht die Schuld des Teppichs, Mama, sondern Lord Buckleigh. *Er* war derjenige, der ausgetauscht werden musste!"

„Ist das wahr, Claudia?", verlangte Lady Runyon zu wissen und warf einen scharfen Blick auf ihre Tochter.

Claudia nickte. „Ja, Mama. Er hatte es schon viele Male zuvor getan, aber das letzte Mal war bei Weitem das schlimmste. Jamie wollte am Tag vor seiner Rückkehr nach Oxford kommen, um mit mir Tee zu trinken. Als

Buckleigh es erfuhr, bekam er vor Eifersucht einen Wutanfall."

„Dann – das Teegeschirr, das überall auf dem Boden verstreut lag …?"

„Das war Buckleighs Werk, nicht Jamies. Als er mich fand – Jamie, heißt das, nicht Buckleigh – hatte ich ein blaues Auge, eine geschwollene Lippe und zwei angebrochene Rippen. Und kurz nachdem wir entkommen waren, erlitt ich eine Fehlgeburt." Ihre Stimme brach bei der immer noch schmerzhaften Erinnerung.

„Du hast ein Kind erwartet?" Lady Runyons Gesicht fiel bei der Entdeckung, dass sie einen Enkel verloren hatte, in sich zusammen. „Warum hast du es mir nicht gesagt?"

„Ich wusste es selbst noch nicht lange. Ich hatte gedacht – gehofft – dass mein Zustand mir etwas Schutz vor Buckleighs zunehmend gewalttätigen Ausbrüchen gewähren würde, aber ich hatte mich geirrt. Er machte sogar die abscheuliche Andeutung, dass das Kind nicht wirklich von ihm wäre."

„Oh, aber einfach wegzulaufen…", protestierte ihre Mutter.

„Glaub mir, Mama, wir hätten es lieber auch nicht getan – wir beide – aber wir sahen keinen anderen Ausweg."

„Du hättest stattdessen zu mir kommen sollen!"

„Wozu?", fragte Claudia mit einer Spur von Bitterkeit. „Damit du mir sagst, dass es meine eigene Schuld wäre, dass ich mich mehr bemühen sollte, ihm zu gefallen?"

„Ich bin sicher, ich hätte nie...", begann Lady Runyon, fing dann einen Blick von Julia auf und verzichtete auf dieses Argument, da sie sich anscheinend genau wie Julia an ein kürzlich geführtes Gespräch erinnerte, in dem sie etwas sehr Ähnliches gesagt hatte. „Aber du hast uns glauben lassen, dass du tot bist!"

„Ich weiß." Claudia blinzelte Tränen zurück. „Es tut mir leid, Mama, aber es gab keinen anderen Weg. Ich konnte nicht riskieren, dass Buckleigh es herausfindet."

„Wenn du nur mit uns geredet hättest, würde dein Vater mit Lord Buckleigh gesprochen haben, ihn sehr energisch gewarnt haben, dass wir ihm nicht erlauben würden, unsere Tochter zu misshandeln, ganz gleich, wie hoch seine Stellung ist."

Claudia schüttelte den Kopf. „Reden hätte nichts genützt – ganz im Gegenteil, in der Tat, denn ich habe keinen Zweifel daran, dass er sich berechtigt gefühlt hätte, mich zu bestrafen, weil ich über ihn geredet hatte." Sie nahm die Hand ihrer Mutter und fühlte sich ein wenig ermutigt, da Lady Runyon den Druck ihrer Finger zwar nicht erwiderte, aber ihre Hand auch nicht zurückzog. „Mama, ich weiß, das ist schwer für dich zu akzeptieren, aber das zwischen Jamie und mir ist keine schändliche kleine *affaire*. Wir haben uns unser ganzes Leben lang geliebt, und an dem Tag, an dem wir durchgebrannt sind, haben wir uns gegenseitig Gelübde abgelegt – und sie genauso aufrichtig gemeint, als hätten wir sie in der Kirche gesprochen."

„Aber du warst bereits deinem Mann angetraut, in guten wie in schlechten Zeiten!"

„Über die schlechten weiß ich alles", sagte Claudia und unterdrückte bei der Erinnerung ein Schaudern. „Aber mir scheint, dass bei unserer Hochzeit auch etwas über Buckleighs Verantwortung gesagt wurde, mich zu lieben, wie Christus die Kirche geliebt und sein Leben für sie gegeben hatte. Wenn ich mein Ehegelübde gebrochen habe – und das kann ich kaum bestreiten – dann hat Buckleigh seinen eigenen Schwur mir gegenüber lange zuvor gebrochen."

„Vielleicht, aber das hebt den anderen nicht auf", beharrte Lady Runyon. „Und was das angeht, was Lord Buckleigh sagen wird, wenn er es erfährt …"

„Er wird gar nichts sagen", warf Julia ein. „Lord Buckleigh ist tot – und nein, Jamie hat ihn nicht getötet", fügte sie hinzu und kam der nächsten Frage ihrer Mutter zuvor.

„Jamie und ich werden heiraten, sobald er eine Sonderlizenz bekommen kann", sagte Claudia. „Bis dahin würde ich gern heimkehren, wenn ich darf."

„Dein ‚Heim' ist Buckleigh Manor!"

„Wo derzeit eine andere Herrin wohnt", erinnerte Claudia sie.

„Ja, nun, ich möchte nicht gefühllos wirken, meine Liebe, denn ich kann sehen, dass das alles für dich äußerst unangenehm war. Aber du wirst doch sicher einsehen – es widerspricht jedem Anstand – ich könnte nie wieder meinen Kopf in der Kirche hochhalten…"

„Mama!", rief Julia entsetzt aus, als sie sah, dass ihrer Mutter die Meinung der Leute mehr bedeutete als die Rückkehr ihrer lange verloren geglaubten Tochter. „Wenn du Claudia nicht erlaubst, hier zu bleiben, werde ich auch nicht bleiben. John und ich werden ins *Pig and Whistle* ziehen, und wir werden Claudia mitnehmen."

Stimmgemurmel erhob sich vor der Tür des Salons und sie wurde aufgerissen, um Sir Thaddeus einzulassen. „Was zum Teufel ist hier los? Zuerst will Parks mir kaum erlauben, meinen eigenen Salon zu betreten, und jetzt…" Beim Anblick von Claudia brach er abrupt ab. „Mein Mädchen! Mein kleines Mädchen!"

Der Squire weinte offen, als er seine Tochter in die Arme zog.

„Es scheint, dass Claudia die letzten dreizehn Jahre damit verbracht hat, als Ehebrecherin mit diesem Pennington-Jungen zu leben", teilte seine Frau ihm mit.

„In der Tat ist es wahr, Papa, aber es war nicht freiwillig." Claudia erzählte von den Misshandlungen und schloss: „Jamie war überzeugt, dass Buckleigh mich früher oder später töten würde, und so nahm er mich mit."

„Tatsächlich hat er getan, was dein eigener Vater hätte tun sollen", grummelte der Squire, als sie geendet hatte. „Bei Gott, wenn ich seine Lordschaft in die Hände bekomme, werde ich…"

„Das hat sich erledigt, Papa. Buckleigh ist tot und Jamie und ich werden so bald wie möglich heiraten." Sie lächelte entschuldigend. „Ohne Rücksicht auf die letzten dreizehn Jahre weigert Jamie sich, mit mir zu leben, bevor die Ehe nicht geschlossen ist. Ich hatte gehofft, bei dir und Mama zu bleiben, bis alles vorbereitet ist, aber da Mama diese Vorstellung nicht gefällt…"

„Unsinn! Was soll das heißen?" Er warf seiner Frau einen bösen Blick zu.

„Ehebruch, mein Lieber…" protestierte Lady Runyon. „Der Skandal…"

„Und wo soll Jamie in der Zwischenzeit bleiben?", wollte er von Claudia wissen.

„Weiter im Pfarrhaus."

„Das war es dann, Caro! Wenn der Pfarrer den Skandal überleben kann, verstehe ich nicht, warum wir das nicht können sollten."

„Ja, aber Jamie ist ihr Sohn, und es ist anders bei

Männern", widersprach Lady Runyon schwach. „Abgesehen davon, wie wenig ich seine Handlungen gutheißen mag, hat Jamie zumindest keine lebende Frau…"

„Jamies ‚Handlungen', wie du sie nennst, wären möglicherweise nicht notwendig gewesen, wenn Claudia das Gefühl gehabt hätte, sie könnte sich uns anvertrauen", knurrte Sir Thaddeus. „Nein, bei Gott, es wurde einem verdammten Bow Street Läufer überlassen, mir zu erzählen, wie die Dinge zwischen Julia und Fieldhurst standen. Ich werde den gleichen Fehler nicht noch einmal begehen. Claudia darf nicht länger unter unserem Mangel an Verständnis leiden."

„Aber was werden sie im Dorf sagen? Ich habe immer versucht, ein tugendhaftes Beispiel zu geben…"

„Warum sollte es uns etwas ausmachen, was sie sagen? Abgesehen von Lady Buckleigh bist du die höchstrangige Dame in Norwood Green, und ich schätze, die meisten der Leute hier werden sich nach deinem Beispiel richten. Mir scheint, wenn du wissen lässt, dass du Claudia und Jamie mit offenen Armen empfängst, würde es niemand sonst wagen, etwas zu sagen oder zu tun, um dich zu beleidigen." Er blickte sie finster an. „Andererseits, solltest du es nicht übers Herz bringen können, das zu tun, schätze ich, dass der *Pig and Whistle* noch eine Person mehr beherbergen kann."

„Thaddeus!" Sie schnappte nach Luft. „Du würdest

mich verlassen?"

„Es ist eine lustige Sache mit so einem Ausbund der Tugend, Caro. Ich bin sicher, dass er aus der Ferne sehr bewundernswert ist, aber es ist verdammt schwierig, mit einem zu leben."

Lady Runyon holte zitternd Luft. „Na gut", sagte sie mit offensichtlichem Widerwillen. „Du kannst bleiben, Claudia, aber nur bis zur Hochzeit – wenn du ganz sicher bist, dass sie stattfinden *wird*", fügte sie dunkel hinzu und murmelte etwas vor sich hin über die Notwendigkeit, eine Kuh zu kaufen, wenn man die Milch bereits kostenlos bekäme.

„Wir haben dreizehn Jahre auf die Möglichkeit gewartet, zu heiraten", versicherte Claudia ihr. „Wir werden nicht einen Moment länger als nötig warten. Das ist alles, was wir jemals wollten, weißt du – nach Hause zu kommen und offen als Ehemann und Ehefrau in Greenwillows mit unserer Tochter zu leben."

Dies schien der nächste Schlag für Lady Runyon zu sein. „Tochter? Du hast ein uneheliches Kind?"

„Nicht unehelich, Mama, denn ich war verheiratet, nur – nur nicht mit dem Vater meines Kindes."

„Du hast sie gesehen, Mama", fügte Julia hinzu. „Das kleine Mädchen in der Kirche. Du hast gesagt, sie hat dich an Claudia erinnert, und du hattest völlig recht."

„Dieses schöne Kind – sie ist meine Enkelin?" Lady

Runyon atmete tief durch, deutlich überwältigt von der Vorstellung, dass der Lohn der Sünde ein so wundervolles Ergebnis sein sollte.

Claudia nickte. „Wir konnten sie nicht in Spanien bei uns behalten. Sobald sie entwöhnt war, ließ Jamie daher die Ehefrau eines befreundeten Offiziers sie zu Mr. und Mrs. Turner bringen, damit sie sie zusammen mit ihren eigenen Kindern großziehen konnten. Ich wusste, dass wir uns auf ihre Diskretion verlassen konnten – man muss sie nur ansehen, um zu wissen, wer ihr Vater ist, obwohl selbst sie nicht wissen, wer ihre Mutter ist – und ich wusste, dass sie gut zu ihr sein würden. Ich hätte es nicht ertragen, sie zu völlig Fremden zu geben." Ihre Stimme brach bei den Worten. „Obwohl sie eines Tages die Wahrheit über ihre Abstammung wissen muss – Norwood Green ist ein zu kleines Dorf, um es als Geheimnis zu betrachten –, möchte ich, dass sie ihren Vater als den Helden betrachtet, der er tatsächlich ist. Ich würde es hassen, ihr erklären zu müssen, warum wir von ihren Großeltern entfremdet sind."

„Es ist wahr, dass die arme kleine Ding nicht unter den Handlungen ihrer Eltern leiden sollte, denn sie hat nie darum gebeten, geboren zu werden", gab Lady Runyon zu und wurde sichtbar schwächer. „Und so habe ich eine Enkelin! Wie heißt sie denn?"

„Kannst du dir das nicht denken, Mama?", fragte

Claudia sanft. „Sie heißt Caroline."

Mit einem Schluchzen vergrub Lady Runyon ihr Gesicht in ihrem Taschentuch und weinte. Ihre Schultern zitterten so heftig, dass Sir Thaddeus sich gezwungen fühlte, seine Arme um sie zu legen und ihr ungeschickt den Rücken zu tätscheln. Er sah über ihren Kopf hinweg zu seinen Töchtern und die drei stießen Seufzer tiefster Erleichterung aus.

Claudia war endlich nach Hause gekommen.

19

*In dem John Pickett auf Widerstand
aus unerwarteter Quelle stößt*

Pickett und Jamie überließen Claudia Julias Obhut und erreichten bald das palatinische Herrenhaus, das, wie es schien, bald leer stehen und so bleiben würde, bis der nächste Erbe des Titels ausfindig gemacht werden konnte. Aber das war zum Glück nicht ihr Problem. Ihnen oblag die dringendere (und weit heiklere) Aufgabe, die Witwe zu informieren, dass erstens, ihr Ehemann tot war; zweitens, dass sie gar keine Witwe sein würde, da sie nie wirklich eine Ehefrau gewesen war.

Pickett hob den Klopfer aus poliertem Messing und ließ ihn fallen. Einen Moment später öffnete der Butler, der beim Anblick der einen Person, von der er nie erwartet hatte, sie noch einmal auf Lord Buckleighs Schwelle zu sehen, über Picketts Schulter glotzte.

„Ich fürchte, seine Lordschaft ist ausgegangen…"

begann er.

Pickett unterbrach ihn. „Ja, das wissen wir. Ich möchte bitten, Eure Herrin sprechen zu dürfen."

Der Butler neigte den Kopf. „Wenn Ihr hereinkommen wollt, werde ich fragen."

Er verließ sie und kehrte einen Augenblick später mit der Information zurück, dass Lady Buckleigh und ihre Mutter sie im Salon empfangen würden. Pickett hatte nicht mit der Anwesenheit von Mrs. Gubbins gerechnet, beschloss aber, dass es gut sein könnte, wenn sie anwesend wäre; immerhin stand Miss Gubbins ein schwerer Schlag bevor – eigentlich sogar zwei davon. Sie würde die Unterstützung ihrer Mutter vielleicht benötigen. Sie folgten dem Butler zur Tür des Salons, wo er verkündete: „Mr. Pickett und Major Pennington, Ma'am."

Die beiden Damen saßen nebeneinander auf dem gestreiften Satin-Sofa, die jüngere trug ein frisches Morgenkleid aus gemustertem Musselin, die ältere ein Ausgehkleid und robuste Stiefeletten, deren vom Tau benetztes Oberleder (ganz zu schweigen von den feuchten Stellen unter den Armen der Trägerin) von einem Morgenspaziergang zeugten. Lady Buckleigh – oder besser gesagt Miss Gubbins – erhob sich anmutig und machte einen Knicks. „Mr. Pickett. Und Major Pennington", fügte sie mit einem kühlen Hauch in ihrer Stimme hinzu, der Pickett dazu veranlasste, sich zu fragen, was

Lord Buckleigh seiner bigamistischen Braut über Jamies Rolle beim Verlust seiner ersten Frau erzählt hatte.

„Kommt herein, kommt herein", blökte Mrs. Gubbins fröhlich und entriss wieder einmal ihrer Tochter ihre Rolle als Gastgeberin. „Wir haben gerade nach Tee geläutet. Betty, meine Liebe, du wirst den Butler um zwei weitere Tassen schicken müssen."

Pickett lehnte schnell ab. „Wir werden die Gastfreundschaft Eurer Tochter nicht ausnutzen, Ma'am. In der Tat kommen wir wegen einer traurigen Angelegenheit." Er wandte sich an die junge Frau, die sich für Lady Buckleigh hielt, und sagte: „Es tut mir leid, Euch mitteilen zu müssen, dass Euer – das heißt, dass Lord Buckleigh tot ist."

„Tot?" Betty Gubbins' Gesicht wurde zuerst weiß und dann rot, und ihre Stimme erhob sich mit einem Hauch von Hysterie. „Aber das kann nicht sein! Er war heute Morgen noch bei bester Gesundheit!"

„Und dennoch ist es wahr. Ich habe ihn auf dem Weg zwischen hier und dem Wildhüterhäuschen auf dem Greenwillows-Anwesen entdeckt." Er machte eine Pause, aber wenn er auf einen Anflug von Schuld bei der jungen Frau zu erblicken gehofft hatte, musste er eine Enttäuschung akzeptieren. „Ich fürchte, für jede Hilfe, die ich ihm hätte leisten können, war es schon zu spät."

„Oh, aber *tot*! Mama, was soll ich tun?" Sie brach in lautes Schluchzen aus.

„Komm, komm, mein Schätzchen", gurrte Mrs. Gubbins und zog ihre Tochter an den Busen. „Dein Papa mag vielleicht kein Lord sein, aber er ist ein sehr herzlicher Mann, das weißt du doch, und er wird dafür sorgen, dass es dir nie an etwas fehlen wird."

„Wenn ich einen Vorschlag machen darf", sagte Pickett, „vielleicht möchtet Ihr ein paar der Diener schicken, um die, ähm, seine Lordschaft nach Hause zu bringen. Auch eine Nachricht an den Untersuchungsrichter würde nicht schaden."

„Den Untersuchungsrichter?" Betty Gubbins hob den Kopf und enthüllte tränenfeuchte Augen, die jetzt vor Empörung funkelten. „Ihr könnt doch nicht andeuten wollen, dass mein Ehemann ermordet wurde?"

„Das wird eine Verhandlung vor dem Untersuchungsrichter entscheiden, Ma'am. Obwohl ein tragischer Unfall gerade noch im Bereich des Möglichen liegen könnte – aber nur *gerade eben* –, deuten alle Beweise auf einen vorsätzlichen Mord hin."

„Aber warum sollte jemand so etwas tun?", verlangte sie zu wissen und ihr Blick wanderte anklagend zu Jamie. „Vielleicht kann Major Pennington es uns sagen."

„Unsinn!", warf Mrs. Gubbins ein. „Verlass dich darauf, Schätzchen, das ist nichts als ein tragischer Unfall. Ich nehme an, ein Wilderer hat ihn zwischen den Bäumen sich bewegen sehen und erschossen, weil er ihn für einen

Hirsch hielt."

Pickett betrachtete sie neugierig mit undurchdringlichem Gesicht. „Habe ich gesagt, er wurde erschossen, Mrs. Gubbins?"

„Natürlich habt Ihr das!", beharrte die Frau, während ihre Tochter sich aus ihren Armen löste und zurücktrat, um sie mit wachsendem Entsetzen zu betrachten. „Ihr sagtet, Ihr hättet ihn auf dem Weg liegend gefunden und er wäre erschossen worden!"

„Ich sagte, ich hätte ihn auf dem Weg liegen sehen und er wäre bereits tot gewesen, aber ich habe nicht gesagt, wie er getötet wurde. Ich frage mich, woher Ihr das wusstet, wenn Ihr ihn nicht selbst gesehen habt – oder ihn vielleicht selbst erschossen habt?"

„Unsinn! Ich war den ganzen Morgen bei Betty hier!" Sie sah ihre Tochter ziemlich eindringlich mit einem stumm um Bestätigung flehenden Blick an.

„Eure Kleidung lässt auf etwas anderes schließen", bemerkte Pickett, auf ihre feuchten Stiefeletten hinabschauend, „und die Tatsache, dass Ihr Euch noch nicht umgekleidet habt, zeigt, dass Ihr erst vor Kurzem ins Haus zurückgekehrt seid." Noch nie zuvor hatte er gedacht, dass das ständige Umkleiden, das die Gesellschaft forderte, sich als nützlich erweisen könnte.

„Wie, Ihr... Ihr...", stammelte Mrs. Gubbins und wurde dunkelrot.

„Es war auch interessant", fuhr Pickett fort, „dass Ihr, als Ihr Eure Tochter tröstetet, sagtet, dass ihr Vater sich um sie kümmern würde. Ihr habt kein Wort über seine Lordschaft gesagt oder über ihr Wittum."

„Weil er sie nie wirklich geheiratet hat, der Schuft! Oh, er kam mit blumigen Worten und einem schicken Titel an, aber die ganze Zeit war er noch mit diesem Runyon-Mädchen verheiratet. Ich bin vielleicht keine ‚Lady', Mr. Pickett, aber ich bin nicht von gestern. Als Ihr diese Geschichte bei Tisch erzählt habt, hatte ich keine Probleme, zwei und zwei zusammenzuzählen und vier herauszubekommen."

„Ja, und Ihr sagtet, Ihr würdet wohl wissen, was Ihr mit einem Mann zu tun hättet, der Eurer Tochter so etwas antäte, nicht wahr?", erinnerte er sich nicht ganz ohne Mitgefühl.

„Wenn Ihr glaubt, ich bereue, was ich getan habe, nachdem ich jetzt erwischt worden bin, fürchte ich, dass Ihr völlig falsch liegt! Ich habe seine hochnäsige Lordschaft an demselben Abend, nachdem Betty zu Bett gegangen war, zur Rede gestellt und er hat mir ins Gesicht gelacht. Hat mir gesagt, wenn ich meine Tochter nicht völlig ruiniert sehen wollte, sollte ich hübsch den Mund halten. Ihr könnt es Mord nennen, Mr. Pickett, aber ich sage, er hat bekommen, was er verdient hat, weil er dachte, er könnte meiner Tochter einen so schmutzigen Streich spielen, nur weil ihr Vater keinen feinen Titel trägt. Nun, ich wette, er hätte eine Lady seines eigenen Standes nie so schäbig behandelt!"

„Darauf solltet Ihr nicht wetten", murmelte Jamie.

„Oh Mama, wie konntest du eine solche Närrin sein?" kreischte Betty, und ihre Maske der Sanftmut fiel von ihr ab. „Jetzt werde ich nie eine ‚Lady' sein!" Mit diesem Ausruf brach sie erneut in heftiges Schluchzen aus.

Pickett seufzte. „Das ist ein bisschen unkorrekt, was daran liegt, dass der Friedensrichter selbst tot ist, aber ich denke, Ihr solltet besser mit mir kommen, Mrs. Gubbins."

Das leise Klicken war unter Betty Gubbins Stöhnen fast unhörbar, aber Pickett hörte genug, um sich rasch umzudrehen – und starrte in den Lauf von Jamies Pistole.

„Was zum Teufel…?"

„Es tut mir leid, Mr. Pickett, aber Mrs. Gubbins geht nirgendwo anders als nach Bristol, wo sie das nächste Schiff nach Amerika besteigen kann", teilte ihm Major Pennington mit.

Pickett stemmte die Hände in die Hüften und betrachtete seinen meuternden Leutnant eher verärgert als verängstigt. „Ihr würdet Euren eigenen Schwager erschießen?"

„Noch seid Ihr nicht mein Schwager", erinnerte Jamie ihn grinsend. „Was das angeht, Euch zu erschießen, ich könnte es nicht fertigbringen, Euch zu töten – davon abgesehen, dass Julia mir niemals verzeihen würde, mag ich Euch um Eurer selbst willen, wisst Ihr."

„Ich wünschte, ich könnte das Gleiche über Euch sagen!", erwiderte Pickett.

„Ihr redet ein wenig unüberlegt für jemanden, auf den eine Waffe gerichtet ist", gab Jamie im gleichen Ton zurück. „Nein, Mr. Pickett, ich würde Euch nicht töten, aber eine Kugel im Bein würde Euch ausreichend behindern, um Mrs. Gubbins genügend Zeit zur Flucht zu geben. Ich fürchte, das würde nicht sehr zur Verschönerung Eurer Hochzeitsreise beitragen", fügte er zerknirscht hinzu.

„Aber Ihr habt Euch bereit erklärt, mir zu helfen! Wir stehen auf derselben Seite!"

Jamie schüttelte den Kopf. „Nicht ganz. Euch treibt ein Pflichtgefühl gegenüber Gerechtigkeit und Krone, während meine Motive eher persönlicher Natur sind. Der Mann hatte Claudia bei mehr als einer Gelegenheit grün und blau geschlagen und ich bin entzückt, dass er endlich bekommen hat, was er verdiente. Die Tatsache, dass er den Tod durch die Hand einer Frau fand, gibt der ganzen Angelegenheit noch ein besonderes Element des Ausgleichs. Indem Mrs. Gubbins den Ruin ihrer Tochter – und gleichzeitig Claudias Misshandlungen, auch wenn sie nichts davon wusste – gerächt hat, ermöglichte sie es Claudia und mir, endlich zu heiraten. Ist es wahrscheinlich, dass ich zulassen würde, dass man sie deshalb hängt?"

„Euch ist klar, dass ich Euch deshalb wegen Begünstigung belangen lassen könnte?"

Jamie ignorierte diese Drohung und wandte sich an die noch immer schluchzende Betty Gubbins. „Los, Mädel, hört auf zu heulen und helft Eurer Mutter beim Packen! Nur eine Tasche, verstanden, Ma'am, und nehmt nur das Nötigste für eine Seereise von einem Monat mit. Ich kann Mr. Pickett nicht auf unbestimmte Zeit in Schach halten, wisst Ihr, denn der Mann ist mein Schwager oder doch schon so dicht daran, dass es keinen Unterschied macht."

Der Befehlston des Majors schien Eindruck zu machen und Mrs. Gubbins eilte mit ihrer Tochter auf den Fersen aus dem Raum, während diese letztere schwor, ihre Mutter zu begleiten, da sie (wie sie sagte) in England nie wieder ihren Kopf hoch tragen könnte.

Die Schritte klapperten die Treppe hinauf, und als die Geräusche leiser wurden, wandte sich Major Pennington an seinen Gefangenen. „Es ist nicht so, als würde sie völlig ungestraft bleiben", betonte er. „Sie wird alles hinter sich lassen und versuchen müssen, in einem Land von vorn zu beginnen, das eine halbe Weltreise entfernt ist. Das ist nicht so viel anders, als deportiert zu werden, wenn Ihr darüber nachdenkt."

„Deportation ist für Diebe, nicht für Mörder",

entgegnete Pickett, der Grund hatte, es zu wissen, da er erlebt hatte, wie sein Vater dazu verurteilt wurde.

„Sicher muss es hier mildernde Umstände geben wegen der Tatsache, dass Mrs. Gubbins aufs Äußerste provoziert wurde", wandte Jamie ein.

„Vielleicht, aber das ist eine Entscheidung des Gerichts, nicht die Eure."

„Und welche Chance hätte sie, die Ehefrau eines Kaufmanns, beim Mord an einem Aristokraten gehabt? Könnt Ihr mir ehrlich sagen, dass das Verfahren gegen sie fair gelaufen wäre?"

Sie hätten diesen Punkt vielleicht auf unbestimmte Zeit diskutiert, wenn nicht die Gubbins', Mutter und Tochter, in der Tür des Salons erschienen wären, jede von ihnen mit einem prall gefüllten Portmanteau kämpfend.

„Ich weiß nicht, wie ich Euch danken soll, Major...", begann Mrs. Gubbins.

„Vergesst den Dank", unterbrach Jamie und deutete ungeduldig mit der Waffe Richtung Tür. „Verschwindet endlich."

„Ja, Sir! Sofort, Sir!" Mrs. Gubbins und ihre Tochter eilten zu der großen Vordertür und erreichten sie, als sie sich gerade öffnete, um Mr. Gubbins einzulassen, der den Morgen damit verbracht hatte, im Bach hinter dem Haus zu angeln. „Horace! Gott sei Dank! Hast du Geld bei dir? Gib es mir sofort!"

„Was? Schon wieder einkaufen, Edna?", fragte Gubbins und zog eine Rolle Banknoten aus der Innentasche seines Rocks heraus.

„Betty und ich müssen nach Bristol. Der *liebe*, liebe Major Pennington wird alles erklären!" Sie schnappte sich das Geld aus der Hand ihres verwirrten Ehemannes, gab ihm einen kurzen Kuss auf die Wange und lief zu den Ställen, wobei sie nach dem Kutscher schrie, um mit Miss Gubbins ihre Flucht anzutreten.

Aber wenn Mr. Gubbins das Verhalten seiner Frau verwirrend fand, warteten noch größere Überraschungen auf ihn. Denn als der Kaufmann den Salon erreichte, hielt er abrupt auf der Schwelle an bei dem Anblick, wie Major Pennington Sir Thaddeus Runyons Schwiegersohn mit vorgehaltener Waffe in Schach hielt.

„Nun schau an, was geht denn hier vor sich?", wollte er wissen.

Jamie hielt es für an der Zeit, seine Geisel freizulassen, und senkte die Pistole. „Es tut mir leid, Euch sagen zu müssen, Sir, dass Eure Frau Lord Buckleigh erschossen hat und fliehen muss, bevor Mr. Pickett hier sie ins Gefängnis stecken kann."

„Was, meine Edna? Unfug! Warum sollte sie so etwas tun?"

„Sie hat es getan, um Eure Tochter zu verteidigen, die schändlich betrogen wurde." Jamie erzählte kurz die

Geschichte von Lord Buckleighs bigamistischer Ehe.

Als er geendet hatte, seufzte Mr. Gubbins. „Nun, ich kann nicht sagen, dass ich seine Lordschaft mochte. Es tut mir leid für Betty, wohlgemerkt, sie hat sich so gefreut, eine ‚Lady' zu sein, aber ich habe gut gefüllte Taschen, wenn ich das selbst sagen darf, und nachdem sie mein einziges Kind ist, wird es ihr nicht an Männern fehlen, die bereit sind, sie ohne weitere Fragen zu heiraten. Vielleicht keine Lords, aber das ist meiner Meinung nach kein großer Verlust."

„Und was ist mit Euch, Mr. Gubbins?", fragte Pickett. „Werdet Ihr hierbleiben oder zu Eurer Frau und Tochter nach Amerika reisen?"

„Oh, sobald sie mir schreibt und mitteilt, wo sie gelandet sind, werde ich meiner Frau genügend Geld schicken, um sie durchzubringen, bis ich meine Angelegenheiten hier regeln und ihr über das Wasser folgen kann. Obwohl", fügte er mit einem versteckten Zwinkern hinzu, „zwischen Euch und mir, ganz im Vertrauen, könnte es sein, dass ich es damit nicht sonderlich eilig haben werde."

Mit diesen Worten wandte sich Mr. Gubbins ab und ließ Pickett und Jamie allein, um den Faden ihrer unterbrochenen Debatte aufzunehmen.

„Ich sollte sie verfolgen, wisst Ihr", sagte Pickett mit einem deutlichen Mangel an Begeisterung. Er nahm an, dass seine Rückkehr nach London sich weiter verzögern würde, während er bei einer weiteren Untersuchung würde erscheinen müssen; er beneidete den Untersuchungsrichter und den Konstabler nicht um die vor ihnen liegende Aufgabe, da der Friedensrichter tot war und seine geständige Mörderin an Bord eines Schiffes auf dem Weg nach Amerika. Er war dankbar, dass er nicht verpflichtet war, Mr. Colquhoun über ein solches Ergebnis zu informieren; sein Richter würde sicherlich die richtigen Worte für jeden seiner Männer haben, der einen Fall so schlimm verpfuscht hat.

„Vielleicht sollten Ihr das, aber ich vermute, Ihr werdet es nicht tun, denn Ihr erkennt Gerechtigkeit, wenn Ihr sie seht." In aufmunterndem Ton fügte Jamie hinzu: „Kommt, Mr. Pickett, selbst wenn er gelebt hätte, hätte Lord Buckleigh niemals dafür zahlen müssen, dass er diesen Stallmeister getötet hat. Weder er noch Tom waren dumm genug, einen Briefwechsel zu hinterlassen, der die Erpressung hätte beweisen können, aber selbst wenn Ihr einen Berg von Beweisen gegen ihn gehabt hättet, hätte dies keinen Unterschied gemacht. Die Position seiner Lordschaft als Friedensrichter hätte Euch keinen Zugriff erlaubt. Wenn Ihr Eure Untersuchung fortgesetzt hättet – und ich sehe sehr wohl, dass Eure eigene Integrität es Euch nicht erlaubt hätte, etwas anderes zu tun –, hättet Ihr nichts erreicht, sondern nur einen großen Flecken auf einer ansonsten herausragende Laufbahn riskiert. Mrs. Gubbins hat die Gerechtigkeit bewirkt, die Ihr nicht hättet erreichen können. In gewisser Hinsicht hat sie Euch einen Gefallen getan. Und wenn wir gerade von Gefälligkeiten sprechen", fügte er in einem leichteren Ton hinzu. „Ich muss Euch um einen bitten."

„Es scheint mir, dass Ihr kaum in der Lage seid, mich um etwas zu bitten!", erwiderte Pickett, nicht ganz beschwichtigt, obwohl er die Wahrheit von Jamies Worten nicht leugnen konnte.

„Vielleicht nicht, aber ich werde trotzdem fragen. Ich frage mich", sagte Jamie grinsend, als er seine Hand ausstreckte, „ob Ihr mir die Ehre erweisen würdet, bei meiner Hochzeit mein Trauzeuge zu sein."

Pickett kämpfte mit sich, lächelte aber dann und nahm die angebotene Hand des Majors. „Die Ehre ist ganz meinerseits – Bruder."

EPILOG

Der das Buch so enden lässt, wie alles begann
– mit einer Hochzeit

Die Gästeliste war notwendigerweise kurz und bestand nur aus den unmittelbaren Familien des Braut-paares, aber es war eine der glücklichsten Hochzeiten, die jemals in der alten Steinkirche im Dorf Norwood Green stattgefunden hatte. Mr. Pennington zelebrierte die Hochzeit seines einzigen Sohnes, als Major James Pennington, der in seiner scharlachroten Uniform strahlte, endlich seine Jugendliebe, Claudia Runyon Buckleigh, heiratete. Die Braut trug kein Weiß – das wäre kaum passend gewesen, da sie ihren ersten Ehemann weniger als zwei Wochen zuvor begraben hatte –, sah aber dennoch in aprikosenfarbener Seide strahlend aus, mit einer Mantilla aus elfenbeinfarbener Spitze über ihren goldenen Haaren.

Die Mutter des Bräutigams (deren mütterliche Gefühle, wie von den strengeren Gemeindemitgliedern ihres Mannes moniert wurde, stärker waren als ihre moralischen Skrupel) strahlte das Paar an, während Lady Runyon ihre kleine Enkelin auf ihrem Schoß hielt und mehr als einmal verstohlenen Zuflucht bei ihrem Taschentuch suchte. Sir Thaddeus putzte sich laut die Nase, als der Pfarrer die beiden zu Mann und Frau erklärte, und Pickett und Julia, die am Altar bei dem Brautpaar standen, tauschten liebevolle Blicke über die Köpfe des knienden Paares aus, als sie sich an ihre eigene kürzliche Hochzeit erinnerten und die Rolle, die sie unerwartet bei dieser gespielt hatten.

Am Ende der kurzen Zeremonie unterzeichneten Major und Mrs. James Pennington das Kirchenregister und verschwanden diskret durch eine Seitentür. Dieser Abgang wurde jedoch vereitelt, denn Nachrichten verbreiteten sich in Norwood Green schnell und inzwischen war nicht nur jedem im Dorf alles über die vor langer Zeit geschehene Entführung der jungen Lady Buckleigh durch den Sohn des Pfarrers bekannt, sondern auch über die Misshandlungen, die sie zu einer so verzweifelten Flucht getrieben hatten. Als die Kirchentür aufgerissen wurde, um ihnen das Verlassen der Kirche zu ermöglichen, wurden Jamie und Claudia von den Dorfbewohnern mit lautem Jubel empfangen und von den Kindern mit Blütenblättern überschüttet, darunter ganz vorn die Kinder Tom Pratts. Glücklicherweise hatte Jamie damit gerechnet, dass die

Leute, die ihn und Claudia ihr ganzes Leben lang gekannt hatten, vergeben würden, sobald ihnen die Wahrheit bekannt wurde, und war auf diesen Empfang vorbereitet. Er steckte seine Hand in die Tasche, zog eine Handvoll Münzen heraus, warf sie in die Luft und ging dann hastig mit seiner Braut hinaus, während die Dorfbewohner sich bemühten, diese Reichtümer einzusammeln.

Der Familie Pratt stand noch mehr Reichtum bevor: Jamie hatte beschlossen, sich mit seiner Frau und seiner Tochter in Greenwillows niederzulassen, und in Anerkennung für Tom Pratts langjähriges Schweigen (ein Schweigen, das, wie er vermutete, schließlich nur wegen der Sorgen des Stallmeisters für seine wachsende junge Familie gebrochen worden war) hatten er und Claudia beschlossen, das Geld aus dem Verkauf seines Offizierspatents zu investieren, einen Teil der Zinsen für die Versorgung der kleinen Pratt-Kinder zu verwenden und zu gegebener Zeit, um jedem der Kinder den Einstieg in einen von ihm gewählten Beruf zu ermöglichen.

Nachdem die Formalitäten erledigt waren, begaben sich die beiden Familien zum Hochzeitsfrühstück zum Haus des Squire, wo sie sich an gewürztem Negus und allen anderen Delikatessen erfreuten, die Lady Runyon so kurzfristig hatte auftreiben können. Wie ungewöhnlich die Umstände der zweiten Hochzeit ihrer älteren Tochter auch waren, hatte sie beschlossen, den Mantel ihrer eigenen

Seriosität über sie zu breiten, in der Hoffnung, dass, wie ihr Mann prophezeit hatte, die Dorfbewohner ihrem Beispiel folgen und die jung Verheirateten als anständig verheiratetes Ehepaar akzeptieren würden.

Endlich waren die letzten Trinksprüche ausgesprochen und Major und Mrs. Pennington bereiteten sich auf die Fahrt zu ihrem eigenen Heim vor. Jamie nahm die kleine Caroline Pennington (die, erschöpft von den Feierlichkeiten und großzügig mit Kuchenbröseln verschmiert, auf dem Sofa eingeschlafen war) auf die Arme, wobei ihr kupferfarbener Kopf auf seiner Schulter ruhte. So ungeduldig sie auch waren, ihre Tochter bei sich zu behalten, Jamie und Claudia waren entschlossen, sie eine Zeit lang jeden Abend auf die Turner-Farm zurückzubringen, um ihr den Übergang so einfach wie möglich zu machen.

Lady Runyon küsste die glatte runde Wange des Kindes und präsentierte nach einem Moment des unangenehmen Zögerns ihrem frisch gebackenen Schwiegersohn ihre eigene Wange.

„Danke, dass Ihr Euch um unsere Claudia gekümmert habt", sagte sie zu ihm. „Ich weiß, dass Ihr Euer Bestes getan habt."

Er bückte sich, um ihre pergamentartige weiße Wange zu küssen. „Glaubt mir, Ma'am, es war mir eine Ehre, das zu tun." Er wandte sich an den Squire. „Ich hoffe,

Ihr werft mir das nicht mehr vor, Sir."

„Unsinn!" Sir Thaddeus schlug ihm herzlich auf den Rücken. „Ich wünschte nur, ich hätte es gewusst – aber ich nehme an, das ist alles Schnee von gestern. Willkommen in der Familie, Sohn."

Pickett stand als nächster in der Reihe. „Nun, Mr. Pickett – schaut, darf ich Euch John nennen? Immerhin sind wir Schwäger." Jamie sah ein zustimmendes Nicken und fuhr fort: „Ich hoffe, Ihr tragt mir nichts mehr nach."

„Nein, gar nichts", versicherte Pickett ihm und schüttelte dem Major die freie Hand.

„Du hast da einen guten Mann, Julia", sagte Jamie und bückte sich, um seine Schwägerin zu küssen. „Ich glaube nicht, dass du einen besseren hättest finden können."

„Ich auch nicht", sagte Julia lächelnd. „Claudia, ich wünschte, ich könnte bleiben und meine Nichte besser kennenlernen, aber John war schon zu lange von der Bow Street fort. Du wirst Jamie dazu überreden, euch nach London zu bringen, ja? Wir können die kleine Caroline zu Astleys Amphitheater und zur Royal Menagerie mitnehmen und – oh, überall hin!"

Claudia, die ihrem Mann die Reihe entlang gefolgt war und jedes Mitglied ihrer Familie umarmt hatte, versprach dies, und die beiden Schwestern verabschiedeten sich liebevoll (wenn auch tränenreich). Und dann waren die Jungvermählten verschwunden, und die anderen Jungvermählten, Mr. und Mrs. John Pickett, sahen sich an.

„Ich schätze, wir sollten uns auch besser auf den Weg machen, wenn wir es vor der Dunkelheit nach Reading schaffen wollen", sagte Julia zu ihrem Mann.

„Ja, und bevor der Fahrer so betrunken ist wie ein Bierkutscher", stimmte Pickett zu.

Mit dieser Einschätzung hatte er völlig recht. Die Postkutsche, nach der sie früher am Morgen geschickt hatten, war eingetroffen, und ihr Fahrer wartete jetzt unten bei den Dienstboten, die ihre eigene Feier hatte, ungehindert von Lady Runyons Vorstellungen von Anstand.

„Mr. Pickett, ich fürchte, ich schulde Euch eine Entschuldigung", sagte seine Schwiegermutter und bot ihre Hand an. „So wenig mir diese Verbindung gefällt, zumindest habt Ihr unsere Julia in allen Ehren geheiratet."

Pickett errötete bei diesem unerwarteten Lob und nahm ihre Hand. Ironischerweise stellte er fest, dass er, nachdem er von der Mutter seiner Frau ein gewisses Maß an Zustimmung erhalten hatte, dies nicht akzeptieren konnte, nicht auf Kosten eines anderen Mannes. Er schüttelte den Kopf. „Ma'am, ich glaube nicht, dass Sie einen ehrenwerteren Mann als Jamie Pennington finden könnten, oder einen, der Eure Tochter inniger liebt." Er sah zu Julia hinunter und grinste verlegen. „Eure ältere

Tochter, heißt das."

„Nun, Mr. Pickett, ich stehe in Eurer Schuld." Sir Thaddeus nahm seine Hand und schüttelte sie herzlich. „Zuerst rettet Ihr unsere Julia vor dem Galgen und jetzt habt Ihr uns unsere Claudia wiedergegeben."

Pickett schüttelte den Kopf. „Das Lob dafür gebührt Jamie, nicht mir."

„Trotzdem, wenn Ihr nicht Buckleigh als Toms Mörder entlarvt hättet, wäre seine Lordschaft noch am Leben und Claudia müsste sich weiter verstecken."

Zu viert schlenderten sie hinaus auf den Portikus, wovor die Postkutsche stand, auf der ihr Gepäck bereits befestigt war. Nach einer letzten Abschiedsrunde wollte Pickett Julia in die Kutsche helfen, aber Sir Thaddeus hielt ihn auf.

„Einen Moment." Der Squire trat vor und zog ein gefaltetes Rechteck aus der Tasche seines Mantels. „Ich weiß, dass Ihr Leute auf Provision arbeitet, daher ist hier etwas für Euch."

Pickett schüttelte den Kopf. „Es tut mir leid, Sir, aber ich kann das nicht annehmen."

„Warum zum Teufel nicht?", verlangte Sir Thaddeus mit finsterem Blick zu wissen.

„Weil…" Pickett brach mit einem Achselzucken ab. „Ich hoffe, Ihr werdet mir die Anmaßung verzeihen, Sir, aber, weil Ihr zur Familie gehört."

Sir Thaddeus schwieg einen langen Moment, während dem seine Stirn sich glättete, und er musterte seinen unstandesgemäßen Schwiegersohn fast anerkennend. „Gut gesagt, Mr. Pickett." Er warf einen Blick auf Julia, die neben dem Postwagen wartete. „Passt gut auf mein kleines Mädchen auf."

„Das habe ich vor", versprach Pickett.

Der Squire nickte befriedigt. Pickett half Julia in die Postkutsche, und der Fahrer klappte die Stufen hoch und schloss die Tür. Eine Minute später fuhren sie die lange Auffahrt hinunter in Richtung der Straße, die sie zurück nach London bringen würde.

Mit ihrem Ehemann allein geblieben, stieß Julia einen tiefen Seufzer aus und wandte sich Pickett mit glänzenden Augen zu. „Ich muss sagen, es war nicht die Hochzeitsreise, die ich erwartet hatte, aber ich finde, es lief ziemlich gut, alles in allem."

Er sagte nichts, gähnte aber ausgiebig. Bevor sie vom Hochzeitsfrühstück aufstanden, hatte sie ihn an die Auswirkungen des Rüttelns über schlechte Straßen auf seine Verletzung erinnert, und darauf bestanden, ihm für die Reise Laudanum zu verabreichen. Es begann zu wirken. Sie sah dieses Gähnen und rutschte an das Ende des Sitzes, damit er sich mit dem Kopf auf ihren Schoß legen konnte.

„Trotzdem", fuhr sie fort, „wird es gut sein, nach

London zurückzukehren, nicht wahr?"

Dem stimmte er ohne Weiteres zu und erinnerte sich liebevoll an die Nächte, die sie in seiner Wohnung in der Drury Lane verbracht hatten, ohne Schwiegereltern beeindrucken oder gespenstische Unterbrechungen untersuchen zu müssen.

„Es scheint ewig her zu sein, seit ich in der Curzon Street gewohnt habe." Sie streichelte seine braunen Locken mit liebevollen Fingern. „Ich muss gestehen, dass ich schon seit Langem ungeduldig darauf warte, dich unter meinem eigenen Dach zu haben."

Curzon Street. Nicht seine Wohnung, sondern ihr Stadthaus mit Dienern und allem, was vierhundert Pfund pro Jahr – *ihre* vierhundert Pfund pro Jahr – kaufen konnten. „Mylady – Julia –", sagte er nachdenklich und hielt mühsam die Augen offen, „– wir waren doch glücklich in der Drury Lane, nicht wahr?"

„Mmm, selig." Ihre Lippen verzogen sich bei der Erinnerung zu einem zufriedenen Lächeln. „Aber trotzdem bin ich zufrieden damit, ins wirkliche Leben zurückzukehren, du nicht?"

Das ist *mein wirkliches Leben*, dachte er, aber bevor er die Worte aussprechen konnte, begann das Laudanum zu wirken und er schlief in den Armen seiner Lady ein, während die Kutsche nach Osten in Richtung London zu dem neuen Leben, das sie dort erwartete, rollte.

KEIN GLÜCKLICHER FINDER

Eine John Pickett Kurzgeschichte

von

Sheri Cobb South

S oll ich mitkommen?", fragte Julia Pickett und
verabschiedete sich an der Tür ihres Stadthauses in
der Curzon Street von ihrem Ehemann.

John Pickett stellte seinen leeren Koffer zu seinen
Füßen ab, damit er sie in seine Arme nehmen konnte.
„Danke, aber besser nicht. Das ist eigentlich kein Ort für
eine Lady."

„*Kein Ort für eine…*", wiederholte sie ungläubig.
„Wie kannst du so etwas sagen, nachdem ich zwei Wochen
dort gelebt habe?"

„Zwei?", wiederholte er verblüfft. „Doch eher eine?"

„Ich erwarte nicht, dass du dich an die erste erinnerst,
da du die meiste Zeit bewusstlos warst, aber es waren
sicherlich zwei Wochen. Ich bezweifle, dass die

Nachbarschaft in den vierzehn Tagen, die wir in Somersetshire verbracht haben, so weit heruntergekommen ist."

„Wahrscheinlich nicht, aber ich werde auch nicht lange brauchen. Zum Tee bin ich wieder zurück."

„Das solltest du besser", sagte sie und milderte die Drohung mit einem Kuss.

Als sich die Tür hinter ihm schloss, atmete Pickett erleichtert auf und war froh, zumindest für eine Weile von dem erdrückenden Luxus befreit zu sein, der ihn seit seiner Rückkehr von der Hochzeitsreise am Vortag umgeben hatte. Er hatte natürlich gewusst, dass er über seinem Stand heiratete; das konnte ihm kaum entgangen sein, da sie in erster Ehe mit einem Viscount verheiratet gewesen war – Lord Fieldhurst genauer gesagt, dessen Ermordung den jungen Bow Street Läufer und die verwitwete Viscountess zuerst zusammengebracht hatte. Doch ihre Rückkehr hatte ihm erst richtig klar werden lassen, wie hoch er in der Welt aufgestiegen war. Nachdem die Postkutsche sie abgesetzt hatte und davongerattert war, hatte der Butler die Tür aufgerissen und Mr. und Mrs. Pickett hatten zum ersten Mal das Haus in der Curzon Street als Mann und Frau betreten – woraufhin Pickett beim Anblick des gesamten, im Foyer aufgereihten Personals wie erstarrt stehen geblieben war; für ihn sah dies wie eine Art häuslichen Erschießungskommandos aus. Dieser erste Eindruck wurde rasch von der ebenso erschreckenden Erkenntnis abgelöst, dass sie alle dort versammelt waren, um ihm offiziell vorgestellt zu werden, ganz so, als wäre er der Lord eines großen Hauses.

„Du wirst dich sicher an Rogers erinnern", hatte Julia gesagt, so, als wäre alles in Ordnung. „Und an Thomas, den Lakaien."

Und sie war die Reihe entlanggegangen, hatte einen nach dem anderen vorgestellt, während sich jeder verbeugte oder knickste, wie sein Geschlecht es verlangte. Sie hatte ihm später versichert, dass sie im Vergleich zu den Haushalten von Landgütern oder sogar den größeren Stadtresidenzen eigentlich recht wenig Personal beschäftigte, aber das war völlig nebensächlich. Es war nicht die Anzahl der Bediensteten – zumindest nicht *nur* die Anzahl der Bediensteten –, sondern die Vorstellung, dass ihm überhaupt von Bediensteten aufgewartet werden sollte. Er fragte sich unwillkürlich, was sie gedacht hatten, als sie erfuhren, dass sie jetzt einem Mann dienen sollten, dessen Vorfahren nicht besser als ihre eigenen waren – und höchstwahrscheinlich schlechter.

Mit diesen düsteren Gedanken, die ihn begleiteten, war es eine Erleichterung, wieder in der Drury Lane zu sein und den Laden zu betreten, über dem er fünf Jahre in einer Wohnung von zwei Zimmern gelebt hatte.

„Na, der Herr sei meiner Seele gnädig, wenn das nicht

Johnny ist!", rief die Ladenbesitzerin aus und ihr Doppelkinn bebte, als sie nach vorn gewatschelt kam, um ihn zu begrüßen. „Ich hätte nie gedacht, dass ich Euch je wieder zu Gesicht bekommen würde!"

„Ihr übertreibt zu sehr, Mrs. Catchpole", sagte er und beugte sich zu ihr hinab, um ihr einen raschen Kuss auf die Wange zu geben. „Ihr wusstet, dass ich wiederkommen würde, um meine Sachen zu holen."

Sie schaute unsicher auf den Koffer, den er in der Hand hatte. „Oh, das ist alles? Ich muss zugeben, einen Moment lang dachte ich … aber das ist jetzt auch egal", sagte sie hastig und verabschiedete sich von der falschen Annahme, dass Picketts Ehe die Flitterwochen nicht überlebt hätte. „Ich wusste, dass Ihr ein paar Sachen oben gelassen habt, aber um ehrlich zu sein, ich wusste nicht, ob Ihr Euch die Mühe machen würdet, deshalb zurückzukommen. Ich wette, da ist nichts dabei, wovon Mylady, Eure Frau, nicht zweimal so viel hat, und noch dazu viel feiner."

Man konnte sich darauf verlassen, dass seine Wirtin den Finger zielsicher in die Wunde legen würde. „Ja, ein Mann mag es, ein paar Dinge zu haben, die er als seine eigenen bezeichnen kann. Soll ich das Bett abziehen oder möchtet Ihr, dass ich es so lasse?"

„Ihr könnte es abziehen und die Laken einfach auf dem Bett liegen lassen. Freitag ist Waschtag – aber daran werdet Ihr Euch noch erinnern – dann kann ich mich darum kümmern."

Pickett versprach, dies zu tun, stieg dann die Treppe hinauf und betrat die Wohnung, die fünf Jahre lang sein Zuhause gewesen war. Er war nur zwei Wochen abwesend gewesen – tatsächlich die Zeit seiner Hochzeitsreise –, aber schon hatte es das verlassene Aussehen einer Wohnung, in der niemand mehr lebte. Er sah sich in dem größeren der beiden Räume um, der als Wohn- und Esszimmer gedient hatten, und musterte die wenigen Besitztümer, die er zur Ergänzung der mitgemieteten Möbel erworben hatte. Die angeschlagenen und nicht zueinanderpassenden Teller, Tassen und Untertassen würden zwischen dem feinen Knochenporzellan seiner Frau traurig fehl am Platze wirken, und er hing auch nicht besonders daran. Er würde sie für den nächsten Mieter zurücklassen, der sie je nach persönlicher Präferenz benutzen oder entsorgen konnte.

Das halbe Dutzend Bücher auf dem Regal über dem Kaminsims war jedoch etwas völlig anderes. Er machte sich keine Illusionen darüber, ob sie in Julias Bibliothek passen würden; er erinnerte sich gut, in diesem Raum mit den schönen, in Kalbsleder gebundenen Bänden mit ihrem Goldschnitt gesessen zu haben, bis ihr Anwalt eintraf und er entdeckte, was es ihn kosten würde, ihre Ehe zu annullieren, und das alle Gedanken an Literatur aus seinem

Kopf vertrieben hatte. Trotzdem, diese Bücher – die er
gebraucht gekauft hatte, was man ihnen auch an ihren
gebrochenen Rücken, Eselsohren und anderen Gebrauchs-
spuren sehr ansah – waren seine Gesellschaft während
manch langer Winternacht gewesen. Sie waren wie alte
Freunde und er hätte sie nicht eher zurücklassen als er
seine Beziehung zu seinem Richter, Mr. Colquhoun, hätte
abbrechen können. Er würde sie in die Curzon Street
mitnehmen und wenn Julia etwas dagegen hätte, sie in ihre
Bibliothek zu stellen, würde er einen anderen Ort finden,
um sie aufzubewahren. Er nahm sie einzeln aus dem Regal
und packte sie in den leeren Koffer, den er zu diesem
Zweck mitgebracht hatte.

Nachdem Pickett mit dem Vorderzimmer fertig war,
ging er durch die Tür ins Schlafzimmer und blieb stehen,
als er das schmale Bett sah, in dem er und Julia ihre Ehe
vollzogen hatten. Hatte sie sich wirklich so weit
herabgelassen? Als er im kalten Licht des Tages auf die
klumpige Matratze sah, schien es schwer zu glauben.
Natürlich gab es in der Curzon Street ein weitaus
luxuriöseres Bett, das für den gleichen Zweck ebenso
geeignet war, wie er erst in der Nacht zuvor festgestellt
hatte. Trotzdem wünschte er sich, sie hätten hierher
zurückkehren können, um so zu leben, wie sie es in diesen
ein oder zwei Wochen – laut Julia – getan hatten, bevor
die Außenwelt wieder eingedrungen war. Aber es wäre

nicht fair, sie zu bitten, die Lebensweise aufzugeben, zu der sie geboren und mit der sie aufgewachsen war; sie gab schon mehr als genug für ihn auf. Er überlegte flüchtig, ob er das Bett von Mrs. Catchpole kaufen und auf Julias Dachboden aufbewahren sollte, damit sie sich von Zeit zu Zeit dorthin stehlen und die glückseligen frühen Tage noch einmal durchleben könnten, verwarf die Idee jedoch als sentimentale Rührseligkeit. Trotzdem würde er etwas ändern, bevor Mrs. Catchpoles nächster Mieter in diesem Bett schliefe, das er erst vor so kurzer Zeit mit seiner Frau geteilt hatte: Er zog die Laken ab, wie seine Wirtin ihn angewiesen hatte, drehte aber die Matratze erst um, bevor er die Laken darauf stapelte.

Nachdem Pickett sich so um sein Hochzeitsbett gekümmert hatte, wandte er seine Aufmerksamkeit der Kommode zu. Die meisten der Schubladen waren leer, oder doch beinahe; er hatte die meisten seiner Kleidungsstücke auf seine Hochzeitsreise mitgenommen; seine Garderobe war nicht so groß, dass er es sich hätte erlauben können, so viele Teile zurückzulassen, und daher befand sich das meiste, was er besaß, bereits in der Curzon Street. Er nahm die wenigen Taschentücher und Strümpfe (einschließlich des Paares, das Julia mit ihren eigenen Händen gestopft hatte, während er bewusstlos hier lag), und legte sie auch in den Koffer.

Die nächste Schublade enthielt einen kleinen Stapel

mit einem Band zusammengebundener Briefe, von denen keiner besonders romantisch oder von besonderem Wert war, abgesehen von der Identität ihrer Schreiberin. Doch es hatte eine Zeit gegeben, weniger als einen Monat zuvor, als sie für ihn alles gewesen waren, was er glaubte, je von ihr haben zu dürfen. Im Kamin war kein Feuer, daher kam es nicht infrage, sie zu verbrennen, während die Vorstellung, sie für neugierige Augen zurückzulassen, unerträglich war. Sie kamen auch in den Koffer.

In der untersten Schublade befanden sich eine Decke und ein zusätzlicher Satz Laken; auch diese stapelte er auf dem Bett auf. Nun blieb nur seine Pistole, und er schob sie zusammen mit den Büchern auf den Boden des Koffers.

Die Schüssel und der Krug oben auf dem Waschtisch gehörten Mrs. Catchpole und zu der Wohnung, sodass sie natürlich hier bleiben würden. Der Streichriemen für seine Rasur gehörte jedoch ihm und die drei Haarnadeln Julia. Wie viel von diesen Dingern verbrauchten Frauen überhaupt? In nur ein paar Wochen der Ehe hatte er bereits entdeckt, dass seine Frau sie anscheinend überall liegen ließ, manchmal tauchten sie an den seltsamsten Orten wieder auf. Er griff danach, zusammen mit dem Streich-riemen – oder versuchte es jedenfalls. Eine jedoch entglitt ihm und sie rollte hinter den Waschtisch in den engen Spalt zwischen Waschtisch und Wand.

Eine kurze Überlegung hätte ihn daran erinnert, dass

Julia wohlhabend genug war, um eine beliebige Anzahl von Haarnadeln zu kaufen. Tatsächlich waren sie so billig, dass ihr Ersatz seine fünfundzwanzig Schilling pro Woche nicht übermäßig belastet hätte. Aber die Entbehrungen in der Kindheit, gefolgt von größter Sparsamkeit, hatten ihre Spuren hinterlassen. Pickett schimpfte in sich hinein, zog den Waschtisch von der Wand, zuerst auf der einen Seite, dann auf der anderen, bis er den Boden darunter sehen konnte. Im Gegensatz zum Rest der Wohnung wiesen die Dielen hier noch einige Überreste ihres ursprünglichen Lacks auf – rissig und abblätternd, das war wahr, aber das schwere Möbelstück, das sie bedeckte, hatte über die Jahre einen gewissen Schutz geboten. Pickett fiel auf ein Knie und tastete nach der verlorenen Haarnadel. Die Dielen waren ziemlich uneben – anscheinend bot der Waschtisch keinen ausreichenden Schutz gegen das Aufquellen – und er war sehr verärgert, als seine Finger die Haarnadel berührten, nur, um sie in den Ritz zwischen zwei Dielen zu schieben.

Zu jedem anderen Zeitpunkt hätte Pickett sich mit dem Verlust abgefunden und sich damit zufriedengegeben, die beiden Haarnadeln mitzunehmen, die noch geblieben waren. Aber die verlorene Haarnadel gab ihm eine Entschuldigung, um die Rückkehr zu dem etwas entmutigenden Luxus der Curzon Street und der geliebten Frau, die, wie er fürchtete, ihn als etwas mehr, etwas

Besseres betrachtete, zumindest für ein paar Minuten hinauszuschieben. Und so zog er ein kleines Taschenmesser aus der Innentasche seines Mantels und machte sich daran, die Diele hochzuheben. Dieses Brett war zum Glück viel kürzer als die anderen, nur etwa einen Fuß lang, und er konnte es leicht hochhebeln, wenn auch nicht, ohne einen Fingernagel abzubrechen.

Dann nahm er das Brett weg und Fingernägel, Haarnadeln und tatsächlich alles andere war vergessen. Denn in dem Hohlraum unter der Diele lag ein kleiner Samtbeutel, der so alt war, dass er bei seiner Berührung fast zerbröckelte, als er ihn heraushob. Die Öffnung des Beutels war mit einer Kordel verschlossen und Pickett löste diese (wobei er das Gewebe weiter beschädigte) und leerte den Beutel über seiner offenen Hand aus. Schwarze Metallscheiben ergossen sich in seine Handfläche.

Er stand langsam auf und ging durch den Raum zum Fenster, wo das Licht besser war. Er stupste sie mit dem Zeigefinger seiner leeren Hand auseinander und schätzte, dass es insgesamt einige Dutzend sein mussten. Er legte sie in einen kleinen Stapel auf die Fensterbank, wählte dann eine aus und polierte sie mit einem der Taschentücher, die er in seinem Koffer gepackt hatte. Es brauchte einige Zeit und Mühe, doch endlich verschwand das Schwarz und ließ einen grauen Ton sehen, wie Zinn. Nein, dachte Pickett mit wachsender Überzeugung, kein

Zinn. Silber. Es handelte sich offensichtlich um britische Münzen, wie das Wort „Britannia" auf der Unterseite einer Seite unter der sitzenden Figur einer Frau zeigt, aber sie waren anders als alle britischen Münzen, die er jemals gesehen hatte. Er drehte die Münze um. Hier, in Zahlen, die so klein waren, dass er sie kaum ausmachen konnte, waren es vier Ziffern – vielleicht ein Datum? Er wünschte, er hätte seine Augengläser getragen, aber er hätte nicht erwartet, dass er sie brauchen würde. Er kippte die Münze hin und her, fand den besten Winkel, um das Licht einzufangen, und hob sie vor sein Auge, bis sie fast seine Nase berührte. *1676.* Was bedeutete, dass die lockige Figur mit der großen Nase, deren Profil diese Seite der Medaille zierte, der Fröhliche Monarch selbst war, Charles der Zweite. Es gab keine Anhaltspunkte dafür, wie viel die Münze wert gewesen war (oder, falls vorhanden, auf Latein, und das konnte Pickett nicht lesen), aber es war kaum von Bedeutung; was immer ihr Wert vor mehr als einem Jahrhundert gewesen war, sie war heute zweifellos mehr – viel mehr – wert.

Und in den letzten fünf Jahren, in denen er die Hälfte seines Lohns mühsam zusammengespart und auf halbem Wege um die Welt zu seinem Vater nach Botany Bay geschickt hatte, hatte er beim Rasieren jeden Morgen praktisch auf einem Vermögen gestanden. Er war nicht sicher, ob er bei dieser Erkenntnis lachen oder weinen sollte.

Er fragte sich, wer und wann und zu welchem Zweck das Geld unter den Dielen versteckt hatte. Die nächstliegende Frage war jedoch, was er mit dem Schatz anfangen sollte, nachdem er ihn entdeckt hatte. Er wusste, dass es Gesetze gab, die einen Schatzfund regelten – einen Schatz, für den es keinen klaren Besitzer gab. Einer der anderen Läufer, Mr. Dixon, hatte sich mit einem solchen Fall befasst gesehen, kurz nachdem Pickett in die Bow Street gekommen war. Er erinnerte sich nicht mehr an alle Einzelheiten – zu jener Zeit hatte er alle Hände voll damit zu tun gehabt, sich an das Leben als neues Mitglied der Fußpatrouille zu gewöhnen – aber er war sich absolut sicher, dass ein Mieter auch nach fünf Jahren keinen Anspruch haben würde. Nein, es war der Eigentümer des Gebäudes, der davon profitieren würde. Doch wem gehörte es? Er hatte die Wohnung von Mrs. Catchpole gemietet, aber er hatte keine Ahnung, ob das Gebäude, in dem sich ihr Laden befand, ihr Eigentum war oder ob sie es wiederum von jemand anderem gemietet hatte. Er hoffte um ihretwillen, dass es das ihre war und sie damit Anspruch auf das Silber würde erheben können, aber er hatte keine Lust, falsche Hoffnungen zu wecken. Er sammelte die Münzen vom Fensterbrett ein, ließ sie in die Überreste des zerschlissenen Samtbeutels fallen und steckte das Ganze in seine Manteltasche, in der Hoffnung, dass sie ihn nicht bei jedem Schritt, den er tat, verraten würden, indem sie aneinander klirrten. Andererseits wusste Mrs. Catchpole, dass er eine reiche Frau geheiratet hatte; sie würde sehr wahrscheinlich erwarten, dass seine Taschen klimperten, wenn er ging. Er nahm den Koffer und ging die Treppe hinunter.

„Alles erledigt, Johnny?", rief seine ehemalige Wirtin und Haushälterin.

„Ja. Mrs. Catchpole", begann er zögernd, unsicher, wie er die Frage formulieren sollte. „Es ist mir nie in den Sinn gekommen, mich das zu fragen, aber seid Ihr die Eigentümerin dieses Hauses?"

„Lieber Gott, Johnny, sehe ich aus wie eine reiche Frau? Ich bin nur Mieterin, so wie Ihr es wart, nur schon seit längerer Zeit. Ich habe dieses Gebäude gepachtet und Mr. Catchpole, Gott gebe seiner Seele Frieden, vor mir, seit mehr als zwanzig Jahren."

„Wer ist dann Euer Vermieter?"

„Das ist ein echter Lord. Dieses Gebäude – und ja, auch die auf beiden Seiten – gehört Lord Lessing. Nicht, dass ich je etwas mit ihm direkt zu tun gehabt hätte, wohlgemerkt. Es ist sein Verwalter, der mir sagt, wann die Pacht fällig ist, und an den ich sie zahle. Warum fragt Ihr?"

Pickett zuckte die Achseln. „Ich habe mich nur gefragt, das ist alles. Es scheint jedoch eine seltsame Art von Geschäft, dass ein Lord sich damit befasst."

„Oh, ich würde nicht sagen, dass er sich damit befasst. Solange er die Mieten bekommt, die ihm vierteljährlich zustehen, bezweifle ich, dass er überhaupt weiß, dass ich existiere, und mein Geschäft auch. Was das angeht, wie er dazu gekommen ist", fügte sie hinzu und senkte ihre Stimme zu einem verschwörerischen Flüstern, „man sagt, dass sein Vorfahre – ein einfacher Mr. Lessing war der damals – nur ein Kaufmann war, bis König Charles die hübsche kleine Mrs. Lessing zu Gesicht bekam. Gab dem Herrn einen Titel und diese ganze Seite der Straße als Belohnung dafür, dass er wegschaute, wenn seine Frau ihm ihre Gunst gewährte, könnte man sagen. Und das war das Ende von Mr. Lessings Tagen als Kaufmann", schloss sie genüsslich; wobei ihr Vergnügen am Weitererzählen von Klatsch nicht davon verringert wurde, dass die betreffenden Personen bereits seit hundert oder mehr Jahren tot waren.

Pickett fragte sich kurz, was er sagen würde, wenn jemand – natürlich nicht der halb verrückte alte König George, sondern etwa der Prinz von Wales – ihm einen Titel und ein Vermögen als Gegenleistung für Julias Gunst anböte. Er musste nicht lange darüber nachdenken. Er würde Seiner Königlichen Hoheit sagen, dass er sich zum Teufel scheren und seinen Titel und sein Vermögen mitnehmen könnte. Er würde lieber wieder stehlen oder verhungern, bevor er sich bereit erklärte, seine Frau mit jemandem zu teilen, geschweige denn, sie zu bitten, die Hure zu spielen, um in der Welt aufzusteigen.

Trotzdem hat Mrs. Catchpoles Geschichte viel dazu beigetragen, das Vorhandensein eines Verstecks mit Silbermünzen zu erklären, das sich in den Dielen eines Ortes befand, der selbst vor einhundertfünfzig Jahren eine bescheidene Behausung gewesen sein musste. Plötzlich konnte sich Pickett den unrechtmäßigen Gewinn des vorherigen Bewohners nicht schnell genug loswerden. Er verabschiedete sich von seiner früheren Wirtin zum vermutlich letzten Mal, dann verließ er den Kerzenzieherladen und suchte einen Buchhändler in Long Acre auf, um die neueste Ausgabe von Debretts *Vollständiges Adelsverzeichnis für England, Schottland und Irland* durchzublättern. Einige Minuten später mit dem Wissen bewaffnet, dass Lord Lessing (fünfter Inhaber dieses Titels, der von König Charles II. Im Austausch für nicht näher bezeichnete „Verdienste" um die Krone verliehen worden war) zusätzlich zu seinem Stammsitz in Norfolk ein Stadthaus am Hanover Square besaß, machte sich Pickett auf den Weg in Richtung Mayfair.

Der Diener seiner Lordschaft, der kurze Zeit später die Tür für einen großen jungen Mann öffnete, der einen braunen, unauffällig geschnittenen Rock trug und einen ramponierten Koffer in der Hand hielt, sah den Besucher schief an, bis Pickett seinen misstrauischen Gesichtsausdruck richtig interpretierte und sich beeilte, ihn zu beruhigen.

„Ich versuche nicht, hier einzuziehen", sagte er. „John Pickett vom Amtsgericht in der Bow Street. Ich habe etwas, von dem ich glaube, dass es seine Lordschaft interessieren wird."

Der Diener sah aus, als würde er dies eher bezweifeln, erlaubte Pickett jedoch, das Foyer zu betreten und ließ ihn mit dem Koffer in der Hand dort stehen, während er Lord Lessing informierte.

Seine Lordschaft betrat kurze Zeit später von der Rückseite des Hauses aus das Foyer, ein untersetzter Mann mit rotem Gesicht, den Pickett sich leicht in der Schürze eines Kaufmanns vorstellen konnte.

„Ja, was ist los?", fragte er unverblümt. Auch er warf einen misstrauischen Blick auf den Koffer, als ob er halb erwartete, dass Pickett behaupten würde, der illegitime Sohn seiner Lordschaft zu sein und einen Platz im Hause der Familie verlangte.

Pickett warf dem Diener einen Blick zu. Der Bursche hatte seinen Platz an der Tür wieder eingenommen, beobachtete den Wortwechsel jedoch mit unverhohlener Neugier. „Wenn wir uns unter vier Augen unterhalten könnten, Euer Lordschaft?"

Für einen Moment sah seine Lordschaft aus, als ob er geneigt wäre, diese Bitte abzulehnen. „Oh, na gut", räumte er schließlich ein. „Aber nur für einen Moment. Ich bin ein sehr beschäftigter Mann, wohlgemerkt."

Er drehte sich auf dem Absatz um und ging zurück in die Richtung, aus der er gekommen war. Pickett, der richtigerweise annahm, dass er ihm folgen sollte, wechselte den Koffer in die andere Hand (wobei er nicht zum ersten Mal wünschte, dass er einen Jungen dafür bezahlt hätte, ihn schon vor seiner Rückkehr in der Curzon Street abzuliefern), und folgte seinen Schritten. Seine Lordschaft führte ihn in einen kleinen, dunklen Raum im hinteren Teil des Hauses, der von einem großen Mahagonischreibtisch und raumhohen Bücherregalen dominiert wurde, in denen sich scheinbar uralte Hauptbücher befanden, die dringend hätten abgestaubt werden müssen. Ein junger Mann mit schütterem Haar saß hinter dem Schreibtisch und sah ebenso staubig und nur geringfügig frischer aus.

„Lasst uns allein, Marksley. Nun", wandte sich Lord Lessing an Pickett, nachdem er die Tür hinter seinem Verwalter geschlossen und sich hinter seinem Schreibtisch verschanzt hatte. „Was soll das alles?"

„Dazu komme ich gleich", versprach Pickett. „Zuerst, könnt Ihr bestätigen, dass Ihr der Eigentümer des Kerzenzieherladens in der Drury Lane Nummer vierundachtzig seid?"

Lord Lessing zuckte die Achseln. „Ich besitze eine

ganze Reihe von Gebäuden entlang eines Stücks der Drury Lane. Ich kann Euch nicht von der Hälfte die Hausnummern nennen, geschweige denn, welche Geschäfte dort geführt werden."

Mrs. Catchpole hatte gesagt, ihr Vermieter hätte kein Interesse an dem Grundstück, außer seine Mieten einzuziehen, und Pickett konnte das gut glauben. Sollte sich seine Lordschaft jemals die Mühe machen, in die Drury Lane zu gehen und sein Eigentum zu begutachten, wäre er zweifellos entsetzt über die Anzahl der Spirituosenläden und Bordelle, die in seinem Namen geführt wurden. Andererseits wäre es ihm vielleicht egal, solange seine Mieter ihre Miete pünktlich bezahlten. Pickett entschied, dass er den derzeitigen Inhaber des Titels nicht mehr mochte als den ersten Träger, der der Vorfahre des Mannes gewesen war.

„Bis – bis vor Kurzem habe ich in der Wohnung über dem Kerzenzieherladen in Nummer vierundachtzig gewohnt…", begann Pickett.

Lord Lessing hob eine Hand, um ihm zuvorzukommen. „Wenn Ihr mit der Frau, von der Ihr die Zimmer gemietet hattet, irgendwelche Streitereien habt, geht mich das nichts an."

„Wenn Ihr mich ausreden lassen würdet, Euer Lordschaft, werdet Ihr erfreut sein zu erfahren, dass es Euch doch etwas angeht." In Wahrheit war er sehr versucht, den Mann reumütig um Verzeihung zu bitten, in die Drury Lane zurückzukehren und Mrs. Catchpole das Ganze in die Hand zu drücken. Aber nein, wenn ihr Anspruch auf den Schatz nicht zweifelsfrei klar war, würde ihr plötzlicher Besitz eines Vermögens in alten Silbermünzen nur sehr unangenehme Fragen für sie aufwerfen. „Als ich meine Sachen aus der Wohnung entfernte, stieß ich auf etwas, von dem ich glaube, dass es von Ihrem Vorfahren zurückgelassen wurde."

Die trüben Augen seiner Lordschaft glänzten vor Gier. „Das Silber? Ihr habt es gefunden?"

„Silber?", fragte Pickett höflich.

„Eine alte Familienlegende besagt, dass irgendwo auf dem Grundstück ein Vermögen in Silber versteckt war, Silber, das Charles der Zweite meinem Vorfahren für Tapferkeit im Dienst der Krone gegeben hatte."

Pickett hatte eine etwas andere Version der Geschichte gehört, aber es war nur natürlich, dass die Familie ihre Ursprünge beschönigen würde, sobald das öffentliche Gedächtnis zu verblassen begann. Er fragte sich, ob auch der angebliche Wert des Silbers im Laufe der Jahre gewachsen war; der Art nach zu urteilen, wie Lord Lessings Blick immer wieder zu Picketts Koffer schoss, war er sich dessen fast sicher.

„Es heißt, als mein Vorfahr starb, ohne sein Versteck preiszugeben, stellten seine Söhne das Haus auf den Kopf, fanden es aber nie", erinnerte sich seine Lordschaft.

Pickett dachte, sie könnten kaum so intensiv gesucht haben. Andererseits hatte er den Hohlraum im Boden nur bemerkt, weil die Dielen verzogen waren; sie hatten zweifellos vor so langer Zeit genau zusammengepasst. „Wenn ich einen Silberschatz finden würde", sagte er mit einer winzigen Betonung auf dem *wenn*, „welche Art von Belohnung würdet Ihr für seine Rückgabe für angemessen halten?"

„Also kommen wir endlich dazu", bemerkte Lord Lessing und beäugte Pickett mit akuter Abneigung. „Wie viel wollt Ihr?"

„Für mich selbst, nichts", sagte Pickett. „Aber Mrs. Catchpole hat den Laden seit mehr als zwanzig Jahren von Euch gepachtet. Sie könnte es jederzeit entdeckt und alles behalten haben, ohne dass Ihr je davon erfahren hättet."

„Warum sollte sie es finden, wenn meine Vorfahren es versuchten und scheiterten?"

„Es wäre nicht schwierig gewesen. Alles, was sie tun musste, war den Waschtisch zu bewegen, während sie die Zimmer säuberte, damit ein neuer Mieter sie in Besitz nehmen konnte. Die Dielen darunter hatten sich verzogen und es war offensichtlich, dass irgendwann eine entfernt worden war."

„Unter dem Boden war es?", grummelte seine Lordschaft. „Ich glaube, die Unterlagen des ersten Lord

Lessing sprachen vom Abklopfen der Wände. Nun gut, sie könnte es gefunden haben. Das habt Ihr deutlich gemacht. Na und?"

„Ehrliche Pächter dürften ihr Gewicht in Silber wert sein. Ich würde meinen, Ihr solltet darauf bedacht sein, alles Euch Mögliche zu tun, um sie zu behalten."

„‚Ehrlich', Mr. Pickett, oder nur dumm? Es scheint mir, dass die Ehrlichkeit eines Menschen niemals auf die Probe gestellt wird, solange sich keine Alternative bietet."

„Sehr wahr, Euer Lordschaft, und ich kann nicht ehrlich sagen, was ich getan hätte, wenn ich vor fünf Jahren von der Existenz des Silbers gewusst hätte. Und doch bin ich jetzt hier."

Lord Lessing schien einen langen Moment mit sich selbst zu kämpfen, bevor er fragte: „Also gut, was wollt Ihr dafür?"

Pickett beugte sich über den Schreibtisch und drückte die Handflächen flach auf die glänzende Oberfläche. „Einen neuen Pachtvertrag für Mary Catchpole", sagte er, ohne zu zögern. „Einen neuen Pachtvertrag, der ihr die ausschließliche Nutzung des Grundstücks in der Drury Lane Nr. 84 für den Rest ihres Lebens ohne zusätzliche Kosten gewährt."

„Ich verstehe", sagte seine Lordschaft nachdenklich. „Und wie alt ist Mary Catchpole, würdet Ihr sagen?"

„Ich schätze, ungefähr fünfzig."

„Wie bitte – *fünfzig*?", blubberte Lord Lessing empört. „Ihr bittet mich darum, zwanzig Jahre Pacht in den Schornstein zu schreiben, vielleicht sogar noch mehr? Warum zum Teufel sollte ich?"

„Wie gesagt: Um einen ehrlicher Pächter zu behalten, ist es wert, sich Mühe zu geben."

„Und wie *ich* sagte: einfach, ehrlich zu sein, wenn sie nicht weiß, dass sie auf einem Vermögen sitzt." Er funkelte Pickett finster an, als ihm ein neuer und unerwünschter Gedanke einfiel. „Ihr habt ihr nichts gesagt, oder?"

„Nein", sagte Pickett. „Zumindest noch nicht."

Lord Lessing trommelte mit den Fingern auf seinem Schreibtisch. „Und wenn ich ihr einen neuen Pachtvertrag gebe, so, wie Ihr darauf besteht, werdet Ihr das Silber ihr gegenüber nicht erwähnen?"

„In einem solchen Fall sollte ich denken, dass es unnötig, vielleicht sogar grausam wäre, sie wissen zu lassen, dass sie in den letzten zwanzig Jahren jederzeit eine wohlhabende Frau gewesen sein könnte."

„Also gut." Seine Lordschaft schob seinen Stuhl zurück, ging zur Tür, riss sie auf und brüllte nach seinem Verwalter. „Marksley! *Marksley!* Wohin seid Ihr denn, Mann? Ich brauche Euch, um einen neuen Pachtvertrag zu entwerfen. Der Mann hier wird Euch sagen, was Ihr schreiben sollt."

Pickett schüttelte den Kopf. „Ich bezweifle nicht, dass

Euer Verwalter besser wissen wird als ich, wie das Ding lauten soll. Trotzdem möchte ich, dass ein Anwalt es sich durchliest, bevor Mrs. Catchpole es zur Unterschrift bekommt." Falls seine Lordschaft daran dachte, Mrs. Catchpole hereinzulegen, indem er irgendeine Klausel einfügte, die durch komplizierte Rechtssprache den Vertrag unwirksam machte, fügte er hinzu: „Ich habe keinen Zweifel, dass Mr. Colquhoun, der Richter in der Bow Street, einen guten Mann empfehlen kann. Sobald ein Anwalt das Dokument genehmigt und Mrs. Catchpole es unterschrieben hat, könnt Ihr – aber erst dann – Euren Schatz haben."

Lord Lessing murmelte etwas sehr Unschmeichelhaftes (obwohl möglicherweise Wahres) über Picketts Abstammung, gab aber seinem Verwalter die notwendigen Anweisungen. Bis das Dokument erstellt, von seiner Lordschaft unterschrieben und an Pickett übergeben worden war, brach schon fast die Dunkelheit herein, bevor er in die Curzon Street zurückkehrte.

„Da *bist* du ja!" Julia kam die Treppe hinunter gehuscht, um ihn zu begrüßen, und hielt ihre Röcke mit einer Hand gerafft. „Ich habe seit zwei Stunden immer wieder aus dem Fenster nach dir Ausschau gehalten!"

„Oh?", fragte Pickett etwas schuldbewusst. „Das tut mir leid. Ich habe nicht gedacht – ich schätze, ich hätte dir eine Nachricht schicken sollen."

Tatsächlich war er es gewohnt, zu kommen und zu gehen, wie es ihm gefiel, und die Idee, dass jemand auf seine Rückkehr warten oder sich um ihn sorgen könnte, wenn er zu spät kam, war ein neuer und nicht unangenehmer Gedanke.

„Aber wozu hast du so lange gebraucht?" Sie schaute zu dem Koffer, der mit Sicherheit zwischen dem Hanover Square und der Curzon Street nicht leichter geworden war. „Sicher kann das doch nicht so lange gedauert haben?"

„Nein." Er übergab den Koffer dem Butler, nahm dann den Ellbogen seiner Frau und lenkte sie in den Salon über den Flur, wo er die Tür vor allen lauschenden Ohren schloss und sich an die Aufgabe machte, sie richtig zu begrüßen.

„Ich bin froh, dass du zu Hause bist", sagte sie schließlich, bevor diese Begrüßung über das hinausgehen konnte, was für den Salon angemessen war, wo ein Diener jeden Moment die Tür öffnen konnte. „Aber sicher warst du doch nicht die ganze Zeit in der Drury Lane?"

„Nein", sagte er erneut und zog den zerschlissenen Samtbeutel aus der Innentasche seines Mantels. „Sage mir, Mylady, was hältst du davon?"

„Ich kann sehen, dass es sehr alt ist. Darf ich es öffnen?" Als sie eine bejahende Antwort erhielt, lockerte sie den Kordelzug und schüttelte den Inhalt in ihre Hand. „Iih, grässlich! Und doch – John! Ist das Silber? Wo hast du es her?"

„Ich habe es unter einer Diele in meiner Wohnung gefunden." Er verzog das Gesicht bei der Erinnerung. „Ich habe in den letzten fünf Jahren auf einem Vermögen gelebt."

Sie stieß die angelaufenen Münzen mit einer Fingerspitze auseinander. „Und du hast sie erst heute gefunden? Was wirst du mit ihnen machen?"

„Sie gehören mir nicht", entgegnete er hastig. „Es gibt Gesetze über solche Dinge, weißt du? Versteckte Schätze gehören der Person, in dessen Eigentum das Anwesen steht, auf dem sie gefunden wurde, es sei denn, dass der Wert hoch genug ist, dass die Krone sich dafür interessiert."

„Dann ist Mrs. Catchpole..."

Er schüttelte den Kopf. „Sie hat den Laden gepachtet, und das seit zwanzig Jahren. Das Anwesen gehört Lord Lessing. Kennst du ihn?"

„Nicht sehr gut – und das Wenige, das ich von ihm gesehen habe, hat mir den Eindruck vermittelt, dass ich nicht viel verpasst habe."

„Du verstehst dich ausgezeichnet auf die Beurteilung von Charakter, Mylady", sagte er und küsste sie wieder.

„Natürlich; ich habe doch dich geheiratet, nicht wahr? Aber warst du die ganze Zeit dort – zu einem Besuch bei Lord Lessing, meine ich? Was hat er dazu gesagt?"

„Das meiste davon kann man nicht wiederholen", gestand Pickett. „Es stellte sich heraus, dass es seit Generationen Gerüchte über einen verborgenen Schatz in seiner Familie gibt. Ich habe ihm klargemacht, dass ich, obwohl ich ihn entdeckt hatte, ihn ihm erst dann aushändigen würde, wenn er meine Forderungen erfüllt hätte."

Sie sah abrupt vom Zählen der angelaufenen Münzen auf. „John? Du hast ihn *erpresst*?"

„Ich denke, die rechtliche Definition von Erpressung lautet ein bisschen anders, aber ja, ich habe es getan – oder etwas, das dem ziemlich nahe kommt."

„Und was hast du dafür verlangt?"

„Einen neuen Pachtvertrag für Mrs. Catchpole, der ihr die Nutzung des Grundstücks für den Rest ihres Lebens ohne zusätzliche Kosten gewährt. Ich fand es nur fair; schließlich hätte sie die Münzen in den letzten zwanzig Jahren jederzeit entdecken können – und wer weiß, ob sie sie seiner Lordschaft übergeben hätte oder nicht? Die Versuchung, sie zu behalten, wäre groß gewesen."

„Ich finde, das hast du gut gemacht", sagte Julia herzlich. „Sie wird dir um den Hals fallen."

Er schüttelte den Kopf. „Mein Name wird dabei nicht genannt werden."

„Aber warum nicht? Du möchtest ihr doch nicht die Gelegenheit rauben, dir zu danken?"

„Mir danken? Es wäre wahrscheinlicher, dass sie mir mit einem Stuhlbein einen neuen Scheitel ziehen würde, weil ich nicht den Mund gehalten und sie zwischen uns beiden aufgeteilt habe."

„Sicher muss sie dich besser kennen, nachdem sie dich fünf Jahre lang als Mieter gehabt hat!"

„Vielleicht", sagte er nachdenklich. „Trotzdem frage ich mich, was ich getan hätte, wenn ich vor fünf Jahren eines solchen Reichtums gewahr geworden wäre. Ich hätte vielleicht alles behalten."

Julia konnte nicht zulassen, dass diese Diffamierung der Moral ihres Mannes unangefochten blieb. „Ich vermute, wenn du es vor fünf Jahren gefunden hättest, würdest du genau das getan haben, was du heute getan hast."

„Du hast mich damals nicht gekannt…"

Sie brachte ihn zum Schweigen, indem sie einen Finger auf seine Lippen legte. „Ich weiß alles über deine verrufene Vergangenheit. Abgesehen von einer zuvor ungeahnten Vorliebe für Erpressung hast du trotzdem mehr persönliche Integrität als jeder andere Mann, den ich kenne. Und erzähle mir nicht, dass das vollständig Mr. Colquhouns zu verdanken wäre, denn ich würde es nicht glauben", fügte sie rasch hinzu, als er ihr widersprechen wollte. „Aber für dich hast du um nichts gebeten?"

„Nein."

„Warum nicht?“

Warum nicht? Er konnte die Demütigung nicht erklären, Geld zu bekommen, das er nicht verdient hatte. Dies war nicht vergleichbar mit den Belohnungen, die er gelegentlich in der Bow Street für erfolgreich gelöste Fälle erhielt. Nein, es war eher wie bei einem Hund, der für das Ausführen von Tricks einen Knochen erhält, wie bei einem kleinen Kind, das wegen guten Benehmens auf den Kopf geklopft wird – wie –

Wie bei einem Mann, der eine wohlhabende Frau heiratet und sich plötzlich als rechtmäßiger Eigentümer des Hauses wiederfindet, das sie gekauft hat, und als unerwarteter Nutznießer eines jährlichen Einkommens, das mehr als zehnmal so groß war wie sein eigenes, und alles das dank ihres ersten Ehemannes.

Nein, er konnte es ihr nicht auf eine Weise erklären, die sie verstehen würde – nicht ohne sie zu verletzen, und er hätte sie um alles in der Welt nicht verletzen wollen. Es gab jedoch noch einen anderen Grund, einen ebenso wahren und unendlich süßeren, und zu diesem suchte er Zuflucht, als er seine Arme um sie legte und sie an sich zog.

„Weil“, murmelte er in ihr Haar, „ich bereits den einzigen Schatz habe, den ich brauche.“

Der Samtbeutel mit seinem Münzschatz fiel vergessen zu Boden. Keiner von beiden bemerkte es.

Über die Autorin

Sheri Cobb South ist die preisgekrönte Autorin von mehr als zwanzig Romanen, darunter die John Pickett Krimireihe sowie mehrere Regency-Liebesgeschichten, zu denen das von der Kritik hochgelobte *The Weaver Takes a Wife* gehört. Die in Alabama geborene Sheri, die dort auch lange Zeit wohnte, zog vor Kurzem mit ihrem Mann nach Loveland, Colorado und hat jetzt aus dem Fenster ihres Arbeitszimmers einen atemberaubenden Blick auf Long's Peak. Wenn sie nicht schreibt, liest sie gern, macht Handarbeiten und singt im Kirchenchor. Sie ist auch ein Fan von alten Filmmusicals und BBC-Kostümdramen. Sheri hört gern von ihren Lesern und lädt Sie ein, ihr eine E-Mail an Cobbsouth@aol.com zu senden, ihre Autorenseite auf Facebook zu „liken" und / oder ihre Website unter www.shericobbsouth.com zu besuchen.